異説　おりたく柴の記

越後四万石領百姓騒動

長谷川　孟

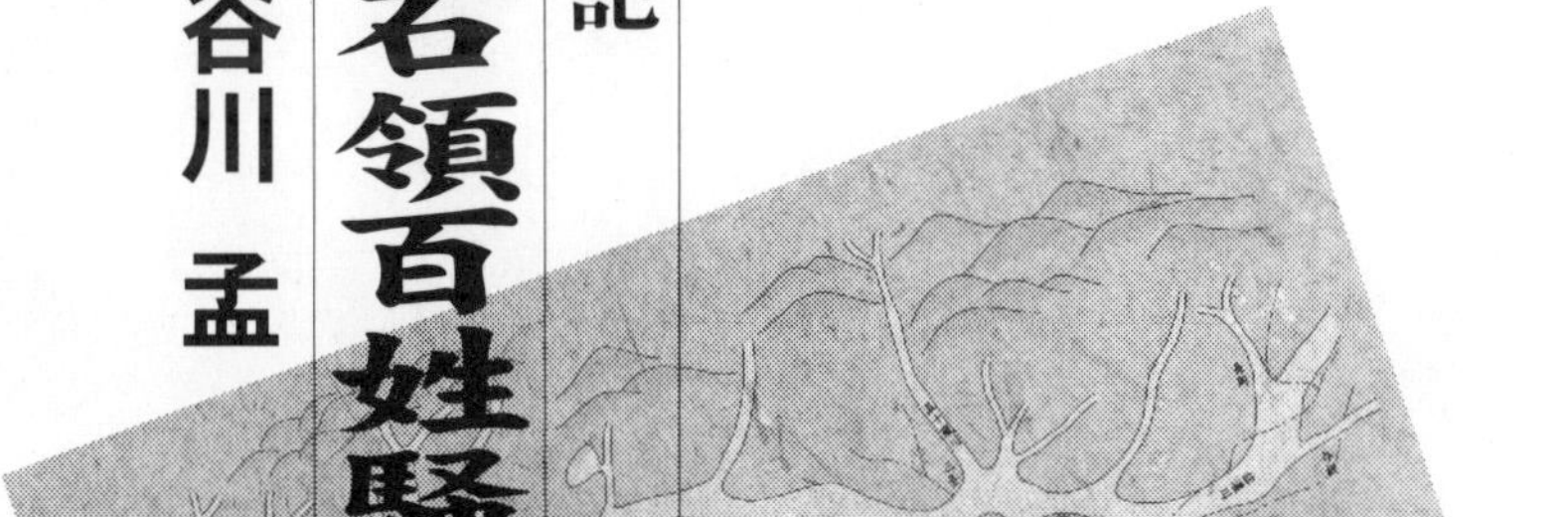

文芸社

表紙カバーの図は、天保七年頃の燕を中心とした古地図を基に作成。

「異説　おりたく柴の記　越後四万石領百姓騒動」目次

第一話

第二話

第一話

第一章　大川に蜉蝣が舞うとき

秋も深まり、墨絵のような北信濃の山並みのところどころに、縦縞の糸を斑《まだら》に引いたような白い物が、陽がのぼるにつれて鮮やかに白い光を放っている。

その日、船着き場の土堤《どてい》に立った男の目に、川面を埋め尽くすかと思われる幾千、幾万とも知れぬ蜉蝣《かげろう》の大群が映った。透き通るような褐色の翅《はね》が、水面すれすれに間合いを保ちながら遡上《そじょう》している。

男は瞼《まぶた》の奥に幻想の世界を感じていた。

古老によれば、蜉蝣の幼虫は数年間を川底の砂の中で過ごし、秋も深まったよく晴れた日の朝、羽化し、交尾のため靄《もや》の立ち込める大川（中之口川）を埋めつくすかのように一斉に飛び交うという。

こんな年は、大川に棲む鮠《はや》をはじめ鯉《こい》・鮒《ふな》・鯰《なまず》などの川魚はもちろん、母なる川に産卵のため遡上する鮭《さけ》が、手で掴めるほど獲れるという。

男はしばらく背後の船問屋㊈（まるはつ）の長押《なげし》の白壁に、黒々と描かれた屋号をみつめていた。

あの日も、肌寒く晩秋の川面いっぱいに靄が立ち込め、川岸まで埋めつくした蜉蝣の乱舞の様を思い出した。

縦縞の単衣に股引《ももひ》き、背中に㊈の屋号の入った法被《はっぴ》姿は、船問屋の若頭風のつくりだが、色浅黒く、眉根《まゆね》が引きしまり、躰全体から発する気《き》と精悍《せいかん》な面構えが、この男の只者でないことを物語っている。

宝永二年（一七〇五）秋、出雲崎代官長谷川庄兵衛長貫《ながぬき》の二男佐七貴住《たかずみ》は、父の死に伴い、石瀬代官平岡十左衛門道富《みちとみ》の御家人として出仕していた。（平岡十左衛門は代官職を退任した後、宝永四年金奉行在任中の横領事件で重追放処分となったが、後に事件は冤罪と判明した）佐七貴住はこれを契機に武家社会に嫌気がさし、扶持《ふち》を離れ浪々の身となった。

江戸在府の普請奉行の下役として、荒川の川欠《かわかけ》による橋奉行を務めていた兄貴通《たかみち》のもとで、本所の屋敷から神田、小野派一刀流の道場に通っていた。思うところあって、諸国遍歴の末、再び越後国蒲原地内に足を踏み入れた。

佐七、このとき二十七歳。長旅の末とあって、野袴はところどころ鉤裂《かぎざき》に切れ下がり、羽織は風雪に洗われ、汗がしみ込み塩を吹いている有様。髪は埃《ほこり》にまみれ、無精髭《ぶしょうひげ》が生え、誰が見ても尾羽打ち枯らした浪人姿。もとより懐中には一文もなく、蹌踉とした足どりで長岡舟道から与板を経て、一之木戸船改番所まで辿り着いた。そこまでは覚えている。越後路に入ってから二日間、水だけで渇きをいやしてきた躰は、西川の流れに沿って吉田の宿場に出るつもりが、小池村から燕《つばめ》に入ったらしく、大川の土堤で、船問屋を営む㊎の軒下に来たとき、不覚にも倒れてしまった。

この朝、登勢は女子衆《おなごしゅう》のおきぬよりも一足早く寝床を出た。いつものように表の潜り戸を開け、お日様に念仏を唱え、朝焼けに染まった大川の冷たい水で顔を洗って、今日一日この家の幸せをお願いしようと、勢いよく敷居を跨《また》ぐと表に飛び出した。

その途端、「アレーッ」、ときならぬ悲鳴を上げた。玄関の植え込みの前の泥除けに敷いた川砂利《かわじゃり》の上に、男が俯《うつぶ》せになって倒れている。

「お前《めえ》さん、こんげんとこで寝とったら、風邪引くがねー」

声を掛けたが、倒れている男は身動きもしない。

威勢のいい、川船の船頭達を相手にして男勝りと評判の登勢が、口の中でなにやら呟きながら、着物の裾をはしょると前屈《まいかが》みになり、男を抱え起こした。

あとで登勢は、父親の初太郎にこう話している。

「魂消《たまげ》たてー、躰を起こして、膝の上に頭をもたせかけて、よく見たら若いお武家さんらがねー」

と、若い娘らしく顔を染めた。

死んでいるんだと思った、とも語っていた。

そのあとすぐ、家中に聞こえるような大声で、

「太吉、与助、おきぬ……」

船頭の太吉と番頭の与助、女子衆のおきぬの名を呼んだ。

「大変だてー、家の前に人が倒れているてべー、早よ来てくらっしぇ」

登勢の絶叫に、寝ぼけ眼で、寝巻のままおきぬが真っ先に駆け付け、もう起きていたらしく、半纏《はんてん》をひっかけた太吉と与助が押っ取り刀で顔を出した。

太吉が登勢の手から若侍を受けとると、両腿《もも》の上に上半身を乗せ耳を心の臓にあてる。すると、

「大丈夫らてー、まだ死んでいねがねー」

と一言嬉しそうに言った。おきぬを促して番頭の与助と二人で、土堤下の荷倉に運ぶと、おきぬが床の上に男を寝かせた。

「姐《あね》さまー、湯たんぽ作ってくんなせーやー」

と催促するおきぬの顔の前に、登勢が気をきかせて用意してきた人肌の湯たんぽを差し出

した。

その間に、太吉が男の頭を持ち上げると、口移しに夕べの残りの焼酎を流し込んだ。手馴れたものである。

それから一刻半余り、若侍は夢の中で誰かが自分の名を呼んでいるらしい声に目を覚ました。

「お侍さん、気が付いたかねー」

枕元で看病していたおきぬが声をかける。男は不思議そうにあたりを見回していたが、安心したのか、こっくり頷いた。

「気が付いていかったてー」

側にいた登勢が目をうるませながら、おきぬを見てうなずいた。

しばらくして、若侍が起きようとするのを登勢が手で押さえた。

「なんも心配いらんがねー。今日一日《いちんち》ゆっくり寝ていなせーてー」

と言う声に安心したのか男はまた目を閉じた。

あれから早くも一年が経った。佐七は朝焼けの大川に目をやると、今日も一日いい天気になりそうだ、と一人ごちたとき、玄関の潜り戸が開いて、登勢のはずんだ声が朝のしじまを破って聞こえてきた。

「さあ、今日も一日天気《いちんち》にしてくんなせーやー」

ナーマンダーブ、ナーマンダーブ。お日様に手を合わせている登勢の明るい顔があった。

大川の船着き場は、この町の常舞台小路を駆け上がった土堤下の川辺にある。

㊕の座敷は玄関の上がり框を兼ねた廊下の左側にあって、越後の浄土宗布教の隆盛を誇るかのように、正面に幅一間、高さ五尺六寸の黄金の仏壇が置かれている。そして二十畳敷きの座敷の中央には、この家の主人初太郎が囲炉裏の前で、朝餉のあとの紫煙をくゆらせている。

「へぇー、お呼びだそうで」

佐七が神妙に初太郎の前に、膝頭を揃えてかしこまっていた。

「ほかでもねーが」

佐七の顔をじっとみつめていた初太郎が、

「蔵小路の郷蔵から、廻米（年貢米）二百俵を中山道倉賀野川岸まで舟荷で頼まれた。ついては、佐七にその宰領《さいりょう》をしてもらいたい」

と言うのである。さらに、

「船頭は、お前も知っている太吉をつける」

と言われた。

荷駄で苗場の山越えをしなければならない。

秋も深まったこの季節に、江戸の村上藩上屋敷からのたっての要請である。

断ることも出来るが、初太郎は一呼吸おいて、

「初仕事だが㊈に転がり込んでからもう一年、お前さんの気風《きっぷ》を見込んでの仕事だ。ぜひ引き受けてもらいたい」

と言う。

「あっしにそんな大役が務まるでしょうか」

と一応辞退した。

「お前以外に、この宰領をこなせる者はいない」

と言い切る初太郎の言葉に、佐七は意を決して引き受けた。

廻米は、中山道烏《からす》川の倉賀野川岸から、利根川―江戸川を往来している弁才船《べんざいせん》で行徳まで下り、品川の船番所経由で、浅草の「吉徳」の米倉に届ける手筈になっている。

雪を見たら苗場は越えられない。初太郎との話が終わると、土堤下の荷倉に船頭の太吉を呼んだ。

下西《しもにし》（北西の風）が吹く日に、筵帆《むしろほ》で四丁櫓《ろ》を使って大川を駆け上り、三条・与板を経て、

長岡船道を十日町まで三日で乗り切る。十日町の川岸からは山越えになるが、本馬一頭に二俵（約三十貫）、人足一人十貫（麻袋入り）で、三国峠を越え、雪を見ないうちに中山道の倉賀野川岸まで走る。佐七は長岡船道と三国越えの地図を拡げて、太吉の返事を待った。

「船は大丈夫だが、荷駄と人足は雪を見たら先に行かネー。峠越えまで白いものを見なけりゃいいが、一丁佐七っぁんに賭《か》けるか」

剽軽《ひょうきん》におでこを叩くと賛成してくれた。

「じゃー早速だが、雪は待ってくれあせんから。宿場宿場の中馬（チョンマ）と人足は、先乗りの船頭を走らせやす」

と太吉は手配のためあわてて㊥を出ていった。

男冥利《みょうり》に尽きる大仕事、川船男の意地にかけてもやらせてもらうと言った太吉の言葉が、佐七を元気づけた。

倉賀野からの戻り船は、前もって初太郎が江戸浅草河岸の「吉徳」の手代に、飛脚で手配しておいてくれた。塩・太物《ふともの》（織物）・瀬戸物・薬種・小間物に、北前船の持ち込んだ鰊《にしん》の干物、銚子の干鰯《ほしか》を積荷として持ち帰る予定である。

これがうまくいけば、新潟や長岡までの地乗りの川船にとって、半年分の儲けが転がり込んでくる。

その頃、中山道倉賀野の船溜りは江戸と越後・北陸・房総・北海道を結ぶ中継基地として、高瀬船・安宅船《あたけぶね》・樽廻船など千石積みの船の往来が盛んで、すでにこの頃から帆には、筵帆から麻布を二枚重ねた帆が用いられていた。麻の帆は風を逃さず受けるので、従来の筵帆の二倍の速さで走ることが出来た。

のぼり船は、風の吹かない日は、四丁櫓《ろ》で六人の綱曳《つなひ》き人足が肩に綱を掛けて、大川の斜傾する川辺《かわべり》の道に沿って船を曳いていく。このため三日の予定が四日になることも当時は珍しくなかった。

それでも、荷駄や人足が背負うよりは船賃の方が安いし、戻り船の商《あきな》いを考えると、船問屋の儲けは大きかった。

この日、座敷で再度初太郎と大筋の打ち合わせを済ませた頃には、座敷の廊下をへだてた庭から差し込む木洩れ日が、障子戸に細い日差しを投げていた。

「もうこんな時刻か……」

牢屋敷の近くにある曹洞宗万能寺の鐘撞堂から流れてくる時鐘が申刻《さるのこく》（午後四時頃）を告げていた。

佐七はホッとしたように呟いた。

夕餉の仕度に忙しい台所から、登勢と女子衆のおきぬの甲《かん》高い声が聞こえる。

「お上の廻米を、上州の倉賀野まで運ぶんだそーらがねー、大変だこてー」

おきぬは喋りながら、手元は夕餉の味噌汁の具に使う大根の千切りを手際よく捌いている。

奥の座敷から初太郎の野太い声がした。

「晩餉《ばんげ》はのー、船頭衆や綱曳きん衆も呼んで、魚屋から刺身でもとって、一杯やるようにしてくんなせーやー、遅うなって済まんろも」

声の終わらないうちに、廊下を小走りに走る登勢の声がした。

「いつものことらろも、台所者《もん》のことも考えてくれればいいのに」

と口の中で呟きながらも、前掛けで濡れた手を拭きながら、もう表に飛び出していた。

土堤の下にある魚屋に、刺身の出前を頼みにいったようだ。

「ゴホン、ゴホン」

座敷で初太郎のいつもの癖で、照れ隠しの空咳がする。

それから半刻あまり、台所の釜から吹き出す新米の甘い香りと、北の昆布でだしをとった味噌汁のいい匂いが、部屋の中まで流れてくる。

初太郎は、登勢の用意が出来たと言うのを待っていたかのように、座布団から立ち上がると、神棚に柏手《かしわで》を打った。仏壇からお鈴《りん》の澄んだ音と焼香の匂いが部屋に流れた。

初太郎は、「南無阿弥陀仏……」と称名《しょうみょう》を唱え終わり、座敷の中央にある囲炉裏を囲むようにして、船頭、綱曳き衆をはじめ、十人余りが膳を前にして主《ぬし》の座るのを待っている。

「さあさあ、遠出の前祝いらこてーね。馳走はないが、酒だけはいっぱいある。呑んで元気を付けてくんなせー」

声を掛けると、徳利の酒を隣の太吉の盃に注いだ。

久し振りの振る舞い酒に、どこで覚えてきたのか、瞽女《ごぜ》唄が哀調をおびて聞こえてきた。

「安寿恋しやほうーれほうー」

「厨子《ずし》王恋しやほうーれほうー」

山椒太夫の悲劇を唄う瞽女の泣き声のように。

「そんげ歌あー、しめっぽなるてー」

と言う声がして、酒の席に岩室甚句が流れ、相川音頭を踊る者も出てきて、いつもの賑やかな㊕の座敷となった。自在鉤《かぎ》にかかった鍋の具をつつく者、酒を酌み交す者、武骨な川船の男達の中にあって、鶯《うぐいすちゃ》茶の十日町縮《ちぢみ》に、幅狭な緋色の帯を締めて、酌をして回る登勢の顔も熟した柿のように染まり、若い女の色気が、部屋いっぱいに拡がり遠出の祝い酒は夜更けまで続いた。

翌早朝、大川の常舞台小路の船着き場は、明け六ツ（午前六時頃）の鐘を合図に、荷船・肥船・伝馬などが一斉に動きはじめ、㊕の屋号を印した底の浅い艜《ひらたぶね》船が一隻、周りの小船を圧している。

大川はここ二、三日前の雨で、水嵩《かさ》も増している。川岸に打ち付ける白い波頭がそれを物語っている。

北西の風が強く、船の舳先《へさき》でくだけた波が飛沫《ひまつ》となって船縁《ふなべり》を打つ。追い風である。

「帆を左に回せ。深みに入ったら横開きで進むぞー」

舵《かじ》を取る太吉の胴間声が、船着き場一帯に広がる。佐七を元締めとする初の船出である。

見送りに出た初太郎が、船の渡り板を踏んで陸《おか》に上がったのを見て、番頭の与助がとも綱を解いた。

船は横風を受けながら、小池から大曲の川筋に入ると、大きく蛇行しながら、西川と分岐する。そのあたりから深瀬となり一ノ木戸から与板に向かう。

この年、遠江国《とおとうみのくに》の掛川から領知替えで、伊井家の藩領として復活した与板の岸辺を洗う芒《すすき》の枯穂に送られて三日目、徳川譜代大名牧野氏の城下町長岡にかかる頃から、大川に沿って土堤の土埃が風にあおられて舞い上がる。四日目の小千谷《おぢや》を過ぎる頃から船底をこするような気配がしていた。魚野川の流れと合流するあたりで、川幅が狭くなりホッと一息、船は六日町の村落を右に見て、左岸の小橋を過ぎ蛇行の激しい右岸の船着き場に碇を下ろした。

〈参考〉

高崎藩は、松平右京大夫輝貞《てるさだ》十五万石の城下町で、越後国蒲原郡内に飛領がある。三条一ノ木戸村に、郡奉行配下の代官所を設けるなど、この物語とも深い関係をもっている。利根川水運の終点烏川流域の倉賀野河岸は、高瀬船、安宅船などの大型帆船がひしめき、中山道の宿駅である。また日光例幣使《れいへいし》街道の起点で、上野《こうずけ》・信濃・越後と江戸との中継地として殷賑《いんしん》を極めた。

なかでも倉賀野河岸の船着き場は、出船、入船がひしめきあっている。現在の高崎市岩鼻町、倉賀野町に架る共栄橋の下に石碑が建てられ、ありし日の面影を残している。

荷駄の峠越えは、六日町から倉賀野まで、急いでも五日は要する。宿駅での御定書改め・貫目改め・関所での人別改めと難儀を極めた。荷駄隊の殿《しんがり》が倉賀野河岸の積荷場についたのは、船を出してから十日経った十一月の末である。上州名物の空《から》っ風の吹く寒い朝であった。積み荷を改め、船番所での手続きを済ませ、佐七は先乗り組の旅籠「今田仲」に草鞋《わらじ》を脱ぎ、上がり框に腰を下ろした。

漆喰塗りの戸袋にかけられた看板からは、船頭宿ではなく、名の通った宿とみえて、家の前は箒《ほうき》目が通って、この宿の主人の気持ちがよく出ている。

宿は㊞の定宿《じょうやど》で、番頭、女中の応対も一見《いちげん》の客扱いとは違って、手厚い様子がわかる。

「へえっ、お早いお着きで、峠越えは難儀でしたでしょう」

と労《ねぎ》らう番頭の声を聞きながら、手早く出された盥《たらい》で足を洗うと、二階の部屋に入った。

「さあて、風呂が済んだら飯にしよう。ここは大川の鯰の蒲焼、落鮎《おちあゆ》の塩焼きが名物だ。思いっ切り喰うて、呑んで疲れをぶっ飛ばそうぜ」

佐七はそう言うと、早速階下の湯殿に手拭を肩に下りて行った。

隣の座敷では、早立ちの泊まり客が飯盛女《めしもり》を相手に、酒盛りが始まったようである。女の嬌声が夜気にとけ込んで艶《なま》めかしい。

「やっとる、やっとる」

「こっちも賑やかにやろうぜ」

佐七の顔に大仕事を済ませた男の笑みが浮かんでいた。

かかあ天下に空っ風、上州名物の晩秋の冷たい風も、風呂あがりの肌には心地よい。

「もうそろそろ越後は雪下ろしの風が吹く季節。根雪にならねばよいが……」一人ごちた佐七の姿には川船の元締めらしさが板に付いてきたようである。その夜の酒盛は、道中禁酒のせいもあって、お世辞にも奇麗とは縁のない、秋の刈り入れの終わった百姓女の陽焼けした顔も、ヒビ割れの手から注がれる酒も気にならない。座敷は唄と踊りで賑わった。

その席も、長旅の疲れと、久し振りの酒に亥刻《いのこく》（午後十時頃）にはそれぞれの寝床に収まり、越後に残してきた女房のことを夢に見ながら、白河夜船を漕いでいた。

佐七は部屋に戻ると、明日からの買い付けの思案をはじめた。下り荷の古着、魚粕、菜種油、干鰊など倉賀野の問屋で揃わない品はないほど、この国の北から南までの産物が、河岸の問屋には山積みにされている。いつの間にかまどろみかけたとき、近くで半鐘や板木を叩く音にまじって、人のざわめきが聞こえてきた。

二階の雨戸を開け、手摺《てす》りから身を乗り出すようにして下を覗くと、陣屋の役人と船番所の手代らしい二人の侍が、七、八人の浪人らしい男達と言い争っている。

浪人達の輪の中に、印半纏をひっかけた若い男が、武骨な面構えの頭《かしら》らしい男に襟首をつかまれ、宙に浮いた恰好で手足をばたつかせながら抵抗している。二人の役人は、若い男を引き渡すように説得しているらしい。風に乗って聞こえてくる言葉の端々から、近くの曖昧宿に隣接した古着商いの店で、小火《ぼや》があり、若い男が浪人者の一人を火付の犯人だと船番所に突き出したらしい。

船番所にたまたま出張っていた陣屋の侍が、番所の手代と二人で、訴人の若い男と浪人を取り調べ中に、浪人者の仲間が取り戻しに来たようである。

相手は七、八人の浪人。二人の侍ではかなう人数ではない。騒ぎが起きてから小半刻も経っており、子刻《ねのこく》(午前零時頃)をすぎた深夜に、加勢を呼ぼうにも手立てがないらしい。役人達は浪人の群れに押され、若い男は浪人達に番所から引き立てられかけていた。番所を遠まきにして、成り行きを見守っている野次馬達も手が出せない。印半纏の若い男がそのとき、二階の手摺りから覗きこむようにして身を乗り出していた佐七を目で捕えた。酔もすっかり覚めたらしく、大声で宿の二階に向かって怒鳴った。

「㊋の元締め、佐七さん助けて……」

地獄で仏にあったように、救いを求めた。

固唾《かたず》を呑んで成り行きを見守っていた野次馬の中から、

「よお、源九郎義経の出番だぜー」

無責任な掛け声が掛かる始末である。佐七は、自分のところの若い衆は寝床の中とばかり思っていたが、「㊋の元締め」と言われて、改めて番屋の大提灯《ちょうちん》に照らし出された若い男の顔を目をこらして見てみた。

「アッ」、予想もしない出来事に驚いた。

「俺の名を呼んだのは、綱曳きの友吉かー」と思わず叫んでいた。

若い男は、佐七の声にうなずくと、浪人の輪から抜け出そうと必死に踠《もが》いていた。

「わかった。今、飛んで行くから待ってろ」

と一声叫ぶと佐七は宿の潜り戸を開け、側にあった心張棒を手に尻っぱしょりで宿を飛び出した。

「ヤイヤイ、安宅船の侍衆じゃーあるまいし、戦でもおっぱじめようて寸法か」

佐七は浪人達の前に立ちはだかると、樫《かし》の心張棒を両手で真横にして啖呵を切った。

「なんだ貴様は」

肩幅の広い、残忍そうな面構えの男が友吉の襟首を摑んでいた浪人の前に出ると、柄頭に手を添えながら威嚇するように怒鳴った。

酒の勢いと、若い佐七にオチョクラレて、怒りが浪人の顔を赤黒く染めている。突然男は腰の刀を抜くと、正眼から上段に構えを変えながら斬り込んできた。一瞬早く、佐七の樫の棒が浪人の上膊を打った。男は信じられないといった顔で、腕を押さえたまま膝を折った。

それをみるなり浪人達の間にざわめきが起き、一人が男を抱き起こすと、残りの五、六人が一斉に刀を抜いた。

「やる気か、そんななまくらで、人が斬れるものなら斬ってみろ」

佐七はいつの間にか、友吉を後手にかばいながら右手の樫の棒を振り上げた。

その時、野次馬の輪を割って、若い長身の武士が浪人達の前に立ち塞がった。

背負い袋を斜めに肩で結び、手甲《てこう》・草鞋ばきで、手に編笠を下げている。

遠い所からの旅らしく、月代《さかやき》は伸び放題、白皙《はくせき》の顔に無精髭《ぶしょうひげ》がいたいたしい。どこその藩士らしい侍は、

「お前らの腕で、この男は斬れぬ。怪我をしないうちに帰れ帰れ。浪人とはいえ、大勢で町人相手に喧嘩をしてもはじまらないだろう。なんなら拙者が相手になろうか」

くだんの侍は、刀の柄袋をはずしながら浪人達を眺め回した。怖気《おじけ》付いた浪人達は、時の氏神様とばかりに、

「この借りは、きっと返すからな。ただで済むと思うなよ」

と、捨て台詞《ぜりふ》を残すと宿場の闇の中に消えて行った。

「これはこれは、とんだ難題を吹きかけられて弱っておりました。お陰様で助かりました」

佐七は友吉の頭を手で押さえて下げながら、若い旅の侍に深々と頭を下げた。

「いやあー、別に拙者が中に入らぬとも、あの輩《やから》は貴殿の棒で追い払われたであろう。余りの無体に、つい余計な手を出して済まぬことをした」

若い侍は佐七に軽く頭を下げると、その場を立ち去ろうとした。咄嗟に佐七は若侍に声をかけた。

「お侍様、お急ぎのところ、足をお留めして申し訳ござんせんが、この場の御礼といってはなんですが」

と言葉を切ると、

「ついそこの私共の宿で一献《いっこん》差しあげたい。お受けいただけますか」

と若侍を誘った。すっかり荷船の元締めが板に付いた扱いに、若侍はちょっと考えていたが……、

「この夜更けに、宿の戸を叩いても怪しまれ、あげくの果ては番所に突き出されぬとも限らぬ。このまま熊谷《くまがや》の宿まで足を伸ばして、宿場の飯屋で朝餉を撮ろうかと思っていたところだ」

「それはよう御座いました。汚ない旅籠ですが、御案内致します」

そう言うと、友吉を振り返り宿に走らせた。

明け方の川筋は、上毛三山から吹き下ろす風にとけ込んで、寒さが厳しい。ときおり宿場の上方から、拍子木を打つ夜回りのくすんだような声が聞こえ、地を這う風が、足元の砂《すな》埃《ぼこり》を舞いあげる。

「さあー、ここが手前共の宿で」

旅籠の上がり框で友吉の持ってきたすすぎ盥《たらい》で足を洗うと、若侍と佐七は行燈の明かりが、部屋いっぱいにひろがっている佐七の部屋に入った。

今夜の騒ぎで、宿中が不安につつまれていた。主人と番頭が挨拶かたがた障子の外から、

「さあさあ、こんな夜中で何の持てなしも出来ませんが、高崎名物の〝手打ちうどん〟を肴に、腹の中から温めて下さいませ」

と声をかけながら、女中に酒と、湯気を立てているうどんのお椀を膳にのせて運ばせてきた。

「それではご無礼仕る」

それまで膝を揃えて座っていた若侍は、暖かい部屋の空気にホッとしたように膝を崩した。

床の間に掛けられた達磨大師の墨絵が、じっと二人を見守っているようである。

「おおー、これが有名な高崎の達磨の絵か……。漢の国では七転び八起きの諺もある。志ある男の鑑とか……」

そう言いながらも、目は今女中の運んできたうどんの上を彷徨《さまよ》っている。

「宿の主人《あるじ》がせっかくの心尽くしの物。熱いうちに頂きましょうか」

佐七の言葉を待っていたように、若侍の手が膳の上に伸びた。

熱いうどんが腹に納まると、人心地がついたのか、若侍の方から非礼を詫びると、

「申し遅れたが、拙者久留米藩勘定吟味方山村左衛門と申す。江戸勤番を命ぜられ赴任の途中です」

と名を名乗った。聞けば、初の江戸詰で余裕をもって国元を出発、途中見聞を広めんと西

国諸国を回り、五日ほど前に北陸道から中山道馬籠宿を経て、ようやく江戸表まで指呼の間にある上州に足を踏み入れたものの、馬籠の峠越えの茶屋で、迂闊にも懐中の路銀を落としたものか、掏摸《すり》に盗られたものか、無一文のままここまで辿り着いたという。

「武士にあるまじき失態、お笑い下され」

山村と名乗った若侍は、それが癖なのか、うなじに手をやりながら苦笑いをした。

酒を酌み交わしながら聞いていた佐七は、

「それは難儀なこと、これから江戸までは、まだかなりの道のり……」

としばらく思案していたが、

「差し出がましいが」

と前置きをした上で、

「手前共の懇意な造り酒屋の樽前船が、明日ここから江戸に下ります。これに乗船出来るよう私の方で手配させて頂きます。如何でしょうか」

と山村に伝えた。佐七は、久留米藩の若侍山村左衛門の飾らない人柄に、御家人時代の自分の姿を見ているようで、黙って見過ごすことが出来なかった。

「下り船ですから、江戸川を浦安の船着き場まで、ざっと三日もあれば着きます。そのあと三田の藩邸まで小半日あれば……」

と船の旅をすすめた。

山村も最初は遠慮していたが、佐七の人柄と、うどんと酒が入って、ようやく人心地がついたのか、

「それはかたじけない。馳走になったうえに、船便の用意までして頂けるとは。藩邸に着き次第お立て替え頂く費用は、旅籠の方にお届け致す。何分よろしくお頼み申す」

と居ずまいを正すと佐七の前に両手をつき、

「このまま旅を続ければ、どこぞで行き倒れるやもしれないところを、名も知らぬ旅の侍をここまで御面倒みて頂き、誠に冥利に尽きるお取り扱い痛み入る」

佐七は山村の手を取ると、

「差し出がましい申し出をこれほどまでに喜んでもらえるとは、男冥利に尽きる」

そう言うと二人で顔を見合せると大声で笑い合った。

二人が明け方近くまで献盃を重ね、床についたのは明け六ツ（午前六時頃）を過ぎていた。

このときの出会いは、佐七の生涯でも大きな出来事であった。

徳川三百年の幕藩体制をゆるがす基ともなった越後四万石領騒動。そして新井白石との出会い。その発端となった越訴《おっそ》の代表三五兵衛の流罪事件とのかかわりの中で、大きな役割を果たすことになろうとは、神ならぬ身の二人の若者が知ろうはずがなかった。

河岸に沿った船溜りの朝は早い。樽前船・伝馬船・荷船・高瀬船など三十隻余りが、上下半里余りにわたって繋留されている。越後の河岸にはない壮大な景観である。活気に満ちた荷積み場の桟橋には、戻り船に持ち込む廻米・木材・炭・陶器・漆器・赤い達磨の人形等々、隣の桟橋では、師走も近く、正月用に江戸から荷上げされた反物・房総の菜種油・古着・蠟燭、北前船から運ばれた鰊《にしん》・数の子・塩鮭・魚肥に混じって、棹箱に入った京友禅などの高価な品も見受けられる。荷積み場は、戦場のような喧騒のなかで、人が、荷車が、荷馬が、行きつ戻りつして船場の賑わいを呈している。

二階の手摺りに手を置きながら、河岸の人の群れを見ていた佐七は、手焙りの火桶の残火に灰を掛けながら大きく背伸びをした。

それを待っていたかのように、梯子を上って来る音と一緒に番頭の声がした。

「昨夜《ゆんべ》はお疲れだったでしょう。あまりよく寝《やす》んでいらっしゃるんで、大丈夫かなあと心配しました」

と、佐七の躰を心配してときどき見に来ていたようである。

「番頭さん、昨夜は久し振りの立ち回りのあとの酒で、すっかり酔いつぶれましたよ。ところであちらは」

と、明け六ツ（午前六時頃）まで共に飲み続けていた、久留米《くるめ》藩勘定吟味役のことを尋ねた。

番頭は笑いながら、

「南の国の方はお酒が強いようで、もうとっくに床を離れられて、河岸まで散策をして来るとお出掛けです」

出られて小半刻は経っているので、お戻りになる頃だと言った。

「それは不調法をした」

旅の疲れと重なって、白河夜船とは申せ「不覚不覚」と呟きながら女中の運んできた膳の上のものを掻き込むと河岸に飛び出した。途中で河岸近くの髪結床《かみゆい》の障子戸を開けて出て来る山村に出会った。久留米絣《くるめがすり》に野袴、髪も髭もあたってもらったらしく、見違えるような若侍に変身していた。凛《りん》とした姿に、佐七も思わず見惚れたくらいである。

「昨夜は、御世話をかけ誠にかたじけない」

さすがは江戸の奥座敷、中山道倉賀野河岸だけに博多の異国船出入りの賑わいとは別の活気がある。

「江戸勤番の土産がまた一つ増え申した」

と語るその顔には疲れなど微塵も残っていない。

そのあと二人は河岸を一回りすると宿に戻った。

一階の土間を上がったところにある帳場の奥の板敷きの大広間に設けた囲炉裏で、自在鉤に掛けられた餅《もち》入りの船頭鍋（野菜入りの雑炊）が湯気を立てている。昼餉を済ませると、佐七は山村を伴って、船溜りに舫《もや》っている江戸深川の造り酒屋の樽前船の船頭を訪ねた。

「これはこれはお珍しい。㊓の元締めが手前共の船を訪ねて下さるとは」

馴染《なじみ》の船頭が、佐七と山村を交互に見ながら、「して御用の向きは……」と侍姿の山村に目を飛ばしながら佐七の用件を促した。

「うーん、実はここにおられる御武家様は……」

久留米藩江戸勤番の山村左衛門を紹介した。

「恥ずかしい話だが、昨夜の乱闘騒ぎの折、私の手の者の難儀をお助け頂いた」

とこれまでの仔細を語ったうえで、

「江戸まで、船の客として乗せてもらいたい」

と懇請した。

「話はよくわかりやした。他ならぬ佐七さんのお頼みでは否応《いやおう》はありませんや」

と心よく引き受けてくれた。

船倉には戻り船とあって、酒樽の代わりに越後の廻米や農具・漆、上積みの荷として炭・繰木綿などが積み込まれている。上州の空っ風は寒いから、櫓の下あたりに陣取ってもらえば、大川端沿いの風景も楽しめますし、天気さえ良ければ二、三日はあっという間だと言う。

「それじゃー山村様、あわただしい船旅ですが、宿に戻って仕度のうえ、船に乗り込んで下さい。あとは船頭が仕切ってくれますから」

と佐七は山村を急がせ、宿に引き返した。

宿で身仕度の終わった山村に、

「失礼だったらお許し下さい」

そう言うと、佐七は紙包みと小粒を含めて二両入った財布を黙って山村の懐に押し込んだ。

「紙包みは船頭への心付け、あとは藩邸の方々への手土産代にでもお使いになって下さい」

「これは忝《かたじけ》ない」

山村はそれ以上は何も言わず財布を押し戴いた。

道中で財布を紛失し、無一文の山村にとって、何も言わず懐に入れてくれた佐七の好意が、よほど嬉しかったらしく、目元を赤くしながら武骨な手でそれを拭った。

久留米藩の山村を河岸まで見送った佐七は、その日は問屋場を一日中走り回った。

北前船で江戸にあがった北海道の品、江戸から倉賀野まで運ばれてきた小間物・古着・房総の菜種油など二十種類以上の荷が仕入帳に書き込まれた。

荷は本駄馬二十頭、軽尻馬二頭で、三国峠を越えて六日町川岸に碇を下している㊗の船に積み込む。荷送りの手配も番所への届けも済ませた。

旅籠の主人の話では、昨夜友吉の見たという付け火をした浪人者の群れは、近くの破れ寺に寝起きしていたらしく、明け方高崎藩の陣屋で一斉に手入れを行い全員召し捕った。炊《かし》きの菊次が船番所からの通知があったと言ってきた。

これで番屋で足止めを喰っていた、友吉も放たれることになった。明日は越後への戻り旅である。

翌朝明け六ツ（午前六時頃）河岸の荷積み場は濃い靄《もや》におおわれて、一寸先も見えない。その靄も小半刻後にはすっかり晴れあがった。

「さあー、やませの吹かんうちに三国を越え、嬶《かかあ》や子供の待っている常舞台小路の川岸に向かって、馬の尻を追いかけようぜ」

元気な声が聞こえた。

船頭・綱曳き・炊の小僧も、馬を引く馬喰《ばくろう》と一緒になって、馬子唄を歌いながら一路三国峠へ。そして六日町の船着き場への戻り旅が始まった。

荷駄の列が鳥貝の関所を越えると、あとは湯沢口までの下り坂である。峠の立場《たてば》茶屋で一休みして腰を伸ばす。目線の先に連なる信濃の山々の尾根に、白いものが見られる。峠の下の村里にも黒い雪雲がたれ込めている。豪雪地帯で知られる頸城《くびき》の山裾は日中も薄暗く、冬の訪れの間近であることを教えてくれる。

枯葉を敷きつめた山道は、数えるほどの日数で白い雪に覆われ、人々が足を踏み入れることを拒絶する。

湯沢の里の湯煙を左に見て、前島橋で大源太川の流れは登川と合流。越後上布の里、塩沢を過ぎる頃から川の流れは水嵩を増し、佐島付近では、桝形山からの水と三国川の水流を合し、六日町河岸には、大川を遡上した荷船・艀《はしけ》・藁船《わらぶね》が舫っている。懐かしい川筋特有の匂いに、故郷への想いが交叉し、一斉に声をあげた。船溜りに一隻だけ大型の艜船に㊐の船印の帆が、主を待つように碇を下ろしている。

大川の流れは、このあたりから水量を増し、五日町でさらに宇田、湯川、大和の近くで水無川を呑み……小出から、堀の内橋を越えて大きく左に旋回、男山のヤナ場から妙高寺付近で大きく蛇行、馬越山の中州を見ながら、小千谷大橋―長岡―与板を経て、八王寺で再び大きく曲りながら大川のほとり常舞台小路の船着き場に着いた。

空は翳っているが、薄雲の間から弥彦《やひこ》山に晩秋の弱い日が差し、荷揚げ場一帯は、㊐の興神丸を迎えて湧き立っている。

「廻米は無事に届けました」

荷受状を初太郎に示したとき、佐七の全身に安堵感が走り、これでようやく一人前の元締めになれたと思った。自然に顔がゆるんでいた。

「土産もんもいっぱい買《こ》うて来たてー」

と言う佐七の顔はくしゃくしゃで幼児を思わせるように輝いていた。

秋の陽はつるべ落としというが、申《さる》の半刻（午後五時頃）を過ぎたばかりというのに、土堤の上の㊁の表には薄茶色の幔幕《まんまく》に屋号を染め抜いたのが張り巡らされて、高張提灯の灯が風にゆらいでいる。

初めての廻米。峠越えを祝って、初太郎が家の者に指図してやらせたらしい。

それほど二百俵の廻米輸送は、当時としては肝のつぶれるほどの大仕事だった。

大木戸の側に、手燭を持った登勢の上気した顔がのぞいていた。

直乗《じかのり》船頭の初太郎に代わって、元締めとして、大役を果たして戻った。恋しい男の帰りを素直に喜ぶ女の笑顔である。

お弥彦神社の上に落ちる夕陽の残映が、川面を染めている。明日も越後にしては珍しく二日続きの秋晴れになるようだ。

第二章　蒲原四万石領と新井白石

　宝永六年（一七〇九）、師走も半ばを過ぎ、肌を刺すような地吹雪の中を、常舞台小路の坂を船着き場に向かって一人の男が、半纏《はんてん》を頭から被《かぶ》って転がり込んで来た。この男、口から泡《あわ》を吹きながら、

「旦那てえへんだあ、秋葉さんの境内で……」

と息を呑むと、炊《かし》きの源太爺《じい》がならず者にからまれて、匕首《あいくち》で下っ腹を刺されたと言って、飛び込んで来たのである。

　近頃は幕府も、打ち続く天災と諸物価の高騰で、財政難に陥《おちい》り、越中の治水工事の人足割、信州上田藩の人別銭、九州久留米藩の藍《あい》玉専売権、四国阿波の年貢米引き上げ等々を背景に、全国各地で領主と領民の生き残りを賭けた一揆の動きが目立つようになった。それと同時に、扶持を失った浪人が巷にあふれ、江戸から遠く離れた越後国頸城《くびき》郡一帯の農民による質権《しちけん》取り戻し騒動、蒲原郡内では信濃川の氾濫による川欠《かわかけ》と年貢の高騰など、農民の不満が増大し、

四万石領一帯にも不隠な噂が囁《ささや》かれはじめていた。

「なんでえなんでえ、炊きの親父《とっつぁん》が刺されたって」

上がり框のところで、知らせを持って来たお店《たな》の小僧の肩を摑まえて、喧嘩っ早い綱曳きの利助が怒鳴っている。

師走の黄道吉日を選んで、かねてから初太郎の一人娘、登勢と佐七の縁談が持ち上がっていたが、この日その婚儀も滞りなく行われた。今日も若夫婦は、初太郎と奥座敷の長火鉢の前で、年始の挨拶まわりや年賀の届け物、正月二日の船魂《ふなだま》様の祝い酒の行事などの相談の最中に、変事が飛び込んできた。

利助の怒鳴り声に引き込まれるように、大勢の若い者《もん》の手で炊の源太が戸板で運ばれてきた。坂の登り口にある馬車屋の五郎蔵のどら声も聞こえる。

戸板を、土間に沿って造られている石倉の上に載せた。突然の騒ぎに奥から出て来た佐七は、源太を見ると、

「台所の戸棚ん中に、ゆんべの残りの焼酎があるから持って来い」

怒鳴る顔の前に、徳利に入った焼酎が差し出された。

戸板の上の源太は、真っ青な顔に、油汗をにじませている。年寄りだけに痛々しい。

佐七は手にした徳利の栓を抜くと、口の中いっぱいに焼酎を含み、源太の傷口に吹きつけ

た。

「痛《い》てーっ、痛てーっ、佐七つぁん、勘弁してくんなせーやー」

「何言ってやんでー、痛さがわかるくれーなら死にやしねーから我慢しろっ……」

佐七の側で震えながらみていた利助に、竃《かまど》の榾《ほだ》置場にある、榾の中から欅《けやき》の小枝を持って来させ、源太の口に銜《くわ》えさせると、利助に両腕を押さえつけさせた。

「一寸痛てーが我慢しろよ」

声を掛けながら、登勢が火鉢の中で真っ赤に焼いた和裁に使う蒲鉾《かまぼこ》型の鏝《こて》を受け取ると、傷口に当てた。肉の焼ける臭いがあたり一面に漂う。

「うん」と一言呻《うめ》くと、そのまま源太は失神した。佐七はそのあと、手馴れた手付きで焼酎を吹き付け、膏薬《こうやく》を塗ると晒《さらし》を傷口に巻きつけた。

「この寒さだ、傷口が化膿することもあるまい」

額に汗を滲ませながら、登勢を振り返った。その顔を新妻は頼もしそうに見ながら頷いた。

炊きの源太が刺されたのは、近くの秋葉神社の境内らしい。

社を守護するように、小関の堰《せき》から、幅三間余りの堀割が境内の外周沿いに、牢屋敷の裏手から横町の郷倉まで続いている。

途中に万能寺がある。境内の杉の大木に覆われた山門を出て、一丁も行かないところに、上組の氏神様として、町家《まちや》の人々の信仰を集めている秋葉神社がある。

今日は夕方から冷え込んで、暮《くれ》六ツ（午後六時）の鐘が鳴った頃から地吹雪《じふぶき》となった。ふだんなら湯屋に行く人も通るのだが、人っ子一人通らない秋葉様の境内で、何で源太の爺さんが襲われたのか誰にもわからない。

手当てが終わって小半刻もした頃、漢方医で、牛や馬の診立てもする仲町の医者が来たが、匕首で腹をえぐられているが、幸い肝の臓にまで達していないので、年が変わって、梅の花の咲く頃には、回復しようと言って帰った。

「九寸五分でよかった。脇差なら命を落とすところだ。どいつがやったんか、見当もつかん。源太が口にしねーのは、余程の事情があるに違いねー、正月も間近だし、傷が治ってからゆっくり聞きただそうじゃないか。それにしても死なずに済んでよかった。こんな年寄りを襲うなんて、むごい奴だ」

佐七は怒りを面に表して、見えない敵にむかって怒鳴った。

「そんれもいがったこてー大事にならんで……、これも秋葉様のお蔭だてー」

と言う登勢である。

二つ三つの幼児《おさなご》の頃から源太に背負ってもらい、春・秋の祭りには肩車をしてもらい、近所の遊び仲間から羨ましがられたものだと、知人に話をする登勢にとって、よほど悔しかったと見えて、目にいっぱい涙をためていた。

その頃、江戸幕府は、五代将軍徳川綱吉のあとを受けて、甲府宰相綱豊が入府、六代将軍家宣となってこれを継承、五代綱吉時代に権勢をほしいままにしていた、柳沢出羽守吉保に代わって、間部《まなべ》詮房《あきふさ》が側近となった。学問の師に、新井白石（新井勘解由）を登用。白石は幕府の諸制度の改革に取り組み、儒学者として、政策にも関与して手腕を発揮していた。

その一方で、勘定奉行中山出雲守時春、大久保大隅守忠香らが、幕府の権威を保つことに汲々とするあまり、諸国の情勢を知るために隠密を放ち、特に農民一揆については厳罰に処する方針が貫かれた。お庭番とは別に、勘定奉行配下の小普請組の忍びが逐一その動きを江戸表に報告していた。

大川沿いの各地の船溜りは、師走の品揃えと、新年の荷動きでごった返していた。

㊙の源太爺《じい》を刺した奴は、秋葉さんの境内にある狛犬《こま》に似て、鼻が低く目玉の大きな奴だったとか。そう言えばあの無宿者は、匕首を振り上げたとき、右の二の腕に「サ」の字の墨の跡があったとか。佐渡金山の金掘り人足をお解き放しになった奴が、ヤクザ稼業でその日その日を送っているとか。「そ奴に違いねー」と、船着き場に集まる荷主衆までが、野次馬と一緒になって詮議に加わっていた。

だが、一体誰が？　正月も終わる頃には、源太の傷もふさがり、ここのところの暖かさで、暮れの騒ぎも、人の口にのぼる回数もめっきり減った。この分では、岩室の湯にでもゆっくりつかって、心の傷も癒したらいいと言う初太郎の勧めもあって、明日お弥彦様にお詣りしたあと、岩室に湯治に出掛けることになった。

ほんの三里余の道のりだが、病み上がりとあって、今朝から旅仕度に余念のない源太である。初太郎の部屋から見える中庭の千両の実が夕べの雪で緑の葉に映えて奇麗だ。

奥から、女子衆のおきぬを呼ぶ登勢の甲高い声が伝わってきた。

「陽が落ちたばっかりらろも、早風呂にして旦那と佐七つぁんに入浴《はいって》もらおおんねっかー」

「へぇーそう思っていま水張って、風呂の火を付けたところらがねー」

と間伸びのした声が裏から聞こえてきた。

風呂の焚口《たきぐち》に屈《かが》み込んで、前掛姿に襷掛《たすきが》けのおきぬが火吹竹で口をふくらませている。その首筋に付けた消し炭の跡が可愛らしい。

湯治はいいが、弥彦の門前仲町には、旅籠や飯屋が軒を並べ、厚化粧した飯盛女が、格子戸から首を出して、爺《とっつぁん》を呼んでも、ノコノコ上がったら治る病気も治らんと、登勢が今朝から何度も繰り返して言っている。

「姐《あね》さま、大丈夫らてー」と源太が言えば、おきぬが「今朝から三度目らてー」と笑って源太をからかっている。

正月らしいのんびりした年寄りと女共の遣り取りを耳にしながら、初太郎の「天下泰平、天下泰平」と言う独り言が聞こえてきた。

翌朝、佐七は源太の岩室への旅立ちを見送った。踵《くびす》を返して表の敷居をまたごうとしたとき、「テレックテンテン……」と、角兵衛獅子の小太鼓の音がまるで、子鹿が跳び交うように耳に流れてくる。

「なんたって正月あー、これを聞かんと年が明けた気がしねーや」

若い者が、二階の部屋から階段を転げるように飛び出してきた。

頭に獅子頭をつけ、筒袖に赤い襷をかけ、卍絞《まんじしぼ》りの胸当てをつけ、武者袴に鼓《つづみ》を腰にした姿は、幼い児だけに、可愛らしさといじらしさが同居し、今朝下ろしたのか、新しい草鞋の紐が、今にも足の指に喰い込んできそうで、痛々しい。

冬場は雪の前に三国峠を越えて、上州一帯、江戸の街々で定宿を決めて稼《かせ》ぎ、春の雪解けをまって越後に帰ってくるのが習わしになっている。正月、越後の町や村で地回りをしているのは、まだ蜻蛉《とんぼ》も切れない童《わらべ》達で、雪の積もった越後の家々の軒下や土間で、新年を祝って、鼓を打って門付《かどづ》けをして回っている。

足の皹《あかぎれ》の跡が消える春には、この童達も一人前の踊り子として、梯子乗りや蜻蛉を切って、町家の人達を喜ばせる芸達者になる。

「やっぱりあの小太鼓の音色がたまんねー、よなー」

上州は自慢の獅子舞だが、「越後じゃ白根の角兵衛獅子と、岩室の瞽女《ごぜ》歌だべー」と、在所の方言丸出しで周りを笑わせている。

今年は、年が明けたというのに根雪にもならず、昼頃から降り出した雨が霙《みぞれ》に変わり、夜になって霰《あられ》まじりの小雪が降り続き、寒気が家全体を包みこんでいる。

雪の遅い年に限って、上流の山々の雪解け水が、田植時に洪水となった。これまでも、あちこちで堤《つつみ》が切れ、田畑が流されて百姓達が天を仰いで嘆いているとき、川欠工事の人別割が各戸に配られ、出雲崎代官所支配地の信濃川と西川沿いの村々に、ハイエナのような女衒《ぜげん》の姿が見られるようになるのもこの頃である。

「今年も水が底を突いたら、百姓家は娘子《むすめっこ》売らねばなんねー。早《は》よ根雪にならんかのし」

いつも燕街道沿いの下太田から、野菜を背負籠に入れて町家を売り歩く、お兼婆さんの嘆き節が聞こえてくるようである。

去年は大川の支流、大通《おおどおり》川の川欠で、埋め立てたばかりの新田が流され、荒地を拓いた畑地も水をかぶった。

「泥に埋まったら、どうしようもねーてー」

堤の上に足を投げて座り込んでいた婆さんの姿が目に浮かぶようである。

当時、幕府の財政難は、そのまま諸大名の藩財政窮乏につながった。江戸・大坂の商人からの借り入れ金は、天文学的な数字にのぼり、各藩では支出の抑制はもとより、家中の俸禄の四分の一の借り上げ、人別帳による人別銭制度を領民に課すなど、あらゆる手を使って収入の増を図った。これに対し、幕府は諸大名より石高一万石に付き米百俵の献上を命ずるなど、幕藩体制そのものをゆるがしかねない徴候が全国に蔓延。このため諸藩では、殖産事業の振興、荒蕪《こうぶ》地の新田開発に狂奔した。

〈参考〉
○米沢藩の人別銭
五百石以上の家中妻子とも五十文、百石以上三十文、五十石以上二十文、五十石未満と町人、農民は戸主十五文家中の下男下女と戸主以外の家族一人に付十文、下人、間借人八文……
権力の象徴とされた幕府、各藩の米重視の武家社会と、新田開発と共に換金作物である綿・菜種・蠟・煙草……などの商《あきな》いで利を得ることを知った領民との格差が次第に大きくなってきた時代である。

正月十五日、根雪にならず、五月の雪解け水による洪水が心配されていたが、越後特有の湿気を帯びたドカ雪が、七草を過ぎた頃一晩に三尺余りも積もり人々をホッとさせた。

正月十五日は藪入りで、お店の小僧、女子衆などが、それぞれ近在の実家に手土産を提げて帰省する者、雪深い古志や頸城《くびき》の山里出身の者は、雪に閉ざされて帰れないため奉公先で、二日か三日の、骨休めの小正月を、芝居小屋や湯治場でのんびり過ごす。なかには腹這いになって、草双紙の虜になり、脂下《やに》がっている男、日頃は伸ばせない足腰を思いっきり自由にして、炬燵で歌留多に興じ、日頃口に出来ない黄粉餅や羊かんを腹いっぱい食っている女子衆など様々である。

そんな中で、小僧達の一番の楽しみは、大川の土堤の上で、江戸から入ってきた、歌舞伎役者の絵姿を描いた武者絵、角凧、喧嘩っ早い奴凧《やっこだこ》や鳶凧を飛ばし、凧が思い思いに、川っ風にあおられて、小雪の中を威勢よく、ピーンと直糸を張って、上空を飛ぶのを競うことである。

佐七は女房の登勢と仲良く堤の上で、風を削《そ》ぐ凧の音と鏡のように澄み切った大川の流れを眺めていた。

夕刻になって、北風が強くなり、思わず着物の襟《えり》を合わせて、二人はなにが可笑しいのか笑いながら家の中に駆け込んだ。

その頃、どの家でも、幕府の告示書、各藩の厳しい年貢米の割付状のほかに、近頃代官所から示された高札が話題になっていた。今まで口の端にのぼらなかった武家社会への批判が、人々の間に囁やかれはじめていた。その折も折、正月松ノ内を過ぎたばかりの高札場に、村上藩の領内示書が公告された。

〈参考〉

○村上藩領内示書（宝永五年検約令）

百姓、町人家作の節、柱長一丈三尺以下、屋根草葺《くさぶき》、中門付下無用、百姓は柱長別して低くいたし惣て簀子天井、土間たるべき事。

幕府の、権威の喪失を喰い止めようとした各藩は、あらゆる術策を使って百姓、町人から金を搾り取ることに専念し、武家社会に対する圧政への民衆の怨嗟の声は巷に満ち満ちていた。

正月早々、高札場の周りに集まった民衆の中から、

「オイオイ百姓家は土間にしろ、玄関は障子や杉戸は駄目、ワラ筵をブラ下げろ、寝床はワラを敷いて寝ろだって、侍達は俺達を虫ケラだと思っていやがるんだ」

という囁きが交されていた。

もともと、百姓は髪は藁で束《たば》ね、雨具は蓑《みの》・笠だけを用い、傘、合羽は贅沢《ぜいたく》。身分不相応は村方の難儀になるので、我慢して年貢を納めろと老中から各藩に下達、民衆に公示させている。

現代では考えられない、武家社会の百姓、町人達に対する厳しい締め付けが行われた。庶民は陰口は囁くが正面から上訴すれば、一揆とみなされる。処罰を恐れ表だった動きはなかった。しかし暗闇の中で人々の怨嗟の声は、次第に広がっていった。

なんのかんのと忙しかった正月の行事も終わり、炊きの源太に斬りつけた犯人も、事件の真相もわからぬまま、お稲荷様の初詣でも過ぎ、ようやく雪解け水が水嵩《かさ》を増しはじめた頃、傷の治療で、岩室《いわむろ》に湯治に出掛けていた源太が、ひょっこり㊕の敷居を跨《また》いだ。

「お前え、源太じゃあーねーか。岩室の湯は傷にいいと聞いていたが、病気の具合はどうだ？」

初太郎との遣り取りが聞こえてくる。

土間の上がり框の前に腰をかがめて、

「とんだ定九郎をやらかしっちまって申し訳ねー。お陰様で傷はすっかり良くなりやした」

土間でおどけて跳び上がってみせる源太である。

「源太が謝る必要はねーが、どうも今度のことは腑に落ちねーことが多過ぎる」

「なーして、どこの者《もん》か知らねー奴が、お前に喧嘩を吹っかけたり、そのうえ匕首で斬りつけたり、合点がいかねー……」

初太郎は、源太に問いかけた。初めのうちは知らねーと言っていた源太も隠しきれず、実はと、こんな話をした。

「あの日は、廻米を利根川べりの倉賀野河岸まで運んだ船旅の無事を祝って、みんなで㊗で、ご馳走になったあと……」

その時の事を思い出すようにぽつりぽつりと話し出した。

お開きになったあと、仲町の〝つる〟という一膳飯屋で、二次会でもと綱曳きの利助と連れ立って町に出た。

途中、大庄屋の堀割沿いの塀の上に、怪しい人影を見たんで、大声で人を呼ぼうとして利助に相談した。すると、「そんな人影は見ていねー、オヤジ酔っ払ってんじゃねかー」と笑われたんで……と言葉を切ると、そのまま〝つる〟で一杯ひっかけた。ホロ酔い機嫌で秋葉神社の境内に差しかかった。「いやっ、その前に」と話を前に戻すと、実は酒の席でも、縄暖簾の奥から誰かが中を窺っているような気がしていた。

気のせいだと思って、口には出さなかった。境内近くに来たとき、樹齢何百年という、老松の根方に、この冬空に、菰《こも》を躰に巻いて盗人《ぬすっと》被りをした男がいた。気にも止めず行き過ぎようとしたとき、いきなり匕首《あいくち》で斬り付けて来やがった。初手の一撃は雪駄《せった》で蹴《け》り上げてかわしたが、足元がよろめいた。そのとき、二撃目が脇腹にきやがって、源太はそのときの悔しさを顔にあらわしながら、「あん畜生奴っ」と呟いた。

その一瞬、頬被りした男の手拭が除れて、横顔がちらっと見えた。その時は痛さでうずくまっていてわからなかった。あとで思い出すとあ奴は確か、隣の吉田村の高札場にほど近い、古着屋の一荷商いをしている仙次に似ているような気がするんだ。

そこで源太は湯治の合間を縫って、古着屋の様子を探っていた。

その結果、仙次に間違いないと得心したと、初太郎にその事を告げた。

「俺一人でも殺《や》れんことはねーが、あの身のこなしは、忍びの心得のある者、匕首の捌きも相当の手練《てだれ》とみた。そんなこんなで思案のあげく、(初)の親方に相談してから決着をつけようと今日まで我慢してきたと涙まじりに初太郎に訴えた。

「ふーん、忍びか。それじゃあー昔二本差しで、剣術《やっとう》が自慢の爺《じい》さんでも、手に負《お》えまい」

「実はな……」と佐七の昔の仲間で、出雲崎代官所の吟味方与力の話として、……こんな怪しい動きがあるという。

実は、幕府は勘定奉行所橋奉行配下の小普請組の忍びを放って、全国の天領各藩領内の百姓一揆、産物（例えば藍玉、漆採等）の上納金割付一揆、川舟の運行料金の値上げをめぐる騒動など、騒ぎの動きを嗅ぎ回っている節がある。代官所の評定で、お代官が不快そうに、側用人と話しているのを小耳にはさんだという。

いまの出雲崎代官は、直参旗本二百石、勘定方から関東巡見使などを勤め赴任してきただけに、その膝元を嗅ぎ回るなどもってのほかと考えるのは当然である。問題は探索の胴元は誰かということだ。

代官所でも、江戸表の上（勘定奉行）との繋がりを考えると迂闊《うかつ》な動きは出来ず、様子をみようということになったらしい。

「源太」

改めて初太郎は、

「この手の話は奥が深い。お前も闇雲に斬られて悔しいだろうが、佐七元締めが、その辺のことを探ってくれると言うから、源太一人で動かん方がいい」

初太郎に言われて源太はぶるっと身震いした。

「元締めが動いて下さるんじゃーおまかせいたします」

元二本差しの端くれだっただけにものわかりが早い。

やがてこれが、蒲原四万石領騒動の発端となり、江戸幕府評定所において、新井白石の正義感が、老中、勘定奉行らを相手にした大騒動に発展するとはこの時点では誰もが想像出来なかった。

庭先の柿の実が一つだけ、大欅の陰になっていたためか、まだ落ちずに、鉛色の雪空の下に赤黒ずんだ醜悪《しゅうあく》な姿をさらしている。

庭の蹲《つくば》い越しに、隣の芸妓置屋から、出を待つ妓《こ》の三味の音が風に乗って流れ、黒い墨絵の世界をそこだけが明るい色調に塗り替えられたかのような幻想を覚えさせる。

奥の部屋では、男達の物騒な話とは違って、こちらは、登勢が女子衆のお仲と、春の訪れを告げる雛《ひな》祭りの人形の埃を払いながら、雛壇の緋毛氈《ひもうせん》の上に飾る御所車と雪洞《ぼんぼり》は二段目だったか、三段目だったかの議論に余念がない。

女達の世界は、桃の節句に弾《はず》んでいた。やわらかな日差しが部屋いっぱいに拡がっている。

この部屋のどこにも、忍びの影や百姓一揆、女衒の妖しの影も瞽女《ごぜ》の哀愁を含んだ唄の響きも流れてこない。

平和な、夢物語のような、のどかさが、障子戸に映っていた。

このとき、佐七二十九歳、登勢十九歳の春である。

第三章　川欠の村に女衒と忍びの影

秋の台風で、大川が増水して、三カ所で堤が切れた。

今年は寺泊から出雲崎、地蔵堂の三つの村里に、死肉をあさる狼達（女衒《ぜげん》）が蠢き回っている。

穫り入れが済むと、いつもの年なら鎮守の社《やしろ》に、若者達のささやかな、恋の季節が訪れる。盆踊りの櫓《やぐら》の組み立てではじまる秋の数日間、広場では、はじけるような若者の声が、あたりの静けさを破って聞こえる。それが今年はなかった。

佐七は、大通川を境とした隣の吉田村の立場《たてば》茶屋の床机《しょうぎ》に腰を下ろし、茶を呑みながら、茶屋の斜め向かいの、柿渋で染めた古めかしい暖簾《のれん》の奥をじっと見つめていた。

源太を刺した相手が、この店の一荷商いをしている男に似ている。本人が言っていたのを想い出した。

新年のお弥彦詣りの帰りに、西川の土堤を降りたところにあるこの茶屋に腰を下ろした。

出雲崎代官所の吟味方の話といい、さらにその与力が、江戸表の小普請組にいた頃見覚えのある男に、吉田の宿場見回り中に声を掛けたが、男は知らぬ顔の半兵衛をきめ込んでか、それとも別人だったのか、そのまま姿を消したという。

代官所の評定の席での話に及んだとき、佐七が何気なく「近頃、幕府の御威光にも陰《かげ》りが出て来た……」と、口をはさんだ。その友人は、「滅多《めった》なことを口にするな」と、あたりを見回しながら凄い見幕で、佐七を睨《にら》みつけたのを思い出した。

冬の日は、落ちかけると足が早く、仄暗くなったと思う間もなく、あたりは夜の幕を降ろす。奴さん、今日はお休みか、腰から煙草入れを抜き煙管《キセル》を取り出し、雁首に刻み煙草を詰めようとした。そのとき古着屋の軒先から背負い葛籠《つづら》をずり上げるようにして、暖簾を頭で分けて男が表に出て来た。

宵の口とはいえ、宿場に火が灯りはじめたこんな時間にどこへ……佐七の思いを断ち切るように、男は肩当ての調整が済むと、間もなく大通りを、大保《だいぼ》小路—法生《ほっけ》堂—吉田新田から燕街道に向けて架けられている大通川の橋を渡った。村の鎮守の社《やしろ》近くにある桜町の茶屋の葦簾《よしず》から洩れる、ほのかな灯りを避けるように身をかわすと、太田村に入った。すでにこの辺りは、何回か来ている。村の西側にある太郎左衛門新田まで来ると、夕餉の白い煙がのぼっている、農家の軒下に蹲《うずくま》り、そのまま身動き一つしない。

勝手口から洩れて来る中の動きに、小半刻ほど耳を傾けていたが、用が済んだのか、腰を上げた。溜池の埋め立て工事で、新しく新田開発を行った田の畔《あぜ》道を、検地帳らしきものを片手に、ときおりそれを月光《つきあかり》にかざしながら眺めていたが、終わると堀割沿いに河間《かわま》の大庄屋長沼家の方向に足を速めた。

集落は、暗闇にとけ込んでいる。風が出て来たのか、ときおり百姓家の戸口の筵《むしろ》戸が、物悲しくかさかさとかわいた音をたてている。

お弥彦の峰から吹き下ろす西北と、大川をすべるように渡って来た冷たい風が、里人の身も心《ここ》も凍えさせる。

寝藁《ねわら》の中で、躰を寄せ合いながら、戸口から吹き込む風に眠れないのか？　年寄り夫婦の念仏を唱える声がとぎれとぎれに洩れてくる。

「ナンマンダブ、ナンマンダブ」

眠れない寝藁の床の中で、二人の呟きに似た話し声が聞こえてきた。

「先年、高札場《こうさつば》に告示された幕府の達しの中に、百姓家は戸口は筵《むしろ》戸とし、寝床は藁《わら》を敷きつめ、その中で寝《やす》むべし……。その上、今度出された倹約令では、年貢米を納めない者は鑓《やり》責めを申しつけると言うでねーか婆さん……」

「嫌《いや》な世の中になったてべー、なんで俺達《おらたち》百姓だけが苛《いじ》められるんかのし」

二人の年寄りの恨《うら》みごとは、いつ果てるともしれない。

「お上の言うことを聞かんと、今度は鐺責めだと、おっかねーてー」

佐七は夫婦の寝物語を耳にしながら、このままでは全国各地で起こっている一揆が噂だけではなく、この蒲原郡一帯でも起こるのではないか、そういう囁きが村々に流れはじめているのが、嘘ではないような気がした。

ふと我に返ると、江戸の忍びとみられる古着屋の姿は、いつの間にか闇にとけ込んで消えていた。

あたりを見回したが、人の影どころか、冬枯れの野良道には猫の子一匹見当たらない。

佐七は幻想の世界から引き戻されたように漆黒の闇に目を据えた。

忍びと思われる男は、河間《かわま》から打越の小林あるいは、釣寄《つりより》の曽山両大庄屋との繋《つな》ぎの隠密行動か。それとも、百姓一揆の噂の出所を探るための動きか。忍びの動きが激しくなったのは、幕府も諸国で起きている農民騒動が放置出来ないほどに膨れあがったことを意味している。

「今夜はこれくらいにして引き返すか」、暗闇のなかで一人呟いた。

「幸い源太を襲った下手人の目星もついたことでもある。いずれ化けの皮をひん剝《む》いてくれようぞ」

胸の中に貯めこんだものを、吐き出すように口にすると踵を返して燕に向かった。

土堤の㊞の敷居をまたぐと表の落とし錠を下ろした。

登勢が、上がり框に水を張った小盥《こたらい》を置き、佐七の足を洗いながら語りかけた。

「お弥彦様の人出はどんがらったてー」

この時期は、お詣りかたがた、岩室の湯に浸《つか》りに行く人も多く、ことに長岡・新潟の商家の男衆は派手だから賑やかだったのではないかと尋ねながら、濡れた足を手拭で拭き取ると腰を上げ勝手に戻った。

表座敷の囲炉裏の自在鉤には、帰りの遅い佐七を待っていたように、この秋に枝下ろしをした欅の榾《ほだ》が、松の根の節くれだった節目から出る油で火勢を強め、ときおり生木の爆《は》ぜる音をたてながら、赫《あか》々と燃え盛っている。

「いやあー、さすがに村の道は、吹きっさらしで寒かったてー、極楽《ごくらく》、極楽」

初太郎の口真似をして登勢を笑わせた。

勝手から、いそいそと運んで来た佐七の箱膳には、北前船の運んで来た北の海の干鰊《ほしにしん》と、じゃが芋の煮付に、村上の塩鮭と切り干し大根の漬物が添えられていた。

長火鉢の銅壺《どうこ》の徳利から、甘い酒の香りが座敷に漂っている。

「村上の日陰干しの鮭《しゃけ》か、こいつは旨そうだ」

佐七は箸《はし》の先で身をほぐしながら、この頃はすっかり(初)の姐《あね》さまらしくなった登勢の横顔をみながら笑った。

「そんがね。穴のあくほど見んなてー、しょうしいがねー」

袷《あわせ》の上に羽織った、茶羽織の袖で顔を隠す仕草に、(初)の男まさりの姐さんの面影は消えて、初々しい新妻ぶりである。

うっすらと寝化粧をした妻の顔をみて、家の敷居を跨ぐまで、忍びの跡をつけていたとき、あれこれを思い巡らしていた佐七だが、いつの間にかこの家の若主人らしい和やかな囲炉裏の話題に話が移っていた。

その夜、寝床に入り登勢の健康そうな寝息を耳にしながら、眠れぬまま忍びの動きが瞼に浮かんできた。

あの忍びは、橋奉行配下小普請組の下役だと言っていた。見取新田、表本田とまるで勘定奉行配下の、新田検地帳による落地検地といった仕草、大庄屋の庭の繁みの陰で、農家の軒下での盗み聞き、何かを嗅ぎ取ろうとしているのは確かである。そう考えているうちにいつの間にか眠っていた。

家業の船問屋の方は、三国越えの廻米輸送が人気を呼び、この頃は蔵出しの米の輸送だけではなく、三条の刃物・農機具・燕の釘・煙管など金物の引き合いが多く、猫の手も借りたいほどの忙しさである。

雪解けを待って、江戸はもとより上野・上総・信州・甲州など他国からの引き合いも多い。帰り荷で、古着・漆《うるし》・魚粕・菜種油・蠟燭《ろうそく》・北前船の干魚・塩鮭など持って帰れば飛ぶように売れた。

これは土地の百姓、町人が裕福になったということではなく、これまで庶民が手にしたくとも手に出来なかったものが、手に入るようになり、素焼の甕《かめ》の中や、壺に細々と蓄えてきたものが役に立つようになった。

米中心の幕府の経済政策にくらべ、大坂商人を中心とした、金銀をもってする商取引が盛んになり、江戸は勿論、越後の地（新潟港）にまで、河村瑞賢による西廻り航路の開発で、北前船、樽廻船など大型船が立ち寄る時代になった。商品の数と流通経路の大幅な短縮で、越後や東北の地にも西から大坂の文化が流れ込み、幕府、諸大名の侍社会崩壊の兆しが、怒濤のように迫って来ていた。

㊙の米輸送を中心とした船便も、郷蔵から出された蔵米は、燕付近は、新潟組と寺泊組の境目で、燕より川上は寺泊、川下は新潟組と定められた。年貢米の川船による川道の経路は大筋ではそのように決まっていたが、船番所も津出しされた米以外は川道の通船料さえ払えばおかまいなしだった。したがって燕の金物類や釘は長岡川筋による輸送が中心になってい

た。

舞台は一転して江戸表、宝永六年（一七〇九）六月、評定所での論議を終えた新井白石は、老中控えの間近くの御用部屋に、甲府藩時代の盟友、将軍家宣の側用人間部詮房《まなべあきふさ》を訪ね、何事か語らっていた。白石は、その夜飯田橋に近い役宅に、小納戸役頭長尾新吾組下、矢坂一之進を召し出していた。

白石は一之進を書院に通すと、用人に茶の仕度を命じたあと、おもむろに口を開いた。

「本日は、組頭の長尾殿を煩《わず》らわし、貴殿に御足労をかけたるは、余の儀にあらず、ここ数日、評定所で論議している越後国蒲原郡の百姓共上訴の件である。評定では村上藩ならびに大庄屋十組の意見を重視して、上訴を行った百姓共を重罪に処すべきの意見が大勢をしめていた。しかしながら同日の評定所審議に関し、何故百姓共が上訴したのか……各地で年貢米の割付の不当を訴えているのに比べ、幕府直轄の支配地にしてほしいという訴えである。いわば幕府に対する忠誠心の現れではないのか。総じて勘定方の申し条は、曖昧な点が多く、このまま評決しては御政道の公平を欠く。よって百姓共の難儀の実態をよくよく把握したうえ、公正な裁決をしたい。

本日召し出したるは、急ぎ越後村上領に赴き、蒲原四万石領内三十五カ村の実態を探索、

『見聞書』により御政道に誤りないよう措置したい」

と大筋について説明のうえ、

「小納戸役付きのそなたに申し付くるは、甲府以来の盟友間部殿を通じて側用人の推挙もあったが、表に出し難い秘密の事柄ゆえ是非共引き受けてほしい」

理を説き、貨幣鋳造で勘定奉行荻原近江守を糾弾した、噂に高い白石の頼みに、一之進は面を上げた。

「不肖には過ぎたる重き役儀なれど、御政道のため一身に代えて、彼の地の実態を調べ言上申し上げたい」

赤心も露わに白石の命を成し遂げる決意を言上した。

白石は笑顔でそれを受けると、一之進に向かって、

「今宵、白石の申し付けし役儀については、小納戸頭長尾殿には、オランダ国の宣教師シドチの来日目的について、長崎奉行所に参り彼の者を尋問取り調べのための旅と申しておく。よって小納戸方には、そのような役儀にて長崎に出役する旨を届けたらよい」

四万石領の百姓の難儀を正そうとする決意が、白石の鋭い眼光に込められていた。

白石は、甲府宰相から、引き続き家宣が六代将軍の座についてからも、学問の師として仕えるかたわら、家宣の知恵袋としても活躍していた。

紀伊国。船津の商船積荷強奪、岩城二本松の幕領百姓暴挙の件等々、数多くの事件を解決、従来の葵《あおい》の紋絶対の裁きではなく、事件を公正に裁いてきた。一之進は、侍溜りで白石の話を耳にして、白石の今回の調査が容易ならぬものだけに、この人のためには死して悔なしの決意を固めた。余りの緊張から、全身に流れる汗を拭いもせず白石邸を辞した。

白石は、評定所での細かい老中、奉行との考え方の相違については語らなかった。非は明らかに村上藩と大庄屋にある。上訴の動きはすでに勘定奉行から小普請組の忍びを通じて報告されているはずである。葵の権威を守ることに老中も奉行も狂奔し、百姓の訴えには耳を貸さず、己の利と体制の保持のみを考えていた。そのために無辜《むこ》の農民の犠牲を顧みることはなかった。

神田の役宅から中山道板橋宿に抜け、高崎から越後路に向かった。深編笠に野袴・草鞋ばきで、三国峠の難所を越え、十日町の川岸から長岡に下る船便を利用、信濃川を下って五十嵐川と中ノ口川の分岐点。一ノ木戸で船を捨てた。一ノ木戸陣屋に近い堤の下で草に埋もれた庚申《こうしん》塚の陰に身を隠すと、四方に人影のないのを確かめ、背にかけた包みの中から、縦縞の単衣を取り出し、浪人姿に替えた。

小納戸役付として、将軍家のお側に仕え、庭内の散策のときや野立をされる折の身辺警護等の役柄から、剣の腕と、忍びの心得は一応身に付けていた。しかしまさか己が隠密行動を行うことになろうとは考えてもみなかった。

江戸を出立するときから、この日のことを考えて、この一週間ほどは髪も髭も当たっていない。伸び放題のうえに、油っ気がないざんばら髪で、汗臭さが躰全体から臭ってくる。

五十嵐川の、川欠に備えた洪水防護堤を伝って、八王寺の手前で大川沿いに、三条街道を小池村から、田の畦道伝いに野本—粟津に抜けた。小納戸頭の長尾から、越後国蒲原郡内の燕に、かつて江戸日本橋の小野派一刀流、添田道場で学んだ剣の友がいる。子細あって、大川の川船の問屋に奉公していると聞いている。

「確か父御《てて ご》は直参旗本で越後で代官を勤められたはず。本人は父の死後同じ越後の石瀬代官所の手代として仕えていたが、職を辞されたと聞いている。その後の詳しい消息は聞いておらぬ。一刀流の名手で、惜しい幕臣を失ったものよ……」

と言葉を濁した。その名は長谷川佐七貴住《たかずみ》……。

江戸城小納戸役付と名乗れぬ忍びの者として、正面から川船の問屋に訪《おとない》を入れる訳にはいかない。日のある中に蒲原四万石領の一部を駆け、日の落ちるのを待って、吉田の宿場から大川の堀割沿いに、倉小路に上り、船着き場から土堤を伝って大川の袂にある旅籠「はしもと屋」に草鞋を脱いだ。

宿帳には芸州浪人山田一馬とある。

この度は、村上藩普請奉行配下の川欠堤防の築堤工事で、作業差配の武士を新規お召し抱えになる。その噂を聞き来越と、手形には記されている。

その夜、一之進こと一馬は急ぎ旅、それも駆け抜けるように見知らぬこの地に到着、明日からのことは考えず、疲れを取るために、泥のように眠った。

翌朝、早立ちの毒消売りの声に、あわてて床を飛び出した一馬は、口の中で〝不覚なりっ〟と低くつぶやいた。

そのあと自からを奮い立たせるように、二階の障子戸を開け放った。大川を拭うように渡った冷気が眠気を払う。

目線の先に、中州の新田開発で生まれた向町の真新しい造りの百姓家から、朝餉の白い煙が、陽に交り淡い緋のまんだら模様となって、上空に真っ直ぐに立ち昇っている。

大川に架かる橋の上を、若い百姓夫婦が、飼っている牛か馬の飼葉であろう、竹籠に溢れんばかりの青草を背負って渡ってくる。

川の上には、朝の早い肥船や藁束を山積にした小舟が行き交っている。町と大川は夜の眠りから覚め、今日の仕事がはじまっている。

二階に上がって来る、女中の足音で障子戸を閉めて部屋に戻った。

「お侍さん、よほど疲れていなさったのか、よう眠っていなさって」

もう早立ちの客は出てしまったので、朝餉の支度をしてもいいかと尋ねた。

聞き馴れない越後言葉になんとなく頷いた。ご飯に沢庵、豆腐の味噌汁に干し鱈の煮付け、久し振りに膳の上の食事を済ませた。

「この近くに、船問屋で(初)という店があると聞いたが」

と尋ね、女中の頷くのを待って、その店に佐七という人がおられたらこの手紙を届け、返事をもらって来てほしいと頼んだ。

「佐七つぁんかねー、いまは(初)の元締めで、お登勢さんのお婿さんらがねー」

と、給仕を終わると女中は一人合点しながら表に駆け出していった。

茶を飲み、楊枝を使っているところに、(初)の半纏《はんてん》を羽織った佐七が旅籠を訪ねて来た。

女中に案内されて、二階の部屋の障子を開けると、所在なさそうに床の間の軸を眺めている一之進と目が合った。

女中が部屋から立ち去るのをみて、

「文を拝見し、急ぎ参上致しました。手前が船問屋(初)の佐七と申します」

と口上を述べ、一之進の出方を窺った。

しばらくして、一之進の方から口を開いた。

「そなたが佐七殿か、ちと尋ねたい儀があってお呼びした」

言葉を濁《にご》しながら、佐七の身動きから目を離そうとはしない。ややあって、

「実はの、幕府、小納戸頭の長尾殿とは拙者昵懇《じっこん》にして頂いておるが、拙者がこたび越後の地に参ると話をいたしたら……。江戸では庶民の間で、越後国、弥彦神社に近い、津波目《つばめ》（燕）という里で作られる煙管《キセル》が、好事家の間で評判が高い。せっかく彼の地に参られるのなら、是非購《もと》めてくるよう頼まれましてなあー」

と苦笑いした。

「ついてはその方に、品物の目利《めき》きをお願いしたい」

「これはこれは、この町の煙管職人が聞きましたら、泣いて喜ぶことでしょう。ここでは、細かな細工の話も出来ないので、私共の店は、こことは目と鼻の先、是非手前共の店にお越し願えれば……」

佐七は旅籠では人の目もあり、一之進を自宅に招くことにした。

その夜……、㊙の土堤下にある土蔵の中で、畳三枚ほどの板の間にある帳付用の机をはさんで、二人は手燭《てしょく》の弱い灯のなかで、額を突き合せるようにして話し込んでいた。

一之進を蔵に案内する前に、今夜は大切な客が尋ねて来る。人目をはばかるので、蔵には誰も近づけるな、茶など一切無用と言ってある。

日が落ちて小半刻もした頃、一之進が佐七を訪ねて来た。

蔵の中に案内すると、佐七は、

「今朝は失礼仕った」

非礼を詫びた上で、

「長尾殿からの書状では、用向きは直接本人から申し上げる。としか書いてないが……。天下の直参が、越後の田舎まで下向するとは、容易ならざる事態と察しております。旅籠では話もならず、お越し願った次第……」

理を尽くした取り扱いに一之進の方が恐縮した。

そのあと前述のように額を突き合せての密談となった。

「恐れ入る。実は」江戸表幕閣での老中を筆頭に、荻原勘定奉行一派と新井白石との通貨改鋳にからむ財政再建策に関し、幕府の屋台骨を揺がす弾劾騒動の最中に起きた越後村上藩領百姓上訴の理非の裁定は、真に農民の実情を把握した上で公正無私な裁断をしたいとの、白石のほとばしる情熱の思いをこめた、事の真相を打ち明けた。

その上で一之進は、膝を進めると、

「すでに勘定奉行の命を受けた普請奉行配下の忍びの輩が、藩の勘定方と手を組み、大庄屋などから集めた農民に不利な情報を農民一揆として、一方的にこれを江戸に送っている」

このままでは年貢米割付に反対して、各地で起きている暴徒化した一揆の処罰と変わりない裁定が行われる危険がある。

街道の名すらわからぬこの地で、農民の実態をつかむためには、佐七殿の支援なくば、大命は果たせない。一之進は佐七に両手をつき願いの筋を訴えた。

「お話よくわかり申した。まず手を上げて下され」

佐七は白石の真意を読みとった。

「佐七貴住《たかずみ》、故あって禄を返上、越後の川船の元締めとなり申したが、元直参旗本二百石の幕臣を父に持つ、侍の衿持はいまでも失っては居り申さぬ」

小野派一刀流の剣に誓い、蒲原四万石領八十五カ村の百姓のため、ひいては幕府の御政道を守るためにも、共に貴殿と汗を流すことを約定いたす。

㊙の元締めではなく、元直参旗本の意地にかけても、白石の百姓を思う情熱の万分の一にでも応えられれば本望である。互いに手を握りあい探索の成功を誓いあった。

その上で佐七は、一之進に蒲原四万石領一帯の農民が藩領による不合理さと、藩役人と大庄屋制度から生まれた馴れ合い行政の欠陥について語った。

村上藩領でも蒲原一帯の穀倉《こくそう》地は、一年ごとに襲って来る大川の氾濫で、その年の冠水地域の農家では、娘を女衒に売り渡す親達の涙で暮れるといわれている。

この度も、越後から遠い高崎藩松平氏が、村上藩主になるとの噂が流れている。

大庄屋は、百姓共がお上の決めた村分《むらわけ》に従わず、藩領拒否としてこれに背くことは、一揆同然の行為だとしている。

「さて、一之進殿、侍社会では、大庄屋制度は、幕府にとっても、藩にとっても、末端の行政の代行者として、誠に調法な制度です。一方、農民にとっては、豆が搾り機にかけられているようなものです」

と皮肉を込めて言うと、喋《しゃべ》り疲れたのか、素焼の甕《かめ》の板蓋を取ると柄杓《ひしゃく》で水を喉《のど》に流し込んだ。

一息ついた佐七は、疲れの見える一之進に喝《かつ》を入れるように、

「これから申し上げる年貢の割付と大庄屋制度は、四万石領の大庄屋と農民の実情を探索する上で、基本となることだけに、心に留めて置かれよ」

鋭く、注意を喚起すると、手に持ったメモを片手に年貢の収納の実態と大庄屋制度について私見を交えることなく説明した。


〈参考〉
○藩領の年貢
四万石領八十五カ村は、かつて天領として幕府の支配地であった。

その頃の年貢の割付は、総検地で本田四対六、見取新田五対五、新田四対六で平均して年貢は五対五の比率であった。

これが藩領では、上下逆転して五・五対四・五の比率にまで取り立てが厳しくなり、さらに幕領の一俵は四斗二升で取り立てるが、藩領では一俵が四斗九升の計算で、実に一俵に付七升の余分な取り立てが行われている。

これは仲立《なかだち》に入る大庄屋・小庄屋の手数料で、他に小物成と称し川欠、橋欠普請の人足割などの支出が加わり大庄屋、小庄屋は雪達磨の如く儲けがふくれ上り、逆に百姓は、生かさず殺さずの苛酷な年貢の実態となっている。

○大庄屋制度と大庄屋

藩領の場合、譜代大名の領地が多く、幕領時代の郷士がそのまま大庄屋となった例が多い。

四万石領の大庄屋の多くは、領主と共に移り住み、領内組織の末端の実務を行っていた。

四万石領十組の大庄屋一覧

味方組（笹川家）、茨曽根組（関根家）、打越組（小林家）、一之木戸組（小林家）、渡辺組（五十嵐家）、河間組（長沼家）のちに釣寄組（曽山家）、燕組（樋口家）、三条組

（宮嶋家）、地蔵堂組（富取家）、寺泊組（五十嵐家）

以上の十組の大庄屋が、傘下の小庄屋を配下に置き、強大な権力を擁している。ちなみにこれら大庄屋は、藩に事ある時は在所で先陣を勤めている。

村上藩主、松平大和守直矩が、高田藩主松平越後守光長の改易城引き渡しに当たり、次のような古文書（概略）が残っている。

……その節、村上に召し寄せられ、御家老中より申し渡され候……その方儀郷士の家筋につき、お供仰せつけられ兼ねて引付の通り、一騎一張にて相詰め候段申し付けられ、武具・馬具用意、御軍役滞りなく相勤め、御目見之仰せつけられ、麻上下一具、御時服一重、白銀三枚拝領仕り候。

以上のように記されており、藩の軍役に服して、功績を受けるほど大きな権力を持ち、藩の普請、勘定方の会議に出席、川欠防堤工事の取り決めに加わるなど藩との結び付きは深く、百姓達の年貢の減免、領地替、川欠工事の割付の減免などの藩主に対する上訴は、すべて藩のそれぞれの部門で、暗闇の中で、握りつぶされていた。

大庄屋は、藩政に関与し、幕府が自作農の農地の手放しを厳禁しても、その裏で、藩の勘定方と大庄屋が結託して、年貢米の割付通り納められない農民に金を貸し、返せないときは、貸し金の代わりに農地を取り上げるなど、庄屋の圧政が続いている。

是非共、この実情を江戸表の白石殿に伝え、御政道の誤りなきを期するために、四万石領農民の真実の訴えを、一之進殿の明日からの探索に生かし、「聞取書」にとりまとめ、江戸表にお届け願いたい。

佐七の旧幕臣としての心情溢れる協力に、一之進は改めて、事態の重要さを再認識すると同時に、百姓のために熱き心を注ぐ白石の儒学の徒としての決意に、一身を賭《と》して、これに応える決意を新たにした。

長い一夜を語り明かした二人は、夜明け前の大川の堤に立つと、心の中で見えない敵に対して闘うことを宣言した。

土堤の斜面に、野朝顔の淡い花が、夏の夜明けを待ち焦がれているかのように、一瞬の刻を待ち、蕾を天にむけていた。昨日の夕刻、蔵の前の植え込みで見た宵待草の蕾があたりの静けさを破り、乾いた音をたてて、花を開いた。

その黄色の大輪が朝焼けの陽に、舞台の主役の座をいま降りようとしている。

第四章　天領差配を望む百姓

三月は、雛祭りの前に、子供達が楽しみにしている初午《はつうま》がある。大川の堤の下にある(初)の荷倉に挟まれるように、お稲荷大明神の可愛らしい緋の鳥居がある。境内に置かれた鉢植えの千両が、赤い実をつけ寒さに耐えている。緑の葉に添えて、弱い冬の木洩れ日が、ときおりはっとするように赤い色を誇示する。

頃合いの長さに切った四、五十本はあろうか、笹竹の枝に、紅・青・黄・白・黒五色の三尺余りの幟《のぼ》りが吊されている。

幟りに子供達が、願い事と自分の名前を書いた笹竹を雪の中に差し込み、お稲荷様に願掛けをする。いつもは静かな社の周《まわ》りが親子連れで賑わい、本殿の中で打つ太鼓の音が、大川沿いの人達に、春はもうそこまで来ていることを告げ、心を和ませてくれる。

この日、それぞれの家では、座敷や居間、炬燵《こたつ》の上の天井の板に、柳の枝をくくり付け、それに米の粉を焼いた色彩《いろ》付の大判・小判・米俵・鯛・七福神など、めでたい各種の繭玉煎《まいだません》餅《べい》を吊り下げる。子供達はその下で、口いっぱいに空気をため込んでは繭玉に吹きつける。糸で吊した色とりどりの繭玉が、揺れるのを楽しんでいる。四万石領、初春ののどかな一刻である。

この日は、お弥彦様にかかっていた雲が、海からの風にあおられ、角田山の頂から黒崎に向かって千切れ飛んでいる。

初太郎が、珍しく座敷の長火鉢の前に座って、床の間に掛っている漢の国の寿山という偉い坊さんの描いた、寒梅の白い花を眺めていた。人伝《ひとづて》だが、昨日の日暮時、ここからそう遠くない下太田の馬洗い場の側にある地蔵堂の祠《ほこら》の前で、若い百姓が血達磨《だるま》になって倒れていたという話である。

背に草刈り用の竹籠と、腰に鎌を差していた。冬の最中に草刈りとは？　しかしそれを使った気配はない。

ただ、その男は、このあたりの者ではなかった。誰も知らない顔で、手のひらに竹刀《しない》ダコがあったという。どこの侍か、百姓姿までして、この村に何の用があって来たのだろう。

そういえば元締めが、昨日橋の袂の旅籠に泊まっていた浪人らしい風体の男と連れ立って土堤下の荷蔵の中で、小半日とじ籠もって何やら話しあっていた。そんなことを登勢が言っていたが、あるいはそれと関係があるやも知れん。

ここのところ、西回りの樽廻船が、箱館からの干鱈や𩸽《ほっけ》の干物・房総の菜種油・上野《こうずけ》の蠟燭などを持ち込み、戻り船で燕の鉄釘、農具、近頃人気の出ている銀や銅製の彫《ほ》り物の入ったご禁制の煙管の注文が多い。

廻米を新潟に運ぶだけでなく、帰り荷の利幅が大きく商いは繁盛していた。

それにくらべたら、百姓衆は、暴れ大川を、村上藩の分水計画による水路の付替工事で、川欠は少なくなったが、破堤が止ったわけではない。それに幕府、各藩の財政難から、年貢の割付は年々増加し、娘だけでなく田畑まで手放す者の数が増えている。

噂では、庄屋・大庄屋は、毎年年貢と新田の開発で、黙っていても小判が転がり込み、雪達磨のように膨れあがっているという。

何かが起きなければよいが、川筋で生まれ育って来た初太郎には、言いようのない不安が渦巻いていた。

船番所の侍の話では、下太田で変死した、百姓姿の他者《よそもの》が、托鉢僧と田圃の畦道で話し合っていたという。

村の共同風呂の焚《たき》番と、使いっ走りをしている権爺《ごんじい》さんが、二人とも見慣れない顔だが、どこの衆だろうと、風呂を使いに来た村人と話していた。

「悪いことが起きねーばいいが」

と、初太郎が心配していた矢先の出来事である。

炉の榾火《ほだび》が燃え尽きたせいか、近くの万能寺の鐘撞堂から酉刻《とり》（午後六時頃）を知らせる鐘の音がしてふと我に返った。

「寒くなってきたようだ」

一人呟きながら炉の火種を火箸《ばし》で掻きわけ、新しい薪をたてかけた。

風が強くなってきたのか、廊下の障子戸がきしむような音をたてている。

庭の黒竹の葉が雨板を掃いているようだ。

「おーい誰かいねーか、船着き場に舫《もや》ってある、艀《はしけ》の様子を見てこいやー、吹雪になるかも知れんぞー」

初太郎の声に、二階にいた源太があわてて階段を下りて来た。と思ったらもう表に飛び出して行った。

いまの様子じゃ、湯治で傷はすっかり治ったようだ。

明け方まで、倉の中にいた佐七が、江戸の道場に通っていた頃の知り合いだという浪人風の男を見送ってから、朝餉を済ませると、珍しく登勢に声を掛けた。

「久し振りに夫婦連れで出掛けるか。そうと決まれば、今日は市《いち》（八の日）の立つ日、仲良く市場でも覗《のぞ》いてみるか」

二人が腰をあげたのは昼刻《ひるどき》である。

昨日の雪が嘘のように晴れ上がった大川の土堤のへりを、凧の糸をしごきながら子供達が走り回っている。

こののどかさも表の風景で、裏の世界では、幕府の評定の場では、武家社会と農民達との死闘が繰り拡げられている。雪深いこの国ではそれを知っていても、誰もそれを口に出して言う者はいない。

念仏を唱えながら、襤褸《ぼろ》をまとった老婆の苦悩に満ちた顔、娘が女衒に追い立てられるように連れ去られるのを見送る百姓夫婦の顔、救いようのない怒りが巷に満ち、鉛色の雪空に似た囲《かこ》いの中で、もがき苦しんでいる。

旅人の話では、上毛・上野《こうずけ》の日光御弊街道ぞいの宿場宿場では、越後国蒲原郡《ごおり》の村々出身の女郎、飯盛女の墓が地元の寺に無数にあるという。

女達は、川欠で米が穫れず、泣く泣く百姓家から、女衒の手で街道の宿場に売られ、春をひさぐ女として、あるいは飯盛り女として死ぬまで働かされる運命を背負っている。

その多くの妓達の年齢は十代から二十代半ばと墓石に刻まれている。

廓《くるわ》の主人や旅籠の親父が慈悲深い人で墓に納められている妓はまだ幸せだが、仏になっても弔う人もなく、無縁仏となる妓は、その数十倍にもなるという。

米をもって財政の基本としている幕府が、その生産者である農民を救済することなく、「生かさず殺さず」の武家社会の無情さに背を向けて、川船問屋の元締めとして、生きることに大義を見いだした佐七である。

それだけに、武家社会の構造的な歪《ゆが》みと専横を糺すために立ち上がった、新井白石の命を受け、農民の実態探索のため、この地に潜入した一之進を助けることに、一身を投げ打つ覚悟を決めた。

この佐七の心情は、石瀬代官平岡十左衛門の死の思いにつながる。

元禄八年（一六九五）六十二歳で、出雲崎代官となった父の晩年、越後国石瀬代官の御家人となったが、武家社会での栄達のためには、友も裏切る行為が平然と行われる侍社会に嫌気がさし、奉行所を辞し、浪人となった日の追憶が、川欠農民の泥にまみれた屈辱《くつじょく》と心の中で錯綜する。

物思いにふけりながら歩く佐七のあとから、登勢は黙ってついてくる。男が今、何を考えているのか、その顔の苦悩から察することが出来るだけに、胸が締めつけられるように痛い。口に出して慰められることでないだけに、いつも笑顔を絶やさないその顔も、心なしか震えている。

道の両側には、近くの村々からこの朝雪室《むろ》を掘り返して持ってきた泥の付いた大根や里芋が真っ白な新雪の上に並べられている。その隣には、笹の葉を敷いた上に、三尺近い丸々と肥えた寒鱈《かんだら》が無造作に置かれている。

「アレッー柏崎の鱈らてー」

今が一番美味《おいしい》季節だと言いながら、登勢は前を歩く佐七の背中を叩いた。

「寒鱈の鍋で一杯呑んだら、極楽、極楽」

と、初太郎のいつもの口癖を真似て笑った。

佐七は登勢の声に、夢から醒めたように後ろを振り返った。

登勢が笑いながら、鰓《えら》に通してある藁縄《わらなわ》に手を掛けて持ち上げた。

大きな魚の頭を指ではじいて、「今夜は何よりのご馳走ができるてー」、魚屋の兄《あに》さんと駆け引きしている、登勢の満足そうな両肩に男は手を置いた。

次にこの物語のこれからの展開に重要な役割をもつ、蒲原四万石領の由来について述べておかなければならない。

〈参考〉

○蒲原四万石領の由来

大坂冬の陣、同夏の陣で功績のあった徳川方の論功行賞で、その昔美濃の斎藤道三に仕え、美濃市橋庄の土豪であった市橋利尚、その子長勝は、慶長十三年関ヶ原の戦功により、伯耆国人橋藩二万石の大名となった。この他に家康の信頼厚かった、堀内丹後守直寄《なおより》八万石（越後国長岡）、稲垣氏二万石（茢羽郡藤井藩〈柏崎〉）、酒井氏十万石（高田藩）、牧野氏五万石（頸城郡長嶺藩）とそれぞれ越後国の各藩主となった。

元和六年（一六二〇）長勝に子なく、甥の長政が、近江国（滋賀）・河内国（大阪）二万石を与えられた。

蒲原郡に影響力を持つ、三条藩四万一千三百石は、幕領出雲崎代官の支配となったが、元和六年稲垣平右衛門重綱二万三百石の領地となった。

三条藩主稲垣氏の所領は、三条を中心に、信濃川、中ノ口川に沿った地域で、三島郡内三十六カ村、蒲原郡内六十カ村である。

このうち、現在の燕市域にある村は（長所・佐渡・中川・杉名・小中川・大船戸・岡崎・小高・松橋・大曲・八王寺・二階堂・小牧・灰方・燕・杣木・児木・新田・道金・柳山の二十カ村）その後、元和九年稲垣氏の大坂定番に伴い、再び幕領出雲崎代官支配地となった。

元和元年以来幕領だったこの地が、慶安二年（一六四九）徳川家康の次男結城秀康の五男松平藤松丸を藩主とする村上藩十五万石の領地となった。この時代新田開発によって新しい村が増え、燕地域二十カ村は四十六カ村に増加していた。

その後、松平氏は大庄屋制度を設け、郷士・豪農に行政の末端組織をゆだねた。ここに天領支配、藩領忌避の農民騒動への芽生えがあった。

その後、松平氏は寛文七年（一六六七）姫路藩主となり、後任に榊原熊之助が村上藩主として入封。宝永元年（一七〇四）榊原氏の移封で、姫路から本多十郎忠孝が村上藩十五万石を引き継いだ。そのあと忠良が継いだが、領地は五万石に減石（幕府は蒲原四万石領が実質二十万石を超えると検地の上、削減した）。

宝永七年（一七一〇）高崎藩七万二千石松平右京大夫輝貞の領地となった。

その前後、本多氏は徳川幕府との戦功による領地は永代引き継ぎとの噂が流れ、配置替えにより幕領に編入されると領民の誰もが信じていた。ところが、大庄屋制度と村上藩との利を介しての結び付きは強く、百姓達の思惑をよそに寺泊と渡部を除く村々は村上藩の所領となり農民の怨嗟の声は野に満ちた。

これが天領一揆とされた蒲原四万石領の背景である。

陽春四月、日差しが大川の水に溶け、藍染《あいぞ》めの布を晒している様を思わせるかのように、波打ち、透明な流れは人の心を和ませる。

土堤の野草の葉が刃物のように切り立ち、船着き場の水の澱《よど》みに芒《すすき》の若芽が顔を出し、土筆《つくし》の胞子《ほうし》が、若い娘の乳頭ほどに、ふくらみを増してきている。

荷を肩に、船板を渡る男達のどの顔も、春の川風に嬲《なぶ》られて茜《あかね》色に染まっている。船問屋は、春から夏が上期の稼ぎどき、水の上には荷船・遊船・釣り船と、どの船も春を謳歌している。

坂下の造り酒屋西脇の酒倉から、地酒二十樽を積んで、月潟で降ろし、白根で廻米と茣蓙《ござ》節《ぶし》二百張りを乗せ、鯵方《あじかた》で燕から持ってきた農具（鋤・鎌）を問屋に届け、白連潟《びゃくれんがた》（横十二町縦十三町深さ三、四尺の潟）で穫れた川魚を関屋の佃煮屋に卸した。このあと、廻米を東新潟河口の西廻り船の倉庫に入れ、その足で沼垂の雑貨問屋に茣蓙節を卸して行き荷は終わりだ。

戻り荷は、江戸からの古着、房総の菜種油、北前船からの魚油・干物・魚肥を買い付けて帰る予定である。

「みんな、用意はいいなあー」

佐七の威勢のいい掛け声が土堤の上下に響く。

それに続いて、船頭の太吉が、川風に鍛えた錆《さび》の利いた声で、

「雪解け水で、積荷はいくら積んでも、船の底を舐《な》める心配はいらんでー、目いっぱいに帆を張って突っ走ろうぜー」

と、若い者に気合いを入れている。

「新潟なんかー久し振りらてー」

綱曳の若い衆の思いはもう沼垂《ぬたり》の岡場所に飛んでいるようだ。

それに応えるように、

「二日目の夕刻には、沼垂の馴染《なじみ》の妓にも会えるぞー」

佐七の声も久し振りの新潟行きに弾《はず》んでいる。

雪が消え、春を迎えた大川の堤《つつみ》の上を、農具や畑の青物、樹の皮、肥桶を積んだ荷車や馬車が通る。時折、馬糞まじりの土埃《つちぼこり》が、風にあおられて、舞い上がるが船までは届かない。

一ノ木戸から合流した信濃川と大川に挟まれた巨大な中州は、かつて戦乱に明け暮れた慶長・元和の昔、直江山城守の居城（島の城）を経て、市橋長勝下総守四万石の城下となり、平城だが五十嵐川の流末右岸の地で、前面に五十嵐川の川港、後背地は大槻潟の湿地帯という要害の地で、上杉遺民一揆以来、会津を結ぶ要衝の地で、城郭《じょうかく》形の築城が行われると共に、川の流域を変更し現在（永徳年間）の地形となった。巨大な中州は地味も肥え、新田の開発が積極的に行われていた。

この中州の開発地に新しい村が生まれ、川沿いの白根が、一ノ木戸河岸についで舟運の拠点となった。

大川は、川欠の難所として知られる鵜の森の分岐点から、山の森新田へと大きく左岸を削るように屈折、新飯田を経て月潟の川岸に着く。この付近一帯は大庄屋関根三郎右衛門の末端行政区域で、蒲原平野の中央に位置する肥沃の地で、川上の大川の氾濫が益をもたらしている。

一ノ木戸に次ぐ川港として、また新潟・長岡・三条・燕の中継地点として河岸は賑わっていた。

常舞台小路の坂道を、日本海の荒海を刷いた風が、お弥彦様の頂から吹き下ろし、初夏を思わせる日差しで、暖かくなった首筋に、冷やっとした感触を残して吹き抜ける。

あと一刻もすれば、荷積の衆の背中から湯気が立ち、黒光りした双肌抜ぎの川筋男達の勇み肌がみられる。

佐七の傍にいつの間に来たのか、登勢が矢立と墨壺に筆先をなじませながら、積荷帳に目を飛ばしている男の姿を惚れ惚れと見上げていた。

「へーェッ、符丁も、元締めらしく、きちんと整理されてるんねっかねー、姐《あね》さの出る幕がねーこてねー」

と言って皆を笑わせた。

船は底の平らな艜船《ひらたぶね》だが、二百石積みの筵《むしろ》帆から、この頃、北前船から運ばれた干鰊や数の子、魚粕の入った麻袋を開いて、二枚重ねにして四子糸《しごいと》で縫い合せて帆布一反（約九十センチ）を六枚使って試したところ、これが具合が良く、逆風の時の間切《まぎ》り走りをするときも操舵がしやすくなり、帆は力強い張りをみせた。積み荷を満載しても、船は疾風《はやて》のように大川を走り、余りの速さに船頭の緊張した顔がときおりみられるこの頃である。

「船道《ふなみち》を間違えたら大変だこてねー、あんまり速ようて」

船頭の太吉は舵に手を置いて、後ろを振り向いた。それに応えるように、佐七も満足そうに頷《うなず》いた。

船は月潟で、秋の穫り入れのあとの打ち上げ用に、燕の酒蔵から船倉に積んできた二十樽の菰《こも》かぶりの酒を下ろし、船の重心を下げるために、胴の間に積み上げていた農具を船倉に積み替え、そのあとに、新潟の雑貨問屋に持ち込む、嵩の張る茣蓙《ござ》節を舷側に積み上げると、白根に向けて艫綱《ともづな》を解こうとしたとき……、船着き場が俄《にわか》にざわめき、積み荷人足の間を縫うようにして、村上藩の侍らしい四、五人の男が、問屋場の主人と立ち話をしていたが、積み荷の宰領《さいりょう》をしていた番頭が、こちらを向いて、

「㊒の衆、船を出すのをちょっと待ってくらせーやー」

船頭に声を掛けた。

一仕事終えて、胴の間で積み荷に腰を下ろしていた佐七は、積荷改めで、藩の川船奉行所の役人が、臨検するまで船を出すなと言っています。太吉の怒鳴り声の説明が終わらないうちに、役人らしい野袴に陣笠の侍を先頭に三人が急ぎ足で船に乗り込んで来た。

船番所の手代を案内役として、乗船して来たのは、村上藩川船奉行配下の吟味方与力塚原某と供の侍二人で、いきなり与力は迎えに立ち上がった佐七に、

「この船の元締めは貴様か……」

高飛車な態度に、佐七はむっとしたが、

「これはこれは、藩の奉行所からのお出張《でば》りとは何事で御座いますか」

小腰をかがめながら与力の前に出た。

さすがに与力も、佐七の丁重な応対に、自分の高飛車な言い方に気が引けたのか、

「実は……昨夜打越（中ノ口村）の大庄屋、小林家の外堀と、高塀を乗り越えて黒装束の賊が侵入、見回りをしていた屋敷の小者の目を逃れて逃走した」

賊は身のこなしから、土地の者ではなく、他藩の忍びでは？　小者から庄屋に届けがあった。

幸いと言うか、賊は周壕《まわりぼり》を飛び越えるとき、土塁の逆さ杭に足をとられて傷を負ってい

る。あの傷ではそう遠くまで逃げられないはずとみて、この付近一帯を隈《くま》なく捜しているが、未だ消息がわからないと言った。

土地の者によると、他者が村内を歩いていればすぐわかる。わからないのは、大川の川船にでも潜んでいるのではないかという情報もあったので、大川に舫《もや》っている、すべての船の探索を行っているという与力の言葉である。

賊は一之進か、それとも幕府勘定奉行の放った小普請組の忍びか、佐七は与力を案内しながら船倉から胴の間まで積み荷の間を調べ回ったが、それらしい人の姿も痕跡も見当たらなかった。

「船内を隈なく捜したが痕跡すらない。このあと怪しい者がおったら、直ちに番所に届け出るように」

と言い残して与力は下船した。

「なんてー奴らだ」

出鼻をくじかれたように、出船を止められた太吉は、侍達の降りて行った舷側から大川に唾《つば》を飛ばした。

「さあー、船改めは済んだ。早く船を出さんと、夕暮れまでに白根の川岸に着かんぞー」

佐七の声を待っていたかのように、

「櫂をさせ、帆を上げろ」

梶を握りながら太吉の怒鳴り声が、船溜りいっぱいに響きわたる。

その夜、打越の大庄屋小林家の表座敷に、これも釣寄の大庄屋曽山と傘下の庄屋達が集まっていた。幕領時代から郷士の先祖を持ち、帰農武士として大庄屋を勤めるこの二人は、姫路十五万石の城主から、慶安二年村上藩主としてこの地に転任した松平藤松丸（従四位大和守直矩）に、甲斐の国の郷士として仕え、味方の笹川家を含めた三人は、大和守の大庄屋制度の中核をなしていた。

〈参考〉

○飛領と出雲崎陣屋

このことを実証する行為として、宝永七年（一七一〇）の農民の藩領忌避騒動とは逆に、寛政十年（一七九八）の大庄屋達の天領忌避、藩主の新任地への同伴駕籠訴がこれを如実に示している。

また幕藩体制下で、幕府がしきりに藩主の所領を組み替え、または遠隔の地に「飛領」を設けたのは、徳川政権が譜代・外様を問わず民衆との接近を排除し、徳川の権威を内外に示す政治的意図があった。

四万石領の騒動を語る伏線として、高崎藩・村上藩そして飛領について頁を割いてから物語を進めたい。

三条藩元和六年（一六二〇）下総守市橋長勝、元和九年（一六二三）稲垣重綱、元和九年〜慶安二年（一六二三〜一六四九）天領出雲崎陣屋・高田小次郎直政、村上藩慶安二年〜寛文七年（一六四九〜一六六七）松平大和守直矩、寛文七年〜宝永元年（一六六七〜一七〇四）榊原政倫、宝永元年〜宝永七年（一七〇四〜一七一〇）本多吉十郎忠孝、正徳元年（一七一一）松平右京大夫輝貞。

以上のように領主が変わり、天領の期間も二十六年の長期にわたって出雲崎陣屋で支配していた。

右の記述が示すように、藩領忌避の百姓一揆は、藩主本多忠孝の死後、祖父中務大輔政長の弟、肥後守忠英（播磨国山崎藩主）の長男忠隆（後に忠良と改名）が継承、宝永七年三河国刈谷藩に転封となった。四万石領の農民は、元和九年〜慶安二年までの二十六年間の天領時代に思いを馳せ、新領主となった松平右京大夫輝貞が、従来の所領武蔵国新座郡は、祖父松平伊豆守信綱の墓所が、野火止村（現新座市）にあり、永久領地として認められていた。そのため、村上藩七万二千石の所領から四万石領は天領として幕府の直轄地になるものと、歴史的な経緯から、これを信じていた。またそれを望んでもいた。

江戸幕府の行政の中軸と、各地の陣屋と大庄屋との癒着、幕府財政と藩財政の窮乏からくる幕藩体制の大きな歪《ひずみ》の中で、徳川幕府の葵の御紋に対する純粋な百姓達の気持ちが踏みにじられようとしていた。

その頃、幕閣の中軸にあって、儒者であり、六代将軍の政策指南役として新井白石は重きをなしていた。

天下の異端児であり、改革者である白石の命を受け、四万石領の百姓騒動の実態を探るため、江戸表から秘かに派遣されていた一之進は、打越の大庄屋小林弥惣左衛門が、大庄屋連合の中心をなしているとの噂を耳にしていた。その小林大庄屋が、傘下の庄屋と、大庄屋として小林家の知恵袋といわれる釣寄の曽山大庄屋が謀議を行うため秘かに集会を開くことを聞き、前夜から奥座敷の真上にある梁《はり》に腰を据えて密議の成り行きを見守っていた。

(村上藩の飛領四十二カ村は、表高は二万三千石~四千石だが、肥沃な上田で、実収は倍以上とみられていた。その年貢割付は、所領支配の郡奉行で、今もその当時の念書が残っている)

大庄屋小林家の表座敷では、当主の声が会場を圧していた。

「本日皆に集まってもろうたのは、我が小林家差配の打越組だけではなく、蒲原一帯の大庄屋十組及び四十二庄屋の今後に大きな影響を及ぼす高崎藩松平様の所領の一部が、村上藩領の一部と穀倉蒲原郡内二万石の飛領に移されるらしい。その他は幕府の天領として、陣屋の支配となる」

幕府の行う大名の配置替えの情報がすでに大庄屋の手元まで流れていた。

「そこでだ」

大庄屋は声をひそめると、一同を見渡し、

「収穫高の多い地域が天領となった場合、実高と年貢割付高の差が郡奉行と我らの懐に入っている。これが明らかになっては、お咎めはもとより、夫々の庄屋の実収が減ることになる。

よって、郡代、幕府勘定奉行に、四万石領の実態を明らかにし、天領となったときは、川欠による堤防、橋の流失による架け替えなど藩財政に大きな負担となるので、老中ならびに高崎藩に天領とならぬよう請願する。

併行して郡内の百姓には、過去二十数年の藩領支配の有利さを説き、一揆の暴発を阻止する。年貢割付の旧田、新田の検地は如何様にでも数字を変えることが出来る」

そこまで言うと、笑いを口元に嚙みしめるように、庄屋達を見渡した。

今まで静かだった大座敷がにわかにざわめき、口々に私語がささやかれはじめた。

年貢割付と実高の差が露見すれば、直接農民と接するそれぞれの庄屋は強いお咎めを受けることは避けられない。この場での取り決めは困難とみて弥惣左衛門は、「今一度会合を開き協議する。なお本日の会合は極秘とする」ということで、万が一にも百姓達に洩れぬよう一同、血判状に名を連ねるよう求めた。

大庄家小林家の広大な屋敷の天井裏で太い梁を跨いで、昨夕侵入してから、下の成り行きを見守っていた一之進は、協議が一段落して、座敷の緊張感が解け、庄屋達の笑い声にホッとした一瞬の油断から、梁に掛けていた片脚を下の天張りに落とした。

乾き切った杉板の、弾けるような鋭い音が座敷に流れた。

「天井裏で怪《へん》な音がしたようらが」と一同が天張りを見上げたとき、弥惣左衛門家の手代が、「盗人だ」と言うなり、急いで二階に上がって行った。二階の物置きの羽目板の一部をはずすと、天井に潜った手代に呼びかける弥惣左衛門の緊迫した声が聞こえる。

「誰かいたら引きずり出せ。逃すでないぞ」

ようやく賊が侵入したことが座敷にも伝わり騒ぎは大きくなった。

「しまった」、最悪の事態になったことを悔やむ余裕はない。茅葺《かやぶき》屋根の明かり取り用の障子戸を蹴《け》破ると庭に飛んだ。

暗闇の中を人々の駆ける音、叫ぶ声が入り交って谺《こだま》する。

一之進は庭に下りたあと、広い屋敷全体を囲むように巡らしてある濠を飛び越えようと跳んだが、跳び切れず濠の縁に植え込まれていた逆杭に足を貫ぬいた。

「うむっ」、思わず痛さに呻き声を洩らした。足の裏から甲に逆杭は抜けたままである。この深手では走ることも出来ない。咄嗟にそう判断すると、濠の片岸に躰を沈めた。水は流れる血を闇に隠した。

一瞬、鳴き止んだ蛙《かわず》が、人々のざわめきを消すかのように再び鳴き出した。

屋敷の外に飛び出して行った十数人の小者達が、目標を見失い松明《たいまつ》をかざしながら濠に架かった橋を渡って戻って来た。

「濠に潜んでいるやも知れんぞ」

と言う声にあわてて松明や手燭《てしょく》を手に、濠の両縁から水の中を照らした。が、濃い闇は明かりを呑み込み、濠の水はさざ波さえ立てない。

「どこにもおらんぞー、逃げ足の早い奴だ」

口々に罵声《ばせい》を浴びせながら庭の茂みの中を走り回っている。小半刻もそれが続いていたが、諦《あきら》めたようである。

「この暗闇では捜しようもない。あと二刻もすれば夜が明ける」

陽の昇るのを待って、村内全域を隈なく捜査《そうさ》することで、一旦騒ぎは納まった。

水の中で身動きすら出来なかった一之進は、改めて脇差の下げ緒で止血をする。喰い込んだ逆杭を抜くと、泥水の入らぬよう手拭で傷口を覆った。濠の縁に枝を伸ばしている柳に躰を預けると、しばしの間休息をとった。

そのうちに澱んでいた水がかすかに流れていることに気がついた。

大川に近い堀割から水を引いているらしく少し濁っている。

しかし水に大川の臭いがする。

そう気が付くと、流れる方向に向かって静かに水の取り入れ口を求めて、足を進めた。

一丁ほど先の屋敷の北側にあたる納屋の横に取水の堰《せき》が設けられていた。

かすかな月明りを頼りに、濠から上がった一之進は、深手を負った足を引き摺りながら、大舟戸から三王洲を抜けて、蔵関—大曲から燕への道を選んだ。大庄屋、村上藩の追手の網を潜るには大迂回の道しかない。

一刻も早くこの事態を佐七に知らせて、救援を求めねば……。そう判断すると付近にある稲の間架《はぜかけ》用の横渡しに使う竹を手にし、脇差で削いで杖を作った。杖を頼りに闇を縫って歩きはじめた。

三王洲の中州の枝《えだ》流れに、古い川魚の漁場があった。川の澱みに小舟が舫《もや》ってある。舟の中に水が溜っているところをみると破舟かも知れない。

初夏の夜明けは早い。残月を朧に包んだ薄明りが日の出の近いのを知らせてくれる。風もなく今日も暑くなりそうである。

中州の茅《かや》の中は、濃い靄《もや》に包まれていた。どこにも人の気配はない。

ここに来る途中、村はずれの地蔵堂で、お供え物の笹団子が二つ、鴉《からす》に喰われることもなく残っていたのを一之進は懐に入れてきたことを思い出した。

陽に干されて固くなっていたが、口の中に含むと小豆の餡《あん》がつぶれて、甘さが口いっぱいに拡がる。川っぷちの水を、手で掬《すく》うと喉《のど》に流し込む、冷たい水の感触が、生き返ったように全身にみなぎり勇気を与えてくれた。

いつくるかわからぬ追手の足音を気にしながら逃走していたときに比べ、ほっとしたのか、昨夜からの疲れが全身を襲い、地蔵様の笹団子が腹に入ったせいか、眠気がさして来た。そのまま茅の床で、流木を枕《まくら》に眠ったようである。

目覚めたのは、陽の影から察して昼過ぎであろう。茅の先端に紋白蝶が、珍しい物でも観るように舞っている。羽音がしたと思ったら足の先の窪みに、鴨が羽根を休めていた。

のどかな、初夏中州の茅場の靄も消えて、暖かい日差しがそそぎ、寝ているうちに濡れた忍びの装束もいつの間にか乾いていた。

歩いている間は感じなかった左脚が、練馬大根というより京蕪《かぶ》のように膨れ上がり、熱をもっている。

陽がのぼり、漁師や百姓が畑仕事に出て来る前に、ここを抜け出さなければならない。

一之進は、黒づくめの衣装を脱ぎ捨て、下に着ていた格子縞の袷に、角帯姿に戻った。髪《かみ》は町人風に結い直してあるので心配ない。しかし足の傷を考えると、異形を村人にみられては庄屋に通報されかねない。しばらく考えた末、日の落ちるのを待つことにした。

茅の床の下を掘り、溜まった水を口にすることの出来るのが何よりの幸運であった。

目を閉じて、昨夜のことを思い浮かべた。大庄屋の広大な屋敷に集まった、組下の庄屋達の話の中で、天領と村上藩との年貢割付は大差はないが、米一俵の換算が、天領では四斗二升、藩領では四斗九升となっている。その差の七升が庄屋、大庄屋の年貢米割付による利につながる。

この差は、百姓にとっては生死につながる巨大な額で、天領を望む訴願は、それだけ切実な願いであった。

何故天領なのかの謎《なぞ》もそこにあった。

急ぎ、この不条理を白石殿の許に、見聞書をお届けせねば、逸《はや》る気持ちを抑えながら日の落ちるのを待った。

お弥彦の山頂に陽の沈むのを待って、中州の茅《かや》場を抜け出した。

道金から八王寺まで、冴えわたる月光が、絨毯《じゅうたん》を敷きつめたような稲田の上を、豊かな大川の流れの上を照らしている。

空腹《すきっぱら》と、疼《うず》く足を引きずりながら、人目を避《さ》け無我夢中で街道を歩いた。

夜明け近くにようやく、三条街道の名刹安了寺の山門に辿り着いた。

第五章　名刹安了寺の玄祐和尚

㊓の菩提寺、安了寺の巨大な老松が、山門に枝を拡げている。戦国の武将、三条城主直江山城守が、安了寺を訪れた際、山門の前に架けられた細流の石橋の上から、聳え建つ苔むした山門を仰ぎ〝よき門よ〟と、しばし足を止めたといわれている。その山門を潜り、痛む足を引きずりながら、鐘楼を右にみて、躑躅《つつじ》の植え込みの先に、仏光寺派安了寺の本堂を目にとらえた。

本堂を護るかのように、左に藁葺きの番僧の住まい、二十間ほど先に、巨大な欅の主柱が、本堂を護持するように立ち、寺の由緒を語るようにあたりを睥睨《へいげい》している。

本堂と庫裡の正面にある藤棚は、樹齢三百年を超し、百畳を超える広大な藤棚の下に、幾百とも知れぬ紫紺の房が垂れ、その香りと共に景観を競っている。近年盛んになってきた俳諧《かい》を嗜《たしな》む人々の吟行の地としても知られている。間もなく訪れる人達で、境内は賑わいをみせることであろう。

寅刻《とらのこく》（午前四時頃）を過ぎ、近くの農家から刻《とき》を告げる鶏の声が、澄み切った境内の静寂《しじま》を破って聞こえてきた。

一之進は、疲れた足取りで、本堂の廻廊に登ると床板の上に脚を投げ出して腰を下ろした。

明け六ツ（午前六時頃）まで、まだ時間がある。

番僧か小僧か、刻の鐘を撞きに、六ツ前に寝床を離れて、鐘撞堂に足を向けるはずである。

傷は疼くが、ここに来て、緊張感から解き放たれてか、いつの間にか、まどろみ始めていた。

一刻も休んだと思うころ、夢うつつの中で誰かが話し合っている声がした。

「今日も良い天気らねー、こんがん日は、鐘の音も遠くまで流れて……、なんまんだぶつ、なんまんだぶつ」

と、竹箒《たけぼうき》を手にした番僧と小僧が、陽の昇る前の、茜《あかね》色に染まりはじめた空を見上げた。

二人は話しながら本堂の前まで来ると、一人は鐘撞堂へ、一人は本堂の前の清掃をはじめた。

一之進は廻廊の床に腰を下ろしたまま、箒を握っている小僧に声を掛けた。

「怪しい者ではない。燕の㊕の客人で、昨夜商用の帰り道を急ぐ余り、近くの田の畔道で足を傷めた。申し訳ないことであるが、背に腹は替えられず本堂の軒下をお借りして休ませてもらいました」

そう言うと、廊下から階段に足をかけ降りようとした。

はじめは、無頼者か、盗人でも一夜の宿として使っていたのかと、不信を持っていた納所坊主も、檀家の客人とわかるとホッとした様子である。

「それは大変だったろーねー、いま手を貸しますてー、そのまんまにしていなせーやー」

と優しく声を掛けてくれた。その上で鐘撞を終わった番僧を大声で呼んだ。

番僧が、小僧と一緒に本堂に向かうのと同時に、庫裡の長廊下を本堂に渡る人影が見えた。

ほどなく、本堂の重そうな引き戸が開けられた。

山門の荒法師を思わせる七尺余りの偉丈夫で、陽灼けした顔に須弥山髭《しゅみせんひげ》をたくわえたこの男、安了寺の和尚玄祐《げんゆう》である。

「㊓のお客人とか、いかがなされた」

一之進は商談がまとまり、手打ちの酒を馳走になった。夜道を燕に戻る途中……と言葉を切って、

「このような仕儀で誠に恥ずかしいことで御座います」

先程、番僧に伝えたことを繰り返した。

「それは難儀な目にあわれた」

ひとこと言うと、一之進をじーっと見つめていたが、しばらくして、

「江戸から参られたか……」

一言呟くように言って、側に立っている小坊主を振り返ると、

「急ぎ㊕に行き、客人が怪我をされ、寺で休息されている。大八車か馬車をこちらに差し向けるよう」

手短かに指示した。

「本堂の廻り廊下では、人目もある。御案内致すので、まず庫裡へ」

と、自らの肩を貸し奥の客間に招じた。

座敷で、一之進の傷を見た和尚は、このままでは破傷風になる怖れがあると思った。

「田の畔から転げたと申されたが、この傷は踏み抜き傷、さぞ痛かったでしょう」

呟きながら焼酎で傷口を洗うと、火桶の中で焼いた鏝《こて》の腹を傷口に当てた。

肉の焼ける臭いが、座敷に拡がる。最後に今一度焼酎を吹きかけると笑いながら、「近頃は田の畔にも物騒な物が……」と一人ごちながら、「それにしてもこの深手で、どこから歩いて来られたか知れぬが、命知らずのことをなさる……㊕から、ほどなく迎えの者が見えようが、腹の虫も催足されておるようじゃ」と言いながら、小僧にいつの間に用意させたのか、朝餉の膳が運ばれた。

和尚は番僧に男の世話をするよう言い残すと、本堂に向かった。間もなく読経の声が流れ

てきた。

迎えの者が出てから一刻余り、辰刻《たつのこく》（午前八時頃）を過ぎた頃、茶の縦縞の単衣に㊗の半纏を掛けた登勢と、綱曳きの虎吉が大八車を引いて駆け込んで来た。

「ごめんなさいよー、誰かいなさるかねー、㊗の登勢らてー、病人迎えに来たあんだてー、御院主様《ごいんじゅ》ー」

「おやおや、遠いとこまで、御苦労さんでしたこてねー」

和尚の女房が座敷に登勢を通した。

「この度は、手前共の客人が、御院主様に大変お世話になりましたてー、江戸からわざわざ越後まで、煙管の注文に手前共の主人を訪ねて来たお方です。改めて主人の佐七が御挨拶に上がりますが、今日は、生憎と新潟まで積み荷の宰領で、出向いておりますので……」

㊗の若内儀らしい丁寧な挨拶を済ませ、大八車に一之進を乗せると、安了寺をあとにした。

登勢は、道々虎吉の引く大八車の梶棒に手を添えながら、

「怪我の手当てもあるし、宿では何かと不便なので、手前共のところにお泊り頂きたい。主人もきっと喜んでくれると思います」

一之進が㊗に宿替えすることを勧めた。

登勢は夫の佐七から、詳しい話は聞いていないが、江戸から来た一之進が、煙管の買い付

けは表向きの話で、何やら口に出せない秘密が二人の間にあるらしいと察していた。傷の手当はもとより、宿改めのつど心配するより㊙の離れに宿替えしてもらおうと心に決めていた。

夫佐七の留守中の突然の出来事にも、登勢は動ずることはなかった。生まれ落ちたときから、ときには母のように、ときには龍虎のように、千変万化する大川の畔《ほとり》で育った。少しの事では動じないように教えられてきた。大川が優しさと、逆境に強い一人の女をこの世に送り出してくれた。

登勢の勧めもあって、一之進は橋の袂の宿から㊙の離れに移った。

一之進の傷は、安了寺住職玄祐の心憎いばかりの手厚い手当てと、若さも手伝って、化膿することもなく、漢方医の診断《みたて》では、あと十日もすれば、足の甲の肉も盛り上がって、居間の中を歩けるほどに回復すると言っていた。

一方、佐七は、村上藩の船改めで手間どったが、幸い船留を命ぜられることもなかった。打越の大庄家小林家に侵入した賊のことは気になったものの、予定通り白根から新潟回りで、浅草の幕府の米蔵に送る廻米百俵を積み込み、大野で白蓮潟の川魚を積むため、船着き場に立ち寄った。

河岸で聞いた話では、賊は一人で、小林家の濠に水を引く、水門を潜って逃走したらしい。

しかし、賊は足に深手をおっているので、遠くには逃げられない。付近の民家を含め、船奉行の手の者と、白根の陣屋との合同で探索を行っているが、杳《よう》として行方がわからないという。

気にはなるが積み荷を船頭にまかせて、陸《おか》に上る訳にもいかない。

関屋から東新潟に出て、北前船に廻米を積み替えると、その夜は大川からの水を引き込んだ沼垂河岸の旅籠「吉住」に泊まることにした。

大川の河口でもある沼垂は、一昔前までは、浅瀬で、しかも上から流れて来る土砂を含んだ泥海であった。それが水路の改修工事と浚渫《しゅんせつ》で沢田（小舟を浮かべて田植、稲刈もする）で稲作が可能となった。中州の部分は河湊の盛り場として賑わっていた。

西廻り航路の開発で、北前船から、安宅船、樽廻り弁才船、西の菱垣船などの荷を運ぶ艀《はしけ》、伝馬、荷積船、肥舟、藁《わら》舟などなどがひしめきあい、大型船の帆が林立する様は、海上の城を思わせる景観である。

「いつ来ても賑やかで、活気に満ちている。偉い坊さんの言う極楽浄土てーのは、こんげに賑やかなんだろーかー」

綱曳きの虎吉が大平楽をならべている。

川風に乗って、河岸の店から流れて来る喰い物と酒の臭いに、女達の脂粉の香が入りまじって、男達を饒舌にさせる。

上がり框で足を洗っていると、顔見知りの番頭が、帳場越しに首を伸ばして佐七をつかまえた。

「㊓の元締めに、早飛脚で手紙が届いていますてー」

今朝着いたという登勢からの手紙を渡された。

手紙の内容は、元締めを訪ねて来た客人の旅籠代も安くはないので、㊓に宿替えをしてもらった。戻り荷が纏《まと》まったら、追風《おいて》に帆かけて……と結んでいる。

追風に帆かけては、船頭仲間の隠語で、大変なことが起きたんで、急いで帰れという伏字である。

月潟での、小林家に忍んだ盗賊騒動の一件が、虫の知らせというか、心にかかっていただけに登勢の手紙で一之進に変事があったことを知った。

㊓に宿替えしたとあるからには、命にかかわる心配はなさそうである。

折り返し、飛脚便で、積荷の手配に二日はかかるが、積み荷の手札を船番所に届け次第、あとは船頭に委せて三日の夕刻には帰る予定としたためた。

旅籠の番頭が、内緒と耳打ちした話で、北前船、西からの菱垣船の船頭仲間の噂では、米問屋に、大名や旗本の扶持米が溢れ、米の値が下がる一方で、綱吉時代の悪法生類憐みの令は廃止されたが、悪政と財政難から打ち出された貨幣改鋳の動き、度重なる自然災害に襲われた人々の不安に追い打ちを掛けるように、年貢・川船の通船料・藍玉の作付料・川欠の人足割などの多くの値上がりで、社会不安が急速に増大。人々は不安の吐け口を求め、江戸では、深川を中心に、町の目抜き通りを、「ええじゃないか、ええじゃないか」を口に唱え、鐘、団扇太鼓を叩きながら町を練り歩く、〝踊り念仏〟が増え、家々の塀や橋の欄干、大木の幹に、幕府要人の失政を突いた諷刺《ふうし》、川柳を書いた紙が貼られ、その阻止に町奉行所は手を焼いているという。

全国の港を回り、手広い情報源をもつ、船頭衆の話は、噂として聞き流すことは出来ない。嫌な世の中になったものだ。

直参旗本の父を持ちながら、部屋住みの気安さもあって、金奉行在任中に疑惑のまま死んだ石瀬代官平岡十左衛門の御家人として、小禄ながら、代官所に出仕していたが代官の退任を機に扶持を捨て、町人となったことへの未練はなかった。

佐七は、戻り船の荷主から頼まれた積み荷を手配すると、船は船頭の太吉にまかせて、翌朝、まだ薄暗い沼垂の船溜りをあとにした。

巳刻《みのこく》（午前十時頃）には大川沿いの白根の土堤道にかかっていた。

船着き場は、強い日差しに、うんだように静まり返っている。

夜露を踏んで、駆けるように先を急いだ。濡れていた脚絆もいつの間にか乾いていた。

いま越後蒲原地帯の大名・代官・大庄屋・庄屋のおどろおどろした闇の世界に蠢《うごめ》く影が、やがて白日のもとに晒《さら》されようとしている。

灰方から小高の渡し場あたりまで来たとき、誰かが跡をつけているような気がした。

「忍びか、炊《かし》きの源太が見た影はこれだったのか」

佐七は影の素早い身のこなしに納得した。

㊓の軒下まで来ると、いつもなら敷居を跨ぎながら声を掛けるのだが、今日は違っていた。

黙ったまま表に通ずる土間に立った。物音を聞きつけて出て来た女子衆のおきぬに、指で唇を押える仕草で、声を立てないように注意した。

さすがに、いつもの元締めと違う様子におきぬはコックリと頷《うなず》くと足早に奥に消えた。

上がり框で埃を払っていると、登勢が濯盥《すすぎ》を手にして出て来た。

「おやっ早よかったねー、沼垂の奇麗妓《きれいどころ》はどうらったてー」

と何時《いつ》もの明るい調子で佐七の背中を叩いた。

「川筋者《もん》は、うちの女房が一番好いがんだてー」

笑いながら登勢に応えた。

そのとき表の暖簾《のれん》に、かすかに風が立ち、影がかすめた。

「敵もなかなかな者、迂闊《うかつ》に一之進殿も動けまい」

影は打越の大庄屋を探っていた賊が、一之進と知っての動きか、それとも俺との仲を知っての動きか、いずれにしても油断はならない。一人ごちながら、庭に面した奥の座敷に通ずる廊下を急いだ。

簾《すだれ》越しに、花の落ちた白木蓮の黄ばみ始めた葉が季節の移り変わりをみせ、根元の庭石に添うように、勢いよく伸びた羊歯《しだ》が、池にそそぐ流れの水気を含んで、涼気を放っている。

障子戸を開けると、寝床の枕元にある文机に向かって、痛めた足を前に投げ出すようにして、筆を執っていた一之進が振り向いた。

「お主《ぬし》、起きていて大事ないのか、出先で災難に遭われたとか……」

佐七の矢継ぎ早の質問に、

「佐七殿か、お帰りなされ、そう言われると誠に面目ない。素人忍びの失敗談でも致そうか」

打越での大庄屋小林家の外濠《そとぼり》を跳びそこねて、逆杭に足を貫いた顚末《てんまつ》を語った。

聞いていた佐七が驚いた。

「一歩誤れば一命にかかわる大事、よくぞ御無事で……」

と共に手を握って、剣友の幸運を慶んだ。

「それにしても、お内儀殿の機転と申そうか、美人のうえに、男勝りの立ち居振る舞い、ほとほと感服仕った」

安了寺での住職との問答を笑いながら佐七に物語った。

元幕府御家人とはいえ、船問屋の元締めと、江戸幕府御納戸方の直参旗本の垣根もとれ、剣の友に戻った二人は、久し振りに互いの無事を祝して談笑した。

その日、粟生津に出る田圃《たんぼ》道を、野本に向かった。刈り入れも晩稲《おくて》を残すだけになった道の片側の稲架木《はざぎ》に、今年の豊作を示すかのように、たわわに実った黄金の穂先を下に向けて、交互に重ねられ稲束が、野面を渡る晩秋の風になぶられて、甘い匂いを漂わせている。村道から野良道に出る曲り角の藁堆《わらにお》に、野良止めの赤い布を付けた竹竿がはためいている。

顔見知りが、人気のない野良道を通り過ぎようとして振り返って、足を止めた。

「だんらかと思ったら、矢っ張り㊕の佐七つぁんらんねかねー」

と言いながら堀割りの川端に吊してある魚籠《びく》をのぞき込んだ。

今日は野良止めで、弥彦様にお詣りがてら、秋の菊の展示会を観て、目の保養をして来るのだと言う。

「いかったてー、豊作で」と、百姓が喜べば、「年貢米の、廻船の仕事も増える」と言いながら笑顔で挨拶を交わした。

竿尻を川っぷちの土堤の上に差し込み、のんびりと浮子《うき》を眺める一之進の顔も、いつもの厳しさから解き放たれたように和んでいる。

修羅の前の一刻である。

「オーイ浮子が沈んでいるぞー、大物らしい」

と竿をしゃくる佐七の顔も恵比須顔である。

第六章　四万石領忍びの「見聞書」

夕餉前のひと刻《とき》、奥座敷の中央で、男達は膝頭を合わせるようにして話し合っていた。

佐七が沼垂から帰宅し、㊢の敷居を跨《また》ごうとしたとき、暖簾《のれん》の端を過《よ》ぎった黒い影に、すさまじい殺気を感じた。

恐らく影は、江戸勘定方の忍びの者に相違ない。しばらくはこの家を動かぬように、一之進の注意を促した。

座敷の障子戸に、夕陽の赫い影が映り、踏み石の先にある池で錦鯉が、虫でも捕えたのか、尾鰭《おびれ》で水を叩いて跳《はね》た。

夜更けには、大雨でも来そうな気配である。あれから二カ月余り、一之進の踏み抜き傷も回復、怪しの人影の気配も消え、打越の盗賊事件もいつの間にか、人々の口の端にのぼらなくなった。

稲田は晩稲《おくて》の穫り入れも終わり、刈り取った稲株が、廓《くるわ》の花魁《おいらん》の高下駄のように並び、蒲原の野面《のづら》は冬の訪れを待っている。

晩秋の一日、佐七は久し振りに一之進を釣りに誘った。

その夜、久し振りに外の空気にふれて火照《ほて》った顔を手で叩きながら、一之進は筆を執っていた。

打越での密議のなかで、代官、大庄屋、庄屋の年貢の割付の実態と、村上藩、天領の升目の相違、一年ごとに農民を苦しめる川欠工事の普請人足割当、などをめぐる問題を、見聞書に取纏めて、江戸表に届け、四万石領百姓達の藩領忌避が、通常の一揆と異なる様を逐一書き留めた。

その上で、白石のめざす儒教の理想である「漢の聖人尭舜《ぎょうしゅん》たれ」を基に、甲府宰相綱豊時代から、六代家宣になってからも清議を行った。政事《まつりごと》は万民等しくの願いを達成。柳沢吉保、荻原勘定奉行の野望を阻止する一端として、四万石領の百姓に公正な裁きが行われるよう、熱血を込めて白石への「見聞書」を完成させた。

一之進は、直接の上司である小納戸役頭長尾新吾を介して届けるべきか、白石の飯田橋の役宅に直接持ち込むべきか熱慮の末、万が一にも勘定方、村上藩の忍びの手に渡ることを怖れ、新井白石その人に届けるべきと決断した。

前夜の夕焼けが嘘のように、早朝からお弥彦様の頂は厚い雲に覆われ、朝餉の膳につくころには、空一面を黒い雲が覆った。間もなく大粒の雨が大地を叩き、一刻余り車軸《しゃじく》を流すような雨に、道路は至るところに水溜りが出来、ようやく雲が切れ、晴れ間の見えた大川の土堤の上を、裾っぱしょりで駆ける男達、轍《わだち》を水溜りに落とした馬車、大八車の泥を避けようと悲鳴をあげる女達、大川の土堤は雨上がりの人間模様を描いている。

倉荷の帳付けで深夜までかかった佐七が、目を覚ましたのは、どしゃ降りの雨も上がって、陽が雲間から洩れてきた頃である。

眠い目を手の甲でこすりながら、厠から出て、手水《ちょうず》鉢の側に植えてある、万年青《おもと》の赤い実を眺めているところに、庭先の物干に夏中使っていた蚊帳《かや》の虫干しの手を休めて、登勢が声をかけた。

「お客さんが、朝餉を済ませて、先刻《さっき》から待ていなさるがねー、早よ顔洗うて挨拶にいきなせぃやー」

「そうか、それは申し訳ないことをした」

起こしてくれればよかったのに……、口の中で呟きながら洗面所で、今朝起き抜けに大川から汲んで、水甕《がめ》に満たしてある冷たい水を桶に入れると、顔に思いっきりかけた。眠気が一ぺんに吹っ飛んだ。

土堤下に、大川の歴史と共に歩んできた巨大な黒松の天端《てんば》から桃花鳥《とき》（朱）の鋭い鳴き声が響き渡った。

奥の座敷では佐七の来るのを待っていたように、部屋に入るなり目の前に油紙で包んだ書簡が渡された。

「昨夜、最後の部分を一気に書き上げた。蒲原四万石領の大庄屋、庄屋の動きと藩、勘定方の陰謀、百姓上訴の真意を書き連ね、御政道に誤りなき裁断を、伏してお願い申し上げると見聞書に詳細を記載した。

この見聞書、白石殿のお手許に急ぎ差し出したいが、拙者が江戸表に無事着けるかどうか、極めて困難な状況にある。

飛脚を使う手もあるが、万が一敵方に内容が洩れては一大事、明け方まで考えあぐねた結果、佐七殿にこの大役をお願い致したい」

一之進はそう言うと、畳に両手をつき佐七の承諾を求めた。

「うむ」

一言つぶやくと、容易ならぬ大役に、佐七も思わず考え込んだ。

一之進の行動には、怪しの影がつきまとい、藩勘定方の探索の目も厳しさを増している。

無事江戸表に辿り着けるという確信はない。

さりとて、佐七がお使番として役目を全う出来るか……。思案したが、一之進の決意を知ると応諾せざるを得なかった。

江戸までの道のりは、三国回りで八十一里、信濃回りで百五里、三国越えでざっと八十里として、十日の日数、倉賀野から江戸への戻り船をつかまえることが出来れば、二日は短縮出来る。

晩秋の三国越えは、紅葉に彩られ、さぞ美しいことであろう。旅籠の手配は、行く先々で頼むとして、さっそく旅仕度を調え、明朝旅立つことにした。

代官への届け出は、江戸表、蔵前で幕府の廻米を扱う蔵元「金龍」との打ち合わせ、神田の金物問屋に納める鎌、鋤《すき》、鍬《くわ》の他、近頃人気の煙管や変わったところでは、白蓮潟の川蝦《えび》のつくだ煮の引き合いもあり、積荷全体の打ち合わせをかねた商用ということで手形の交付を申請した。

翌早朝、一之進と登勢に見送られて、そっと㊓の勝手口から表に出た。

縦縞の単衣に股引き。脛《すね》当て㊓の半纏に菅笠《すげがさ》、振分け荷物を肩に掛けた佐七の旅姿は、どこからみても川船の元締めとして通る川筋者の粋《いき》姿がよく似合っていた。

「それでは参る」

登勢と一之進に、どちらに言うともなく、旅立ちの挨拶を送ると長旅の一歩を踏み出した。

峠を越え、中山道烏《からす》川流域の倉賀野河岸では、去年の付け火騒動を思い出した。

江戸川を下る浅草河岸の弁才船が、地元の年貢米を戻り荷で浅草河岸の米蔵に運ぶという馴染の船頭と出会うことが出来た。

途中行徳河岸に立寄り、隅田川を浅草に船を着けるという。

「これはお珍しい。越後の㊒の元締めでは御座んせんか……」

と声をかけてくれた。

去年の暮れ、高崎陣屋の町廻り同心を捲き込んだ事件で、放火犯の素浪人と、㊒の綱曳の若い衆とのいざこざがあったことを覚えていた。

廻米の輸送には、他者《よそもの》は乗せない掟を破って、船頭手伝ということで、乗り込むことが出来た。

船は好天に恵まれて、三日目の朝には大川（隅田川）に入り、浅草河岸の蔵元に着いた。

常舞台小路の㊒を出て十一日目である。

旗本直参三千石。幕閣の要人を飯田橋の役宅に訪れるにしても、突然の参上では家人に怪しまれる恐れもある。

河岸に近い雷門の旅籠に宿をとり、白石邸の門を叩く方途を思案していたが、ふと倉賀野騒動のおりに知り合った久留米藩勘定吟味方の若侍山村左衛門のことを思い出した。

薩摩の示現《じげん》流の剣豪で、一夜酒を酌み交わし、熱い思いで剣の道を語り合った。

確か久留米藩の下屋敷は、三田薩摩の上屋敷近くにあるはずである。

翌朝明け六ツ（午前六時頃）の龍泉寺の鐘の鳴るのを待ちかねたように、神田―柳橋―芝神明に抜け、法泉寺の門前町から金杉川に近い薩摩藩邸の道を隔てて、海鼠屏《なまこべい》に囲まれた久留米藩の表門に辿り着いた。

近くの、泉岳寺の辰刻《たつのこく》（午前八時頃）を知らせる鐘が鳴ったばかりで、表門の潜り戸を開け、門番二人が竹箒《たけぼうき》を使い、打ち水をしている。

「御門番様お早う御座います。手前越後の船問屋㊓の元締めで佐七と申します。恐れ入りますが、勘定吟味役、山村様にお取り次ぎを頂きたい」

佐七は腰を低くして御門番の御機嫌を伺いながら、いつ用意したのか、小粒を入れた紙包みを年嵩《としかさ》の一人に手渡しながらお願いした。

「与力の山村様とな、約束でもしてあるのか」

門番はじろっと振り返りながら尋ねた。

「急な事で、連絡はとって御座いませんが、越後から佐七が尋ねて参ったとお伝え下さればおわかりと思います」

小粒が利いたか、番士は仲間の一人に耳打ちすると、江戸勤番藩士の住む長屋棟に小走りで連絡に走った。

しばらくして、額に汗を滲ませながら、素振りの樫の木刀を携え、稽古着姿《けいこぎ》の山村が顔を出した。

朝の素振りを止めて、駆けつけてくれたらしい。

「これはお懐しい。その節はえらい御世話になり申した。それにしても早朝からのお訪ね何事でござるか。お呼び頂ければ旅籠まで参上致したものを」

山村の飾らない挨拶に、佐七は内心ホッとした。

「ご門の外での立ち話も出来ませぬ」

山村はそう言うと、吟味方与力控えの詰め所に佐七を案内した。

「実は……」と、佐七はこれまでの蒲原四万石領の百姓騒動の顚末《てんまつ》を語った。江戸表評定の間で、御政道の誤りを正すべく、新井白石と老中、勘定奉行一味との暗闘を伝えた上で、白石の特命を受けた小納戸方の武士が作成した「見聞書」を、一日も早く白石の手元に届けたい旨を告げた。

しばらく佐七の言葉に耳を傾けていた山村は即座に、

「相わかった。幸い久留米藩の藍玉《あい》一揆について、幕閣の知恵者として知られる将軍家お側用人、間部詮房殿のご助言で、白石殿とも面識を得ておる。早速その旨を伝え、飯田橋の役宅訪問の約束を取り付けるように手配致す」

と約束した。

人の世はまさに奇なりと言える。倉賀野で剣の道を語り合った友が、共に農民騒動にかかわっている。

「それにしても奇遇じゃー、縁は異なものと申すが」

二人は手を取り合って奇縁を喜んだ。

その日から二日程たった深夜、山村の使いの者の持参した文が届いた。

事は火急を要する。翌日役宅でお待ちするとの白石の返書であった。

その日、山村と佐七は、人目を避け、夜半に飯田橋の役宅を訪れた。

側用人の案内で、白書院に通された。すでに座敷の上座に白石が二人を待っていた。

「越後からの長旅御苦労であった。早速だが一之進は息災かな?」

一言、佐七に労らいの言葉と一之進の無事を確認した上で、佐七の差し出す見聞書に目を通した。ときおり感極まったように涙を隠さずそのまま手の甲で拭《ぬぐ》いながら続けた。

「越後四万石領の百姓騒動に関する見聞書、確かに受領致した。評定の間では、一部老中と奉行の中に、御政道に弓引く者として、極刑を言いたてる輩もおる。しかしその者達も、代官、庄屋共の謀り事までは知らずに、葵のご紋に弓引く者と主張しておるところがある。評定の一切を覆《くつが》えす訳には参らぬが、勘定奉行一味の忍びの見聞書が、いかようなものであったか相わかった。御政道の公正を期すため、白石の考えを申し述べ、勘定奉行には改めて、金座・銀座をめぐる貨幣改鋳の不始末を糾弾し、本件ともども天下の御政道を正す所存……」

儒学者らしく、謹厳な面持ちで決意のほどを示した。

協議が終わって白石は、二人を玄関の式台まで見送り、

「一之進には、くれぐれも、命を粗末に致すなと、白石が案じていたと伝えられたい。一之進の働きについては、御納戸頭に伝えおく。江戸も近頃は放火、盗人共が横行し、不逞の輩が徘徊しておる。道中気をつけて参られよ」

と佐七の身辺を気遣ってくれた。

白石屋敷の表玄関までの石畳に添って植えられた大島椿の蕾が弾けんばかりにふくらみ、山茶花の蕾が可愛い花芽をつけていた。

晩秋の庭は柿の巨木が、寒風に凜として枝を張っている。

第七章　西廻り航路の北前船

白石の気遣いを背に、飯田橋を後に、お茶の水で猪牙舟《ちょきぶね》を拾い、江戸一の盛り場両国を避けて、柳橋の料亭「升金」の舟止めに、猪牙はゆっくりと滑るように入った。隅田川の両岸には、料亭の裏木戸と問屋の蔵が続き、川面は薄煙にかすんでいる。

それぞれの舟着き場の付近には、屋形船・屋根船が行き交い、猪牙がそれを縫って走る。

越後の晩秋と違い、江戸は暖かい。遊客にはほどよい、船遊びの季節なのかも知れない。

四ツ刻（午後十時頃）を過ぎたと言うのに、川堤を左褄《ひだりづま》を取った芸者、箱屋、酔客が絶えることなく流れ、船の艪《ろ》のきしみが、座敷の灯と柳の影を映す。水面ととけあって粋な岡場所の風情を漂わせている。

二階の座敷に上ると、「今宵は、お役目を無事果たされたお祝い。心置きなく晩秋の大川の賑わいを味わって、国許にお帰り下され」と山村が盃を勧めた。

この辺りは、部屋住みの次男坊時代を過ごした本所の旗本屋敷に近く、道場の帰りに立ち寄ったことを思い出した。

浅蜊《あさり》のつくだ煮、小松菜の和え物《あえもの》、鯛の刺身をつつきながら、いつの間にか剣の話となった。小野派一刀流の小刀の使い方と示現流の居合抜きの間の取り方に話の花が咲き、気が付いたら寅刻（午前四時頃）を回っていた。

いつの間に眠ったのか、二人共肘を枕に横になり、一眠りのつもりが、床に就かぬ間に夜明け間近の寒さに目を覚ました。

今更寝床に戻ることもなかろうと、雪見障子を開け、まだ眠りから覚めない大川に目を移す。さすがに師走間近の川風が冷たい。どこの店か、早立ちの客に用意した味噌汁のにおいが漂い、すきっ腹にしみ込む。

朝餉を済ませて佐七は、久留米藩の山村に礼を言い再会を約して「升金」を出た。

旅籠に向かう蔵前通りは、朝靄に包まれ、浅草小路から北上野、日暮里の山裾の棟割長屋から、朝の早い左官、大工など職人達の威勢のいい足音と話声が通りをわたって行く。

それに合わせるように川沿いの問屋の蔵から、荷車の軋む音、蜆《しじみ》売り、野菜を籠に山積みにした棒手振り《ぼてふり》の声が、江戸の活気を示すように耳に響いた。浅草寺の明け六ツを知らせる時鐘が足元の草鞋《わらじ》に刺さるように鳴っている。

宿に戻り、明日品川から出る、西廻りの北前船《きたまえぶね》に乗船の手筈を済ませて、ホッと一息つくと、新井白石の、労いの言葉を一日も早く一之進に伝えたい。旅の無事を祈っている恋女房の元気な声が、間近に聞こえて来るような気がして、急に旅籠に向かう足取りが軽くなっていた。

宿に着くと、茶を呑む刻《とき》も惜しむように、蔵元、金物問屋など河岸《かし》にならぶ大店《おおだな》に挨拶。北前船の蔵元吾妻橋の北海屋では、昆布・数の子、塩鮭の海産物に、最近、百姓家から注文の多い春肥えに使う、干し鰊を買い付け、春物の江戸の古着、房総の菜種油など、新潟沼垂河岸の川船の寄合蔵に、船荷で送る品揃えを確認。戻る頃には、陽も落ちていた。宿で夕餉を済ますと、昨夜山村との夜を徹した語らいを思い出しながら、戌刻《いぬ》（午後八時頃）には床に入った。

北前船の出るのが、寅の半刻（午前五時頃）と早いため、丑《うし》の半刻（午前三時頃）には旅立ちの仕度を調えて宿を出た。

蔵前から日本橋を通り、三田の札《ふだ》の辻《つじ》にかかる頃には、薄靄を通して海の匂いが、流れて来る。

札の辻から半刻ほどで、磯伝いに竹芝から波打ち際を、品川の船着き場近くまで来たとき、砂丘の松林を縫うように、人影が三つ、佐七の行方を遮《さえ》ぎるようによぎった。

岸部に打ち寄せる波の音と、鷗《かもめ》の鳴き声しか聞こえない早朝の砂丘を、左右と背後から黒装束の影が、ときおり朝の日を反射して白い閃光が走る。

忍び刀を逆手にかざして迫って来る。跳ぶが如く、舞うが如く。

「何奴《なにやつ》、頭巾をとって、名を名乗れ」

叫ぶ声に向かって、小柄《こつか》が闇を切り裂いた。

佐七は腰を沈めると、脇差でこれを払い、同時に間合いをつめると、右側にいた相手の懐に入り、左下から袈裟に切り上げ、返す刀で胴を払っていた。

左右の二人が、アッと言う間の出来事である。残る一人は背後から襲って来たが、振り向きざま柄頭で鳩尾《みぞおち》を突いた。

気を失った頭巾の下に、現れた顔は忍びとは思われぬ武骨《ぶこつ》な、陽に灼けた顔をしていた。

普請奉行配下の忍びか、佐七が抱き起こしたとき、すでに敵は舌を噛み切り絶命していた。

江戸表で行動を共にしていた、久留米藩山村殿に災難が及ばねばよいが。一人呟いた佐七は、脇差を腰に収めると、ようやく陽の光が波頭を洗う磯の砂地を、菅笠《すげがさ》を手にすると船溜《ふなだま》りに急いだ。

砂丘にも、波打ち際の汀線にも、殺気は感じられない。敵は三人だったようである。

船溜りには、西廻り航路の北前船が、綿帆に風を受け出航寸前であった。

船は箱館の「津軽屋」の持ち船で、江戸から大坂に立ち寄って、京織物、堺で北の原野で使う猟銃《りょうじゅう》、神戸の〝灘〟の酒などを積み荷とする、下関廻りの戻り船である。秋の船旅は海が荒れるのでこれが最後という。

三国廻りで八十里余、十日もあれば踏破出来るが、品川の砂丘で襲ってきた普請奉行配下の、手練《てだれ》の侍達のことを考えると、陸路では各関所に触れ書きが今日、明日中にも回され警戒が厳重になる怖れがある。

船旅では、船の手伝水夫《かこ》として乗せてもらい、船奉行の目を逃れることが出来る。

それに海の旅は久し振りで、日和さえよければ倍の日数で着くことが出来る。

しかも㊗の西廻り航路の開発にも役立つことで、越後を出発するときからこれに決めていた。

津軽屋の船頭も、西廻り航路が河村瑞賢によって開発されてから新潟に北前船が入港するようになって十数年、まだまだ新潟との通商が始まったばかりである。それに㊗の積荷の野《の》鍛冶《かじ》の打った農機具が、相州物とくらべても評判が良いこともあって、佐七の乗船を快く引き受けてくれた。

船は千石船で、三尺巾の二十一反帆で、根棚を立たせ、喫水は深く、船尾の背《そ》りを大きくしてある。

大型船でも、これなら逆風時の間切《まぎ》り乗りも容易に出来る。

川船と違って、どこからみても巨大な海の城である。

船頭の案内で、出船の前の一刻を過ごした佐七は、さすが北前船の船頭衆よ、この季節の日本海の荒海を渡るだけの船を造ったものと感嘆した。

船は間もなく碇《いかり》を上げ、青北《あおきた》に乗って出帆した。

西の最大の商業地大坂港に二日で着き、荷積に一日使った。明け六ツ（午前六時頃）には、周防灘《すおうなだ》から門司を通過して、下関に一泊、翌朝にはあい（東風）を帆いっぱいに受けて、途中富山港に立ち寄り、五日には新潟港の河岸に船を着けた。品川の河岸を出て十一日である。

この季節、日本海は海が荒れ、周防灘、能登沖、青海の海溝などの難所を乗り越えるには、幕府の安宅船《あたけぶね》（軍船）でも難航するというのに、北前船の船頭、水夫を含め全員が見せてくれた漕船技術は、川船の乗り役には考えられない技と度胸を持っている。

これこそ、島国日本の誇る海の武芸者達である。

感心ばかりしていても㊙の利にはならぬ。これからは、西廻り航路を利して、九州、四国、特に西の都大坂、京との交易を盛んにし、新潟を軸に川と海との商用「河道」を作らねばならぬと若い佐七の夢は拡がる。

沼垂の旅籠に一泊し、翌日の日暮れには、常舞台小路の土堤に、佐七の晴々とした姿がみられた。

川岸の船溜りの澱みには、春先には米粒《こめつぶ》ほどだった鮠《はや》、ミ鯉の稚魚が三寸ほどになり、群をなして、銀鱗《りん》を水中に踊らせている。大川湊のやさしい風情が、旅に疲れた佐七の心を癒《いや》してくれた。

㊟の表に立っている佐七の姿を、帳場格子の中で、帳付けをしていた番頭の与助が、目敏く捉えて飛んで来た。

「元締め早いお帰りで、みんな心配していました」

と暖簾《のれん》を払いのけると……奥に声を掛けた。

「オーイ元締めがお帰りだー」

と野太い川風に鍛えられた声が家中に響いた。

夕餉の仕度をしていたのか、前掛け姿の登勢に続いて女子衆のおきぬも玄関に佐七を出迎えた。

出迎えの者に、笑顔で応えながら上がり框に腰を下ろし、登勢の運んで来た濯盥《すすぎたらい》に足を入れたとき、帳場から奥に通ずる暖簾を頭でかき分けて、初太郎が、このところ急に多くなった白髪頭をのぞかせた。

「久し振りのお江戸はどうらったあ」

と、この人なりの労いの言葉に、江戸での土産話が聞きたくて、我慢しきれないといった様子が、躰からあふれ出ている。

江戸での話は、山ほどあるが、まずは女房殿の夕餉を賞味してからに致しましょうと笑顔を登勢にむけた。

「嬉しいことを言ってくれるんねっかねぇー」

満更でもなさそうな素振りで、佐七の肩を叩くと台所に駆けて行った。

土産話は、秋の夜長ゆっくり語るとして、その前に、西廻り航路の北前船と川船を使った商売の話、これは面白うござんすよ、と初太郎の問いに答えた。あとでゆっくり、と言って座敷に追いやると、佐七は台所で調理に忙しい登勢に目で奥を指して尋ねた。

頷く女房の明るい顔に、安堵の色が浮かぶのをみて、奥の離れに足を運んだ。

廊下の足音を聞くと、待ち兼ねたように障子戸を開けて、一之進が顔を出した。

「おおっ、その声は佐七殿」

書院造りの雪見障子の前に置かれた机に向かって、今まで筆を執っていたらしく、書き損じの半紙を丸めたものが屑箱から顔を出している。

足の甲に抜けた逆杭《さかさぐい》の刺傷もすっかり完治した。元気な様子を見て佐七は安心した。

江戸表で、久留米藩士山村殿の紹介で、六代将軍の側用人間部詮房《まなべあきふさ》の家臣を通じ、飯田橋での新井白石との対面の一部始終を語った。

黙って佐七の話に頷く一之進の頰に涙が光っていた。評定の間で老中、勘定奉行を糾弾して、鬼の白石とおそれられるあのお方が、しばらく声も出ず感涙にむせぶ一之進をみて、幕臣にもまだ人はおる。心の中で佐七はそう感じた。

「なお……」、涙で中断した最後の指示を一之進に目で知らせる。

「白石殿は、ほぼ詰問の資料は集まったが、見聞書に記載の、勘定方から忍びの者に渡された謀略の指示書が入手出来れば……と一人呟いておられたが」

今回の百姓共の訴えは、一揆にあらず、黒川陣屋への強訴に出るようなことがあっても、誠《まこと》天領差配を望むことは、幕府に対する百姓共の忠節の念から出たものである。一切のお咎めはない、との噂を、白石の言葉を逆手に取って、首謀者に流布するよう忍びに命じた節がある。

その上で、村々の頭《かしら》分《ぶん》の名を詳しく探索するよう命じている。このことは、勘定方では江戸で駕籠訴に及べば一揆として一挙に断罪に持ち込む企みとみた。

このような敵方の謀略にのらぬよう、機会あれば百姓共に説くことが必要だが……江戸表の裁決も迫っている。手元に届いた見聞書によって、最少の被害で済むよう努力する。

一之進には、命を無駄にすることなく、勘定方の謀略指示書が入手出来れば、否、入手不能にてもその概要を把握出来れば、直ちに江戸表に立ち戻るように、との言葉ににじむ白石の剛直にして細心な気配りに、儒学者としての面目躍如たるものがある。

余談として、佐七は品川砂丘での黒装束の一団との暗闘を伝え、探索にあたり白石の気遣いを無にせぬようにとの言葉を添え、更に一日も早い探索の終了と江戸帰参の日を祈っていると結んだ。

一之進は自らに代わって、この度の危険な江戸表への旅、越後での幾度かの修羅場、見聞書の資料集めに敵方の白刃の下に身を置くなど、四万石騒動の真実を白日の下にさらすため、幕臣も及ばぬ御協力、これを決して無駄には致さぬと、畳に両手をつき、佐七にこれまでの労を感謝した。

「いつかは佐七殿と、㊒の皆様方のため、この御恩に報いることもあろう」

涙に濡れた一之進の手を取ると、二人の男は互いに肩を抱きながら、このあとも続く探索への健闘を誓いあった。

障子戸の外は、池鯉庵と名付けた離れの端にある池の縁に植えられた楓の葉が、紅から薄こげ茶色の縞模様に変化し、根元の羊歯の濃い緑が、新しい粧いを見せて目に映り、枝越しに冴えた月影が晩秋の庭の侘びしさをつくり出している。

錦鯉のあでやかさだけが、京の友禅模様のように淡い月影に揺れている。

「おやおや、夕暮れの庭に、男同士の睦言《むつごと》で御座いますか。お仲のよろしいことで……」

登勢が余り静かな離れの様子に、祝い膳を部屋に運びながら、軽口をたたいて入って来た。

「ほう、今日はまた大変な馳走じゃ。ノッペに豆腐白和え、塩鮭に、焼きスルメとは、お盆とお正月が一緒に来たようじゃ」

と佐七がおどけて見せる。一之進の目元も笑っていた。

一之進との夕餉の席で、久留米藩勘定吟味役山村と、小野派一刀流と示現流の剣のさばきに花が咲き、また、九州各藩でも年貢米、藍《あい》玉割付金をめぐる一揆の動きが、各地で起きていることを伝えた。

時代が大きく動きはじめている。

その夜、久し振りに佐七は、登勢の夜着に這い込んだ。

湯あがりの、むせるような色香と、綸子の長襦袢、とき色の蹴出《けだ》しの下に着けた、お腰の紅檜皮の浅黄がとけあい目にしみる。

寝間は、女の髪と襦袢の襟に縫い込んだ麝香《じゃこう》の匂いが渾然ととけあい、幽玄の世界をつくり出し、登勢のうなじを紅く染めていた。

佐七は、今宵ほど女がいとおしいと感じたことはなかった。

命を賭けた江戸での、忍びを相手の白刃の中でも、登勢の姿が想い浮かんできたことを思い出した。

登勢は、そんな男の想いがわかるのか、帯を解くと、男の手を導き、その胸に顔を伏せた。

枕屏風の陰で、二人は睦みあい、男は苦しかった旅のすべてを忘れた。

行燈《あんどん》の灯が、かすかにゆれて大川端の夜は更けていった。

第八章　農民騒動と宗門の動き

翌朝、早起き者の雀の鳴き声に目を覚ましたとき、登勢の姿は床になかった。

台所の方から、はずんだ声が廊下越しに響き、朝餉の味噌汁の懐かしい匂いと、塩漬けの鰯《いわし》を焼く煙が流れて来る。

「侍を捨ててよかった」、ふと口の中でつぶやくと、昨夜の甘美な思いを断ち切るように、男は床から立ち上がった。

床の間の薩摩焼きに、今朝投げ入れたのであろう、遅咲きの、白い菊の大輪が飾られていた。

表座敷では、久し振りに初太郎を中心に客の一之進を交えて、朝の膳を前に、江戸での蔵前河岸一帯の出店の賑わい、儒学者であり六代将軍家宣の侍講、新井白石との飯田橋の奥書院での語らい。浅草、柳橋、新橋の芸者衆の派手な着物の模様など、品川砂丘の暗闘を除いて、一刻余り、江戸土産の話が尽きない。

夜の部に入って、久留米藩の山村と柳橋の料亭で、酒席に侍った江戸ッ子芸者の話に、登勢の目がちらっと動いたが、賑やかな㊓の朝餉の一刻が過ぎていった。

その日の昼下り、一之進は町人風に結《ゆ》い直した髪を気にしながら、格子縞の袷《あわせ》に半纏《はんてん》、草鞋《わらじ》ばきで管笠を背に、商家の手代といった身なりで表に出た。

その頃幕府は、四万石領不穏の動きありとの代官からの通報に、急ぎ支配体制の強化を行った。

御勘定方から船手奉行に転進、上総《かずさ》、下野《しもつけ》の代官を務めた河原清兵衛正真を新任の黒川代官に、さらに隣接の館《たて》村に林甚五右衛門正長を脇本陣として代官二名体制とした。

黒川本陣（現北蒲原郡黒川村）を大庄屋湧井源左衛門家に定め、館本陣（同村下館）を大庄屋皆川徳右衛門家に定める。

河原清兵衛は、幕閣にあって権力を振った荻原勘定奉行の腹心である。荻原は村上藩本多家の勘定方と連携して、対立する新井白石との百姓騒動の裁決を有利に展開するために、側用人柳沢吉保の命を受け急遽河原清兵衛を黒川代官に任命した。

命を受けた清兵衛は、十月二十八日に黒川本陣に入り、積極的に四万石領の百姓の動きに関する情報を集め、村上藩勘定方と談合のうえ、江戸表に探索の見聞書を送っていた。

江戸表の小納戸組頭からの指示書で、それを知った一之進は、村上藩領内に新設した黒川本陣の動きを知るため、黒川本陣に潜入を決意、町人に姿を変えて乗り込んだ。勿論佐七にはそのことを伝えてある。

その折、百姓から未確認であるが、庄屋筋の話として、今度の百姓騒動の先頭に、浄土真宗の偉い坊主が立つという噂が流れた。百姓達も、宗門が騒動に賛成するなら本陣への訴願はもとより、江戸表の駕籠訴も不可能ではないとして、気勢が上がっているという。

一之進はそれを耳にして、危ういかな、敵方の謀略にかかっている百姓の疑うことを知らない純情さに腹が立つ思いと、これを騙す敵方の容易ならざる企みを知った。

この上は、直接藩と代官の秘密を握って、白石の要請に応えねばと……(初)をあとに打越の大庄屋邸盗賊騒ぎの余波の残る、月潟―白根と大川に沿った蒲原郡内を避け、八王寺村から一ノ木戸―新津―豊浦を経て、新発田《しばた》藩の城下を加治川堤に沿って中之条への道をとった。日暮れ近く、薄《すすき》の穂が黄色に色付き、山波のように陽に揺れている。

胎内川を経て鷹取山の裾野を、荒川の川裾に出た。

大庄屋湧井源左衛門家は、梨ノ木峠を迂回した黒川村の中心にある。夜陰に乗じて同家の裏手から、野菜畑の中を抜け、欅の木立に囲まれた広大な大庄屋屋敷の横手に出た。

大身旗本の門構えを思わせる、欅の大木で作られた壮大な仁王門である。門を入って玄関の式台まで十間余り、仮陣屋として、そのまま母屋の三十畳敷きの書院に御家人達の机が並べられ、廊下を隔てた庭先がお白州として使われているらしい。

玄関先の高張提灯と、前庭の篝火《かがりび》が、黒川陣屋の権威を示し、屋敷を囲む大谷石の塀《へい》が百姓達を拒絶しているように聳《そび》えている。

陣屋の背後は飯豊《いいで》の諸山が連なり、両翼《よく》に胎内、荒川の清流を擁《よう》した盆地、前面には岩礁の多い岩船海岸が展け、奥羽街道の首根っこといわれる要衝の地である。

陣屋から三里ほどの、指呼の間にある三面川《みおもてがわ》の河口近くに、村上藩十五万石の平城《ひらじろ》が、その堅固な構えを夜空に映している。

代官河原清兵衛は直参旗本として百五十石、前任地の上総、上野の代官として、二国を支配し、荻原勘定奉行の信任も厚く、副代官林甚五右衛門正長禄高百石と共に二人代官の布陣で、越後四万石領の農民鎮圧を目的として新設された黒川代官所の代官として赴任している。

黒川陣屋の組織は、代官以下総勢三十名、元〆《もとじめ》には、阿部幸右衛門が配置された。

副本陣の館陣屋は総勢二十六名、元〆小田切伴助が配置された。

本陣、副本陣合せ総勢五十六名。幕領の代官所としては大本陣で、柳沢吉保の権勢を示していた。

幕府の陣屋としては、十万石を支配する規模で、河原代官は小藩の家老並みの権力を擁していた。彼は赴任と同時に設置目的達成に精力的に動き回った。

庭の篝火《かがりび》に浮かび上がった百畳敷の広間には、この日呼び出された村上藩勘定奉行、郡奉行、船手奉行が畏まって居並び、正面の床几に腰を下ろした河原代官、林代官、それぞれの両陣屋の元〆を見上げている。江戸表での新井白石対策につき、軍議さながらの百姓一揆鎮圧の評議である。

大広間は、縦コの字形の配列で、中央に四万石領各村の領内地図が拡げられた。

殿は高崎藩主松平右京大夫輝真、来春には村上藩主として下越地方の領知を命ぜられることに内定している。

ところが、蒲原郡内四万石領については、大庄屋の報告によれば、領内の百姓共は近年、藩領忌避騒動を起こし、新藩主に対し年貢米の納入拒否を企てているとか、藩主を無視したこの騒動が拡がれば、幕藩体制の根幹をも覆《くつがえ》し、天下騒乱の元となる。よって百姓共の非を暴《あば》き、主謀者はもとより、これに加担した者すべてを極刑に処すべきである。

村上藩勘定奉行の訴えを取り上げて、河原代官はちらっと隣席の林代官をかえりみると、

「江戸表が、村上藩の居城に近いこの地に、黒川本陣を新設したのは、幕府の威光を天下に示すためである」

とした上で、

「村上藩は、早々に領内百姓にその非を諭《さと》し、大庄屋、庄屋共は、不穏の企てが発覚し、または騒動を起こしたときは、首謀者はもとより、それに連なる者すべてについて一揆とみなし、磔《はりつけ》獄門、遠島をはじめとし、すべての者を罪状に応じて極刑に処す。

このことを代官よりの告示として村々に知らしめよ」

以上の告知を廻状するよう藩役人に指示した。

なお明朝早々陣屋としても評定を行い、幕府としての今後の対策を協議し、具体的な方針を藩に下知する。以上の告知ならびに今後の対策につき協議して、深夜の評定を終わった。

真昼のような庭先の篝火《かがりび》と百匁蠟燭の燭台の灯が輝き、床下に潜り込む隙《すき》もなく、評定の内容は摑み取れなかった。

よほど重要な評議が行われたであろうことは、藩重役の緊張した表情に表れていた。

評定が終わると、列席の村上藩の三奉行は駕籠《かご》を連ねて城下の役宅近くの料亭に駕籠を停めた。

「各々方、役儀のためとは申せ、評定が深更に及び」と言葉を重ねて、いささか疲れたので一盃……と前もって席をとってあったらしく、勘定奉行を先頭に料亭「瓢《ふくべ》」に入った。

暖簾《のれん》をくぐり、庭石伝いに入ったところに格子戸がある。

隠れ宿といった風情の漂う粋な造りである。城の偉い方とあって、夜も更けているのに離れの座敷に席が用意されていた。

「酒と、腹に入れる物を用意してくれ」と床柱を背にした勘定奉行は、船手奉行、郡奉行を前にして、「陣屋では話さなかったが……」と朱塗りの高脚膳の上に用意された、徳利の酒を手酌《てじゃく》で盃に注ぐと、一気に呑み干した。「大庄屋からの通報では……」と一息つくと再び酒を喉に流しこんだ。

このたびの騒動には、北陸のさる浄土真宗の僧が、一揆の大将格で百姓達の先頭に立つという噂が流れている。

これが事実とすれば、戦国乱世の本願寺門徒の一向一揆の再現ともなり、天下争乱の火種になるやも知れない。

この動きを陣屋を通じ、江戸表に知らせるべきか否か、村上藩にとっても藩の浮沈にかかわる大事である。

よって真偽を確かめるため、小普請組配下の嗅ぎはな(隠密)を放ち、情報を入手する必要がある。

そのこととは別に、幕府勘定奉行の手の者が、四万石領に忍び働きで放たれている。至急その者との連絡《つなぎ》をとるよう手配しなければならない。

勘定奉行から、宗門もこれに加担し、一向一揆類似の騒動に発展すると聞かされた。各奉行とも膳の上の酒どころではなく、一、二杯で盃を伏せると、そそくさと座を立ち城下の屋敷に立ち戻った。

一之進は、離れの床下に、黒装束に身を包んで潜んでいた。陣屋では見張りの目が厳しく、探り取ることの出来なかった打ち合わせの中身を探るべく、京風に造られた離れの庭石と灯籠の植え込みに身を潜めていた。

耳に入って来た情報が事実とすれば、天下の大事、忍び刀の柄頭を握る手に汗が滲み、背筋に冷たいものが流れるのがわかる。

戦国時代、加賀の大名富樫《とがし》家を攻め滅ぼし、織田信長と戦いこれを苦しめた浄土真宗・一向宗の集団は、信長の追及をうけ越前から北陸道沿いで越後にのがれた。またその昔、高僧親鸞の布教もあって、領民の信仰心は強くその大半は門徒である。

特に百姓家にその傾向が顕著で、そのほとんどが「なんまんだぶ」を唱え、これに帰依《きえ》している。

これが真実とすれば、民心離叛、政情不安に火が付き、幕藩体制が一挙に崩壊しかねない危険をはらんでいる。

蒲原四万石領の災いの根を絶つため、一挙に農民一揆として、関係者の重罪を主張する江戸表守旧派に対し、白石を中心とする論理集団は、御政道の公正を期すために、真実を追及することが大切である。「噂の一揆は一揆にあらず、百姓共の藩領忌避は、葵の御紋に対する忠節心の現れである」

とする白石の勘定奉行一派に対する激しい弾劾行動である。

落ち着け一之進、一介の御納戸役が、白石の忍びとして、四万石領の実態糾明の渦中にある。評定所における裁断の鍵を握っている。

彼は思わず全身が粟立つ思いがした。

村上藩の三人の奉行が去った離れの樹間で黒装束に身を包んだ一之進は、出羽三山の一つ月山《がっさん》にかかる、晩秋の研ぎ澄ました月の光の中に茫然と立ち尽くしていた。

江戸表荻原一派配下の忍びと村上藩の嗅ぎはなが連絡《つなぎ》を取らぬ前に、黒川陣屋の吟味方与力が、浄土真宗本願寺派と門徒の行為を百姓一揆に結びつける前に……。その夜半、一之進は、村上城下を離れ、本騒動の一方の旗頭といわれる、燕組の大庄屋嘉兵衛の身辺を探るため、急ぎ踵《きびす》を返す決意をした。

黒川村の陣屋と村上藩の膝元にある湯元瀬波温泉の料亭「瓢」の庭を出た。新津に出て、与板廻りで燕に向かうことにした。歩速を早めながら街道を新発田にとった。

燕組大庄屋嘉兵衛、太田村の百姓三五兵衛、そして門徒の中心である三条本願寺の動きを見極めねばならない。

暗闇の街道を夢中で駆け、新津から信濃川の本流に沿って、小須戸の船溜りを横にみながら、三条陣屋に近い、真宗教団の拠点東本願寺の境内に辿り着いたのは昼刻《ひるどき》を過ぎていた。

境内の茶店に入ったとき、いつ着替えたのか、一之進は僧衣に網代笠《あじろがさ》・錫杖《しゃくじょう》を手にしていた。腹に何も入っていないことに気付くと、茶飯に沢庵を頼み、それを掻き込みながら、檀家とみられる百姓の話に耳を傾け、八王寺の安了寺までの間、戸口に立って喜捨を受けながら村里の噂を集め廻ったが、具体的な動きは聞かれなかった。

この春、手傷を負った一之進を介護してくれた安了寺の学徳玄祐和尚を訪ねるべく、山門を入ったところにある番僧の住まいを叩き、案内を請《こ》うた。

幸い和尚は庫裡《くり》で、煙草を吸っていたが、一之進の訪れを知ると、

「これはこれは、とは言うてみたが、はて貴僧は何れのお方かな？」

と僧形の一之進におどけた声をあげた。

「在所の法事で出掛けるところでな」

と笑顔で彼を囲炉裏に招き入れた。

「こたびは、子細あって、このような異形で参上致した。なにとぞお許し下され」

と、いぶかしむ和尚に詫びを入れた。

「さてさて、前回は足に刺し傷を負った濡れ鼠《ねずみ》殿が、今日は前世を悔いての納所《なっしょ》坊主の雲

水か」

口元に笑いをこらえながら、そう言うと、「庫裡では人目もござるゆえ」と奥の小部屋に案内した。

「拙僧は檀家の法要に出掛けるが、あとは……」

と、これも前回の経緯《いきさつ》を知っている内方に目で知らせると、番僧を伴って部屋を出て行った。

「お内方には、重ね重ねの御迷惑をお掛け致す」

と、さすがに声を落として挨拶をしたあと、常舞台小路の㊇の元締め佐七に、安了寺にお ることの連絡を依頼すると、

「ご免……」と、座布団を枕代わりにして頭に当て、畳の上に大の字になると、すぐ寝息が聞こえてきた。

夜通し駆け抜けてきた、昨夜からの疲れが出たようである。

「これはまた豪気な……」内方は、いささか呆《あき》れ気味に呟くと、障子戸を閉め廊下に出て行った。

どれほど寝たのか、目を覚ましたときは、釣瓶落としの秋の日が沈み、腰高障子越しに見える寺の墓地は、闇に包まれていた。

「困ったお客人ですこてねぇ」

㊟ならいざ知らず、檀那寺を突然訪ねて、先刻まで前後不覚に眠っていた。男の枕元で、語り合う女達の声で目を覚ました。

「いやあー、ついお言葉に甘え眠り込んでしまいました」

内方と登勢の二人を交互に見ながら、どちらともなく頭を下げた。

手の甲で瞼《まぶた》を拭ったのか、目尻から頬にかけて、埃が黒く隈取《くまど》りをしたように張り付いている。

女達が笑いをこらえている様子に、はっとして、あわてて台所の洗い場に駆け込むと、井戸水で顔と手足の汚れを洗い流した。

座敷に戻ると、登勢が膳の横に座って、一之進を待っていた。

「一之進様、急ぎの御用かと思いましたが、このところ、燕を中心に在郷一帯に不穏な流言が流れ、代官所の探索の目も日毎厳しさを増してきました」

登勢は日暮れを待って安了寺に出向いて来たことを告げた。

風雲急を告げる蒲原郡一帯は、凍り付いたような冷気のなか、厳しい探索の動きと、流言蜚語が流れ村々は異常な事態の起こることを怖れていると結んだ。

「何はともあれ、腹が空いては戦《いくさ》にならねえがね、せっかくお内方が用意して下さった膳の物を召し上ってから、御用を伺うことにするてばねぇ」

と、登勢は彼に膳を勧めながら、安了寺は住職はじめ百姓衆の味方、これまでの出来事が外に洩れる心配はないと言葉を添えた。

登勢にそう言われて、急に腹の虫が鳴き出し、用意された膳の物を、二度、三度とご飯をお代わりして胃の腑に流し込んだ。

食事を済ませ茶を呑みながら、

「武士は喰わねど高楊子は真っ赤な嘘ですな。ようやく人心地がつき申した」

改めて女人二人に手をついて礼を述べた。

内方が、膳を片付けるため勝手に下ると、一之進は、百畳敷の大広間に設けられた囲炉裏の前に座り直し、開け放たれた廊下の外に目をこらした。人の気配のないのを確かめると、改めて登勢に向き直り、

「佐七殿には、このたびの件で危険な探索の役目に手を借してもらい、この上のお願いは申し上げにくいが、今一度忍びまがいの仕事に手をお借りしたい」

と願い出た。

一之進の示した書状には、

一、百姓の旗頭は誰か

二、燕郷大庄屋嘉兵衛と黒川代官の結びつき
三、上訴に先立ち、代官所の手続きは踏んでいるのか
四、藩領忌避の願いが通るまで、年貢米の上納を拒否するとの噂が流れているが真実か
五、浄土真宗の僧侶が、一揆の大将との噂があるが事実か
以上五点の真偽を含め、調査をお願い申し上げる。

とあり、その上で登勢に、拙者もこれより再び一之木戸陣屋と本願寺に潜入、探索にあたると御主人にお伝え下されと伝言するや、手元の茶を一気に干した。

「では、燕までの道中お気を付けて」

と登勢を庫裡の戸口まで見送った。

晩秋とはいえ、まだ頭巾をつける寒さではないのに、御高祖頭巾を付けた登勢の姿に、緊張感が漂っていた。

藤棚の下にある床机に腰を下ろして待っていた綱曳きの虎吉が、あわてて提灯に火を入れると駆け寄って来た。

「道中お内儀をお頼み申す」の言葉を背に受けながら、安了寺の山門に向かって二人は出て行った。

薄暗い土堤の上を渡る大川の風は湿気を含み、上空には大八車の車輪を思わせる笠を冠《かぶ》っ

た頼りなさそうな朧月《おぼろづき》が、あたりの静寂を押し包んでいる。

「虎吉っあん、明日は雨模様だてぇ、積荷は終わったんだろうか」

と声を掛けた登勢は、積荷とは別な心配ごとが胸の中にあるようで、いつもの張りのある響きが伝わって来ない。

「へえ、積荷は終わったども、北前船の荷主から頼まれた釘の荷が届いてねぇんで」

明日の船出は少し遅れると言う。

「そーいあんだー」

心ここにない登勢の生《なま》返事である。

その夜、㊕の奥座敷で、安了寺から戻って来た登勢の口から、一部始終を聞いた佐七は、知らず知らずのうちに、四万石領、領地替騒動の渦中に身を置いていることを感じた。

どこかで腹を空かした野良犬の遠吠えが、夜の露を含んで風に乗って流れ、野良猫が板塀の上をうるさく鳴き声をあげながら走り去った。

こんな夜は、居酒屋の赤提灯の灯が恋しくなるものだと、佐七は誰に言うとなく呟いたあと、急に思いついたように登勢のお供をして、八王寺まで行って来た虎吉を呼んだ。

「おおい、虎、居るかあ」

佐七の声に「へえっ、お呼びですか」と虎吉が下におりて来た。

「うーん、用がある訳じゃあないんだが」

何となく酒が欲しくなった。船頭も一緒に連れて赤提灯にでも出掛けようじゃあないかと誘った。

「へえっ」一目散に二階に上がると船頭の太吉と一緒に下に顔を出した。

「夕餉《ばんげ》の前だが」と、単衣の上に半纏を肩に掛けると、

「ちょっと出掛けてくるぜえ」

台所に入っている登勢に声をかけた。

「夕餉の仕度がもうすぐだというてがんね」

前掛で手を拭きながら表の廊下まで出て来たが、男達三人をみると、

「あんまり遅くならんうちに、帰って来らっしゃれぇ」

と笑いながら送り出した。

仲町の樋口家に近い、赤提灯の暖簾を手で払って腰高障子を開ける。

土間の樽椅子と杉板の飯台が三台、その横に、衝立で仕切った畳の小部屋がある。

今夜は、左官と大工の二人連れに、野良仕事を済ませたばかりという恰好の百姓が三人、顔を突き合わせるようにして呑んでいる。

佐七は、土間の空き樽の上に腰を下ろすと、板場の親父に格子越しに声を掛けた。

「夕餉の前の一杯だ。肴は大根と油揚げの煮付け、それに銚子を三本つけてくれ」

「へぇー」板格子の出窓から親父が顔を出した。「これはお珍しい、㊙の元締めではございませんか。それに太吉っあんも」と愛想を振り撒きながら注文を聞く……。板場の手伝いをしている古女房のお松が、佐七と連れの二人に酒を注いだ。

「ところでお松さん、あちらの百姓衆は」

と目で、奥の飯台の上に両肘《ひじ》をつき、額を寄せあっている三人を差した。

「あぁ、一人はこの近くの太田村の三五兵衛さんだが」

と考え込んでいたが、やはりあとの二人の百姓は、一見のお客らしいと佐七の耳元にささやいた。

お松さんは、弥彦で湯女をしていたというだけあって、客を見違えることはない。百姓が、田圃仕事から野良着のまんま、居酒屋の暖簾をくぐるとは、珍しいことである。三人の飯台とは、二間あまりしか離れていない。秘かな話し声は跡切れ跡切れに洩れてくるだけだが、三五兵衛の断片的な話を継ぎ合わせると、

——村上領内の黒川村の大庄屋に、新しい代官が着任した。

「どうも新任の代官は八州廻りの切れ者らしいが、藩の勘定方と一緒になって、俺達百姓の訴えには耳を貸すどころか、お上の御威光に背く奴は、極刑に処すと脅《おどし》をかけてくる始末

……」

と新代官に対する不満の声が聞こえる。

どうやら話の中心人物は太田村の三五兵衛で、あとの二人は、話の内容から燕の市兵衛、杣木の新五右衛門らしい。

そのあと三五兵衛は、近く村上藩領据置きの噂がたっている四万石領八十五カ村の代表が集まり、三条御坊配下の寺院で寄合を開く。日時は十一月末日、亥刻《いのこく》から亥刻半（午後十一時）に集合。寄合協議事項は、川欠《かわかけ》普請対策。以上のような内容を各村の代表に連絡《つなぎ》をとる。

三人組の百姓達にすれば、話の内容が川船問屋の船頭衆には関係がなく、聞き耳を立てているとは考えてもいない。

それは、佐七を除いた船頭の太吉も綱曳きの虎吉も、酒の方に気をとられて全く無関心なのを見てもわかる。

この頃、天明の大飢饉以来、川欠、年貢、村役など、百姓に対する重圧が相次ぎ、村方三役、陣屋に対する不信、不満が渦巻き、本百姓を中心にして、村々で代表を選び、村役に対する監視の動きが活発になっていた。

百姓達がこれらの表向きの理由で集まることまで、陣屋では目配りは出来ない。大庄屋、庄屋がそれを知って、陣屋に駆け込んでも、お上に反対する百姓の抗議など、取り上げてくれないのが常識となっていた。

それが時代の動きにつれ、各地に一揆の動きが盛んになるにつれ、幕府の対応も厳しさを増し、密告が大手を振って取り上げられる時世になってきた。

三人組の頭らしい三五兵衛は、太田村の草分け的な大百姓である太郎左衛門の分家で、当主次郎兵衛の息子で、村内の評判もよく、この人が庄屋になってくれたらというほど、人望・識見・資力もある大百姓である。

その人が、農民の窮状を救うために立ち上がったという噂は聞こえている。

佐七は、ときおり空き樽から腰を浮かし、飯台を拳《こぶし》で叩きながら悔し涙を流している三人の百姓に共感して義憤にかられた。

耳を傾けながら、二人の酒の相手をしていたが、三五兵衛らが席を立つと、その後を追うようにして店を出た。

連れの二人は、中途半端な酒で、まだ呑み足りないといった顔をしていた。㊒を出るとき佐七が、夕餉に帰ると登勢に言っていたのを思い出した。

潜り戸から土間に入ると、下駄の音を聞きつけて登勢が上がり框まで出て来た。

「早よけえったねぇ。太吉さんや虎さんには、酒の匂いを嗅いをかがしただけで、罪つくりなことを……」

と言いながら、二人には膳に一本つけるからと台所に戻った。

「姐さんは、なんでもお見通しで、有り難てえこって」

と虎吉が首の根っ子を手で叩いた。

佐七も台所に消えた登勢に片手おがみで、有り難うよっと呟いた。いい女房である。

台所では夕刻、廿六木の潟で獲れたと、(初)の肥汲みをまかされている出入りの百姓が届けてくれた鯰《なまず》を割いて蒲焼にしたらしく、甘い垂《たれ》の香ばしい匂いが土間にまで漂って来る。

「今日は貰いもんの鯰の蒲焼の御馳走らてえー」

と女子衆のはしゃいだ声がする。

座敷に入った佐七も、甘い垂が、脂にまじって焼ける匂いに思わず唾《つば》を呑み込んだ。

稲の刈り株が黒ずんだ色に枯れるこの頃、田圃の潟では脂ののった川魚が沢山獲れ、この辺の秋のなによりの馳走である。

第九章　藩領忌避は一揆にあらず

この日、黒川本陣の書院で代官河原清兵衛正真は、副代官館本陣の林甚五右衛門正長、両陣屋の元締め阿部幸右衛門、襟川左五右衛門を前にして、脇息《きょうそく》に凭《もた》れながら村上藩内の大庄屋十家の代表燕組樋口嘉兵衛からの書状を読んでいた。

代官河原は江戸表で川船奉行を勤め、前任地上総《かずさ》（現千葉県の一部）、下野《しもつけ》（現栃木県）など二カ所の代官となっている。綱吉時代の幕閣で、側用人として柳沢吉保と共に権力の座にあった松平右京大夫輝貞《うきょうだいふてるさだ》が、上野国《こうずけのくに》高崎藩主から村上藩主に転封《てんぽう》する直前に、河原は黒川に赴任しており、前任地を考えた配慮であろう。

書状は、村上藩主本多吉十郎病死により、領地十万石が減封となった。減封によって生じた四万石領が、新領主になることを領民が忌避、六十年前の天領支配に戻してほしいと騒いでいる。

以下、大庄屋の四万石領に関する七項目の意見書である。

一、村上藩は、四万石領においても、大庄屋制をしき、年貢割付等も公平に行われている。
二、領内の川欠等による土木工事も、実情を把握している藩が施工することで実効が上がる。
三、大庄屋の業務を、百姓代表が行うべしとしているが、資力・学力を備えている者が行うべきである。
四、米俵の石高の相違は、大庄屋・庄屋の請負賃として正当なものである。
五、百姓は、私領を忌避しているが、これは幕府の決定によるものである。
六、藩領・幕領の配置替えを早急に領民に周知せしめること。
七、四万石領の百姓が陣屋に訴願に赴いても公儀の決定として、訴えを取り上げないこと。
以上の意見書を河原代官は、館陣屋の林代官外二名の代官所元締に示した。百姓共が問題の拡大を図らぬよう、不穏の動きを示す者には、一揆とみなし厳罰に処する旨、藩領組替の村名と共に高札をもって告示すべしと命令した。

宝永六年（一七〇九）十二月、藩領忌避騒動に揺れ動く蒲原四万石領、新しく幕領となった十万石領の代官として、赴任した河原・林の両代官が、幕府勘定奉行の指示を受け、宝永七年正月五日には黒川・館両代官名で、大庄屋、庄屋、百姓代表に回状を、その他の者には高札《こうさつ》で内容を知らしめた。

赴任二カ月余りで、農民に対し幕府の決定は天の啓示である。幕令に違反する者は処罰することで、幕府の権威を示した。

四万石領のこの騒動をみても、江戸表評定所での白石、荻原の対立が容易ならざる様相を呈していたかがわかる。

しかし時代のうねりは、幕府の力の政策を嘲笑《あざわら》うかのように、これからわずか三十余年後に、幕府の崩壊が始まっている。

そのことは歴史学者にゆずるとして、この時代にこのような迅速な評議が、大庄屋、陣屋、藩勘定方の間で行われているとはつゆ知らず、四万石領の農民達は、八十五カ村の代表に、十一月末日浄土真宗某寺において、上訴協議の檄を飛ばしていた。

このあと、事態は急転直下、最後の幕を開けることになろうとは、誰もが考えていなかった。

その日、佐七は、一之進が一揆の大将に浄土真宗の僧が立つ、という一向一揆さながらの噂の真相を探るために、一ノ木戸陣屋近くの本願寺を中心とした宗門の動きと、蒲原郡内に強い影響力を持つ村上藩の三条陣屋の探索が順調にいくことを願っていた。

鯰の蒲焼で夕餉を済ますと、箪笥の奥に仕舞い込んで、二度と手にすることはあるまいと、固く誓っていた一振りを取り出した。

掌に冷たい鋼《はがね》の感触が伝わってくる。父祖伝来の「来国光」は、戦国の世の剛刀である。戦国乱世を知る名刀を灯にかざした。白い刃の紋様が、流れる雲のように走り、青白い神秘の光芒《こうぼう》を放っている。

目釘を抜き刃の手入れを終わったとき、佐七はこの太刀を使って修羅場の橋を渡ることのないことを神に祈った。

晩秋の大川を刷いて来た冷気が、部屋の中にまで差し込んで来る。

今朝、登勢が納戸から出して、机の側に置いた火桶の中の灰に埋もれた種火を掘り起こし、炭をつぎ足した。

机の前に座ると、かねて調べておいた、代官所と大庄屋、庄屋、百姓衆の動きについて筆を執った。

〈覚え書き〉

一、騒動の中心である四万石領の大庄屋組織十組は、甲信・近江、遠くは長州などの郷士《ごうし》の出身が多く、例えば燕組大庄屋嘉兵衛は、古文書によれば、源義仲の将、樋口次郎兼光の嫡孫で、戦乱を逃れ、越後国三島郡大津（現与板）に至り、信濃川の河状変遷前後に燕・須頃《すごろ》に、幕府の新田開発の産土神《うぶすながみ》として、戸隠神社を建立。祀人としてこの地に居を構えた。

浪人嘉兵衛は、大庄屋として藩、幕府代官の間にあって、地域行政の実権を握っている。出張陣屋は大庄屋宅に置かれている。代官、手付《てつき》、手代など上席武士の宿泊所を兼ねている。陣屋の評定も居宅で催され、両者の間に、行政の執行に当たり、暗黙の了解があったとしても不思議ではない。

二、藩領忌避騒動の起こる前から、地百姓の間では嘉兵衛殿は近年浪人として、この地に流れて来た新参者である。

この地の束《たば》ねは、昔からこの地に生まれ育った地百姓を頭として、庄屋に任ずるのが理にかなっている。

その証しとなる例として、近頃開かれた燕の組頭の寄り合いで、年貢蔵を嘉兵衛宅の堀江から、太田組の次郎兵衛宅の前に移したらどうかの意見も出た。

これを伝え聞いた大庄屋嘉兵衛は、大庄屋は、武力・学問・資力を持つ者が束ねるべきで、五人組の申し立ては笑止と反論している。

三、大庄屋嘉兵衛は、燕郷の氏神・戸隠神社の祭祀の頭で、門徒の真正直な信仰心を利用して、新田開発の実績を上げている。

四、大庄屋は代官と馴れ合いで、年貢米の割り付け、川欠普請の人足割を仕切っている。

天領、藩領の米一俵の石高の相違（天領四斗二升、藩領四斗九升）
五、藩領忌避は農民の生死を賭けた哀訴《あいそ》で、大庄屋―代官の江戸表に対する年貢米上納拒否の噂（拒否ではなく願の通るまで保留）は大庄屋、代官の策謀で、近年各地における百姓一揆とは全く異なるものである。

佐七の覚え書きは、四万石領の百姓の祈願が一揆とは本質的な相違がある。幕領支配を農民は望むもので、儒教の君に忠節を尽くすことに通じ、賞誉すべきことであると結んだ。

一方の黒川・館両陣屋では、十一月初旬、正月早々に四万石領の藩主の配置替えで、村々の差配が天領と藩領に分離決定されることを、高札をもって告示する評議がなされた。

このことを百姓衆が知る訳もなく、ひたすら過去の経緯を踏まえ、天領帰属の嘆願を、十一月十六日に浄土真宗の某寺で、八十五カ村の代表が集まり評議することを各村に通知した。大庄屋、代官に定め書きの通りの上訴の準備を整えていたのである。

その頃㊗を出て、越後国の諸寺の中で、最も幕府に近い道場坊主の集団である本願寺派二百八十カ寺の統領東本願寺で門徒の動静を探るため、見聞調査に入っていたが、寺院の役僧の話では、真宗教団をあげて、四万石領の百姓に与《くみ》するとの動きは末寺においても全くない。

百姓達の訴願につき、幕府の定め書きによる吟味物として公事手続き・公事宿・目安（訴状）の書き方の相談にのっているだけである。あらぬ嫌疑は迷惑至極と追い払われた。

燕組に近い灰方の寺では、

「幕府のお定めによるものを、百姓衆が謀書謀議の寄り合いを持つことは、村内引き廻しの上磔、獄門と定められておる」

そのような噂を口にするだけで、どのようなお咎めを受けるやも知れぬと、顔面蒼白となり、果ては、

「貴僧も、そのような、世迷いごとを口になさるな」

と追い立てるように庫裡の板戸を手荒く締められ戸外へ追い出された。

話を聞くたびにその噂は、江戸表勘定方の忍びの流した謀略との疑いが強く感じられた。

見ざる・聞かざる・言わざるの三猿が、百姓の忍従の姿とか、それにしても勘定方の謀略のすさまじさに、一之進は背筋に刃を突きつけられたように立ち尽くした。

一之木戸から引き返す途中、地蔵堂の格子の中に隠し置いた行商の衣装に着替え、燕組の嘉兵衛に次ぐ発言力を持つ茨曽根《いばらそね》の大庄屋関根三右衛門宅に足先を向けた。

菅笠に、縦縞の筒袖、膝切りの脚絆姿、蔦《つた》で編んだ背負籠を大風呂敷で包み、万能薬サイ角の幟《のぼり》を手に、六分から月潟、菅場を経て、茨曽根へ……。

当時蒲原領内では、一之木戸組小林家、打越組小林家、釣寄組曽山家の三家が大庄屋としての連係が強く、代官の信任も厚かった。同じ郷土出身の関根三郎右衛門が、真宗寺院のつ

ながりから四組の人脈を形成していた。

将を射んと欲すれば馬を射よの諺もあり、一之進は同家の周辺と、同村の百姓代表である弥次右衛門の動きを通じ、佐七の探索とあわせて、全体像を摑もうと考えた。

北潟から木崎あたりまでの村々の動きを調べ、櫛笥まで来ると、角田山に晩秋の陽が沈もうとしている。刈り入れの済んだ田圃には、切り取った稲株が茜色の弱い日差しをあびて、その昔、漢の兵馬俑の泥人形の陣構もかくばやと想わせる。

ときおり脱穀を終わった稲束を、来年の稲田の堆肥にする巨大な藁堆《わらにお》と肥溜めの前後を囲むように、畔道に沿って稲架《はざ》用の頼母木が植えられている。

その根元から、落ち穂を啄《ついば》んでいた。山鳩が、美しい羽根を惜しむかのように、薄色漂う野面に飛び立った。

前方に、白はす潟の枯れた蓮の茎だけが林立している。その湖面を野鴨が、人の気配にいきなり飛び出して一之進を驚かせる。

闇の中を潟の南の端を回り、戸頭の部落に着いたとき、近くの寺から戌刻（午後八時頃）を知らせる鐘が鳴った。

大川沿いのこの辺りは、船着き場もなく、川の両岸いっぱいに田圃が拡がり、月明りの中に村の鎮守の森だけが物の怪の往まいのように黒々と浮かんでいる。

「今夜は、この社の軒下を借りて野宿とするか……」と呟きながら狛犬に守られた境内を通り、太い杉の丸太を井桁《いげた》に組んだ、床下に這い入り込んだ。

柱に寄り掛り、忍び刀の柄を頤《おとがい》にあて、四半刻もまどろんだと思う頃、境内の灯籠の陰で、提灯を手に羽織に野袴姿の二人の男が、四囲《あたり》を見回しながらひそひそと話し合っていた。

どうやら話の様子から、打越と東菅場の庄屋らしい。

「今夜の寄り合いで、関根様（茨曽根の大庄屋）の話では、松の内（正月七日まで）に、代官所から四万石領のうち天領、藩領の各村の村分に関する定め書きを庄屋に廻状し、高札で告示する。同時に百姓共の不遜な動きについては、厳罰をもって処する」ときつい話があった。

「それに噂では、信州の一向門徒が大将で、百姓を煽《あお》っているとか、それが真なら大変なことらこてね」

旦那様（大庄屋）の話では、各地で起きているような一揆による焼き打ち、取り壊し騒動が起こるかも知れないので、戸締まりを怠らず、妻子をしばらくは村の外に出さんようにというお達しもあったとか。

「大騒動にならんばいいがのし」

一之進が潜んでおるとは知らず、二人はしばらく話し込んでいたが、社の前の村道を西と東に別れて去った。

「お定め書で、幕府の権威を示すと共に、領内各村の村分を明確にすることは、農民騒動の火を消すための緊急措置であろうか」

陣屋と藩勘定方の宗門を捲き込んだ騒動の流言が、すでに忍びの手でここまで滲透しているとは……。

事は一刻の猶予もならぬ。一之進は、一夜の宿と定めた社の床下から這い出すと、常舞台小路の㊥に帰ることを決意した。

腰の忍び刀に、竹筒の水を口に含むと目釘に吹きかけ、背負籠の紐を締め直すと韋駄天のごとく走り出した。

丑刻（午前二時頃）には㊥に着き、明日の夜には、北陸道の裏街道吉田の宿場から柏崎に抜け、信州妻籠から峠越えで中山道へ……江戸雉《きじ》橋門外飯田橋の白石邸へと……。駆けながら江戸への往路を頭に描いていた。

第十章　三国峠鳥貝関所から中山道へ

大川の土堤伝いに、新飯田から鵜の森新田―灰方―太田村に入り、燕の常舞台小路に差しかかった。

夜回りの番太郎が、丑刻《うし》（午前二時頃）に柏子木を鳴らし、仲町から上町に流している。

㊐の玄関で潜り戸をたたくと、待っていたように廊下を小走りに近づく足音が、上がり框で止まった。

手燭を手にした登勢が、寝巻の上に茶羽織を引っ掛けて、潜り戸の落とし錠をはね、心張り棒をはずした。

「深夜まで、御苦労なことです」

登勢の目が優しく一之進を迎えてくれた。

「佐七殿は……」

洗い盥に足をひたしながら登勢に問い掛けた。

その背に、佐七が笑いを浮かべながら立っていた。

「首尾は?」

と尋ねる声に、しばらく考えていたが、

「うむ、どうにか相手の陰嚢《ふぐり》を摑まえた気がする」

一之進がにこやかに佐七を見返した。

「実はそのことだが……」

一息つくと、

「佐七殿の調べと、昨日来の敵方の謀《はかりごと》の内容で、これからの動きが判明した。よって、今日、明日中に見聞書を取り纏め、明後日明け六ツ(午前六時頃)には旅立ちたい。

最初は信州妻籠から中山道と考えたが、一日も早く、このことを江戸表に届ける必要がある。

道中の危険はあるが、三国峠を越えて、勝手知った倉賀野から船で参りたい。

江戸の酒問屋の樽廻船の手配をお願い申したい」

一之進の探索によると、勘定方の忍びの手で、敵方は一揆が浄土真宗の僧侶を旗頭に、力をもって強訴に打って出るとの噂を流し、このままでは百姓に多くの犠牲者が出るのは必定……事態は一刻の猶予もならない。

十二月最後の評定に間に合わねば、越後四万石領は大騒動の渦に巻き込まれる。

眦《まなじり》を決した男の顔に、直参旗本矢坂一之進の決意が全身にみなぎっている。

冷えきった明け方間近の離れの座敷で、熱い血をたぎらせた男達は互いに頷きあった。

障子戸を開け、登勢に熱い茶を運ぶように声をかける。

「明後日、一之進殿が旅立つまでは、この部屋に誰も近づけることはならぬ」と命じた。

登勢に隠密裡に旅仕度も整えるよう言い添えた。

佐七は四万石領百姓騒動の真相と書いた五項目の覚え書きを一之進に手渡し、白石殿への見聞書の副書として、お使い下されと言った。

「なお白石殿はこの度の騒動は、各地の一揆とは異なり、天領に対する農民の忠誠心の現れであるとさえ言い切っておられる。

また、白石殿は幕閣にあって、将軍家に対し奉り、儒学の侍講にあたり、百姓には、涅槃《ねはん》経典の〝阿闍世《あじゃせ》の如き者は居らず〟とも言っておられると聞いた。

越後四万石領の百姓は、大川の恵みを受けて稲作に汗して年貢を奉り、我ら川船問屋もまた母なる川によって商《あきな》いをなし、運上金を上納して御政道に参与している。

四万石領の百姓代表三五兵衛の主張は、四千余人の百姓の思いである。神掛けて誓文致しても悔はない。なにとぞ正しい裁決をと白石殿に申しあげて頂きたい」

佐七は、自ら筆を執った五項目の覚え書きの内容と共に、口上を伝えると、さすがに百姓達の上に思いを馳せ目頭を押さえた。

覚え書きの内容に目を通した一之進は、それを押し頂くようにして手許に置くと、佐七に対し、

「幕臣も及ばぬ御苦労いたみ入る。拙者の調べあげた内容と合わせ白石殿に言上申し上げる。ただ……」

一之進は幕臣として、

「江戸表の評定では、一揆であるとの判断が強く、これまでの百姓の動きを一切不問ということには成り申さず。

御政道に反し、年貢米の上納拒否の事実まで、否認することは白石殿の論法をもってしても至難である。

勘定奉行、藩の陣屋、庄屋の一連の謀に比べれば、怒して余りあるが、この度の騒動の一件については、公事訴訟として御差書きにとどまるよう言上申し上げる」

と言い添えた。

事態は一刻の猶予も出来ず、道中これを阻止しようと企む敵方の忍びの目を逃れ、江戸表

に到着、使命を果たすことが出来れば幸甚。一之進は静かに決意を示すように天井の一角を睨み据えた。

二刻余り男達の密談は続いた。ようやく寅の半刻（午前五時）に終わった。佐七は登勢に朝餉の膳を運ばせ、寸刻を惜しむように、膳の物を腹に納めながら、改めて上信越の図面を拡げ、北国街道の脇街道を信州に抜けるか、上越道を三国越えとするか……。

佐七は敵の襲撃を避けるためには、人里離れた日本海沿いが日数を要しても無難と、敵方も考える。その裏をかいて、北陸道廻り百五里にくらべ、三国廻りは八十一里、日数にして三日の短縮が可能である。船を利用しての旅が敵方の様子も把握出来ると主張、一之進もそこまで考えている佐七の周到さに礼を言うと、額を合わせて上越道の道筋の検討に入った。

燕―長岡―川口（船で二日）、堀ノ内―裏沢―五加町―六日町―塩沢―三又―鳥貝―永井―相又―次川―塚原―中山―横堀―金井―渋川―金古―高崎―倉賀野（三日）―浦安―品川（船で三日）

全旅程（八日）宿泊は、長岡・川口・塩沢・次川・倉賀野。

以上八十一里の旅程のうち、難所は、三国峠、鳥貝関所、倉賀野河岸、品川河岸で、このうち、鳥貝・倉賀野・品川では代官所・船奉行の手形改めがある。特に鳥貝・品川では、黒川陣屋からの御触れ書が出ていると思わねばならない。勘定方の忍びは、三国越え、品川までの江戸の宿場宿場での襲撃を考えているとして、これに対する警戒が必要である。

「危険な長旅、道中㊕の者を供にとも考えたが、二人連れでは敵の目にふれやすい。しかし一人旅は、敵の目を欺くにはよいが、危険が伴う」と思案したが、一之進の足手まといになることを考え、供は付けないことにした。

道中の目配りまで気を遣ってもらい、「よき剣友に恵まれこれほどの幸せがあろうか」と一之進は佐七に伝えた。

もし不幸にして、凶刃に倒れることがあってもやむを得まいと二人は頷きあった。

翌日、一之進は、佐七・登勢・初太郎に見送られ常舞台小路の船付場から長岡水運所属の川口行の屋根船の客となった。

縦縞の袷の下に刺子《さしこ》を重ね、菅笠・野袴に手甲脚絆・草鞋履き・背負籠の藤蔓の支えに忍び刀を隠した、煙管《キセル》売りの行商姿である。

朝一の早立ちで、朝霧が大川の上を漂うなかを、櫓の音だけが、あたりの静寂を破るように流れる。

その日は船底に花茣蓙《はなござ》を敷いた寝床で、同乗の旅人と背中合せで一夜を過ごした。

二日目は、秋の名残りを振り切るような土砂降りの雨で、岸辺に波浪が打ちつけ、遠くの山で切り出した杉の流木を避けながら、船は喘ぎながらようやく船付場に辿り着いた。

菅笠に蓑《みの》を纏《まと》い、藤蔓の籠を背負った一之進は、船付場の枯草に足を取られながら橋の袂《たもと》にある旅籠に草鞋を脱いだ。

船の中は、秋の野良仕事をすませた山里の百姓夫婦が一組のほかに、古着商人、小千谷《おぢや》縮《ちぢみ》の仕入れに行く、三条の呉服屋の番頭に、連れの小僧といった顔振れだ。船が着く直前の俄雨で、合羽を通して襟元から入ってくる雨に腹を立て、「何てー雨だ」と文句をならべていた古着商を除けば、どこにでもいる平穏無事な連中である。

明日からの旅は、山路の多い危険な道のりとなる。

その夜は、相宿《あいやど》の気安さか、「一生に一度のお弥彦詣りが出来た。村に帰って、今年は冬場の囲炉裏で自慢話の種に事欠かねえてぇ」と話の先陣を切った百姓夫婦は、湯沢の手前、清津峡の渓谷に沿った山懐にある小さな集落の者で、山裾の崖沿いの僅かな隙間田《すきまだ》と、杉の皮削ぎ（屋根葺き用）、炭焼きをして暮らしているという。

なんの屈託もなく、雪に埋もれて過ごす冬籠もりの夜話を楽しみにしている夫婦をみて、一之進はふっと侍のむなしさを覚えた。

道中の最大の難関鳥貝の関所と浅貝陣屋は、中之条に出る湯沢渓谷と三国峠を越え、沼田に向かう山陵に囲まれた狭間《はざま》にある。越後から江戸への難所である。

あれやこれやと敵方の忍びの出方を思いあぐねている中に、いつの間にか背負籠に背を凭《もた》せて眠っていた。

どれくらい経ったのか、屋根に敷いた木端《こば》の留め石に使っている人頭大の置石が転げ落ち、夜露に濡れた二階の庇《ひさし》に当たったらしく、鈍《にぶ》い音が雨戸越しに部屋の中に響き、はっとして目が覚めた。

その時、一之進は障子戸の外に流れる殺気を感じた。

足を投げ出すようにして眠る前に、背負籠からはずして、膝元に置いた脇差を手元にそっと引き寄せた。

暗闇の中に、杉板雨戸の隙間から僅かに洩れる薄明りの方向に目をこらした。

部屋の中は、夜明け前の静寂が支配し、百姓夫婦の寝息がかすかに聞こえるだけである。

「気の迷いか」、一之進が再びまどろみかけたとき、雨戸が音もなく開いた。

かすかな風と冷気を感じた。そのとき黒い影が廊下に片膝をたて、中の様子を窺っている。

先刻の殺気は、やはり敵の忍びの気配？　咄嗟に脇差を手に鯉口を切ると、薄明りの差し込む方向とは逆の階段に足を忍ばせた。

敵の退路を断つと、一之進は宿泊人に危害の及ぶのを避けるため宿中に響くほどの大声で必死で怒鳴った。

「泥棒だあ、泥棒だあ」

二階の部屋にいた屋根船の乗船仲間が、一斉に床の上に起き上がった。階下の宿泊人も目覚めたらしく、旅籠全体が異様な雰囲気に包まれた。誰もが侵入者の様子を知ろうと息を殺していた。

「退《ひ》け」

闇の中から鋭い声が飛んだ。二階の手摺りを越えて、侵入して来た黒い影が二つ屋根の庇から庭に跳んだ。

影は、庭の植木鉢を蹴転がしながら川沿いの堤の彼方に消えた。

一階の雨戸を開け、逃げ去った闇に目をこらしていた一之進は、

「盗人は逃げたようです」

と、恐る恐る部屋の障子を細目に開けて、成り行きを見守っていた宿泊人に大声で叫んだ。

寝惚け眼《まなこ》で、こわごわと廊下に出て来た宿の主人が呟やくように、

「銭もない船宿に、なんで盗人が忍んで来たのか分らん」

と、泊り客に話しかける。

「すっかり目が覚めて……」

とぼやきながら、山峡《やまかい》特有の濃い朝霧に包まれた川岸に目を投げていたが、霧の冷たさに思わず首をすくめる。

裏庭にある井戸端で誰かが顔を洗っているのか、釣瓶を捲き揚げる音と老人の空咳《からぜき》が響いて来た。

「やれやれ、とんだ白浪二人男か」

呉服屋の番頭が、歌舞伎もどきの台詞でうなっている。

宿は元の静かな船宿に戻ったようだ。

盗人の一件で騒ぎ立てられ、出張陣屋にでも駆け込まれて、詮議のための足止めを喰ってはと、危惧していたことも起こらずほっと一息ついた。

盗人騒動で遅くなった、朝餉の膳に一同が着いた頃には、昨日の豪雨が嘘のように晴れ上がり、信濃の山の稜線が、くっきりと浮かび上がっている。

南魚沼を貫いて流れる大川沿いに、大和町―六日町に出て三国山系の裾野、塩沢に宿をとり、翌早朝、十二峠の麓を迂回して、清津渓谷から火打峠を越え、湯沢渓谷と三国峠の分岐点、山頂に向かった。

国境《くにざかい》の山々の雪の訪れは早い。この秋の最後の太陽かと思うほど、山並みは珍しく晴れ上がっていた。

途中の火打峠の茶店で、名物の手打そばを食して床机を立とうとしたとき、馬の蹄《ひずめ》の音と嘶《いなな》きが山々に谺《こだま》した。

さりげなく、荷はそのまま床机に預け、厠《かわや》に立つ素振りで葭簀《よしず》の陰に入った。

豪雪地帯では、峠の茶店の親爺も、鳥も、獣《けもの》も冬籠りに入る季節がすぐ足元にまで忍び寄っている。

峠の茶店から、鳥貝の関所まで一里余、先程の早馬の気配からも、関所を無事通れるという保証はない。

逆に、関所手形に書き込まれている人相・特徴・年齢から一之進の身分が判明すれば逮捕は必定。仮に、鳥貝の関所を抜けても、次の三国峠は、国境で、とりわけ人別改めが厳しいと聞く。

男はしばらく考えていたが、茶店近くの庚申堂の裏から杣道《そまみち》を一気に、稲包山から尾根伝いに赤沢山を迂回し、猿ケ京から樹海を相俣まで九里余を駆け、大道峠―切り久保の獣道を沼田近くの川田の渡しまで出て、利根川を下り倉賀野まで駆ける決意を固めた。

その時、葭簀の隙間から、黒塗りの陣笠に野袴姿の二人の若侍が、峠の道を駆け抜ける姿を目で捉えた。

あの紋所《もんどころ》は、越後国村上藩七万二千石、松平右京大夫輝貞殿の家臣、三国峠を越えて、早馬とは……

一之進は、早馬の走り去った方向を目で追いながら、鳥貝関所の人別改めの厳しさが、身に迫ってくるのを肌で感じていた。

峠の茶店の、熊笹に覆われた路肩から二十間ほど下の渓谷を流れる水の音と、茶店全体におおい被《かぶ》さっている楢《なら》の巨木の枝を眺めながら野袴の紐を締め直した。

「早馬なんど駆けたこともねーのに、騒ぎでも起こらねばいいがのー」

と茶店の親父が顔をしかめた。

山に住む者は里の動きに敏感で、身に迫る危険を嗅ぎとるという。

護身のための動物的な感性である。峠の杉の木立を渡り鳥が〈の字を描きながら南に飛んで行った。

雪を前に親父は、冬籠りで店は閉め、里に下《くだ》って春の雪解けを待つという。

茶店で作ってもらった握り飯と、竹筒の中の水を確かめた。法師峠の楢やくぬぎの木立に囲まれた石ころだらけの獣道を、稲包山の急坂を頂上に達した。ここからは赤沢山を経て南見山まで九十九折《つづらおり》の下り坂を、須川の源流とおぼしき沢沿いを辿って大道峠に着いた。

第十一章　急げ雉橋御門外白石邸へ

漆黒の闇の中で、波頭が銀色のしぶきとなって流れる。

枝川の流れに腰を下ろすと、杣道を進むうちに付いたのか、脚絆に名も知らぬ野草の毬《いが》が無数に付き、夜露にぐっしょり濡れている。

半間ほどの渓流に草鞋をとって、足を浸す。

足首から下が流れに洗われ、焼け付くような足裏の痛みを水が拭い去ってくれる。

四半刻ほど休んでいたが、再び腰を上げると、白樺の樹皮の白さが目立つ三国峠の間道を駆け登った。

一之進は己の健脚ぶりに、戦乱の世の武将達もかくばやと一人己を称えた。

時刻は明け六ツ（午前六時頃）に近い。山里に近く、杉の古木に囲まれた地蔵堂の祠の前に出た。

足を止め、峠の茶店で作らせた握り飯を取り出すと口にした。

梅干の塩辛さが喉を通ったとき、この先も三国の山路を踏破した気力があれば、苦難は乗り越えられる確信がもてた。

竹筒を岩の裂目から流れ落ちる湧水に当てると、それを一気に呑み干した。

甘さの残る湧き水の美味《うま》さが、全身にしみ渡る。

一之進は握り飯の朝餉を済ませ、再び草鞋の紐を結び直して立ち上がった。早朝の静寂さを破るように、遠くの山で炭焼きか、樵《きこり》か、立ち木に斧を振う音が、山の冷気を震わせ谺が返って来る。

谺に驚いたのか、近くの松の枝から鵯《ひよどり》が飛び立ち、近くの雑木の茂みに移った。

一瞬、不吉な思いにかられながら、一之進は背負籠を近くの叢《くさむら》に隠し、籠に入れてあった百姓姿の装束に着替えた。

そのとき、木立の間から突き出た岩の陰で、何かが光ったような気がした。

「気の迷いか」と口で呟くと、利根川の堤に足を急がせた。

須川の流れに沿って、月夜野《つきよの》村の丘陵から桑畑を抜けると、遠くに沼田城の白壁が朝霧の中にくっきり浮かんでいる。

尾瀬ケ原の細流を集め、仁加又沢の流れと合流し、片品川の清流を呑んで、岩元で大河の片鱗を覗かせた利根川の堤に出た。小舟を探し求めていた一之進は、岩元で、それまで激流が岩肌を嚙み、崖を洗っていた急流が、川幅を拡げた淵の澱みに群生する枯れた菅《すげ》の繁みの中に肥船が一隻、舫《もや》っていた。

天啓か、四方《あたり》に目を配りながら船に近付いた。

船は胴の間に六箇の肥桶を積んでいた。船の舫い綱を解くと、竿を差した。

川道に船を進め、櫓に代えると、一気に中山道の宿場、大利根川の川湊《かわみなと》、倉賀野川岸に向かって船を急がせた。

豆絞りの手拭で頰被りをし、日焼けした腕と赤く染まった鼻の頭、無印の半纏を荒縄でゆわいだ股引姿は、土地の百姓である。

左に赤城の三山を望むころから、西岸は切り立った岩壁が続き、川幅は狭くなり、奔流が人の近付くのを拒むように流れている。

赤谷川の渓谷を過ぎ、前橋から再び川幅は広く、ゆるやかな流れが上毛の穀倉地帯に水を送っている。

福島の川岸で、肥船を堀割に滑り込ませた。川辺に近いせいか、堀割から続く取り入れの終わった田圃に、落穂をついばむ雀が晩秋の陽をうけ一幅の絵のように美しい。

菅の茂みに船を舫って、近くの渡し場の茶店の前を何喰わぬ顔で通り過ぎ、利根川の堤に登った。

ここから高崎城下を避け、裏街道を倉賀野に足を伸ばすことにした。

時刻は、巳《み》の半刻（午前十一時）を過ぎた頃であろう。中山道の宿場であり、大川の船湊である倉賀野に向かう。人・駕籠・荷駄と、間道も人の往来は激しい。

途中で、村道に入り稲荷の社の拝殿に腰を下ろした。残りの握り飯と水で腹を満たし、休息をとった。

仮宿《かりやど》と定めた社《やしろ》の床下で、目を閉じた一之進は、勘定奉行傘下作事奉行配下の忍びも、㊕の佐七の存在は知っていると考えた。

船で利根川、江戸川をを抜けて、倉賀野から行徳への川道を選ぶことは、佐七の船問屋元締めの商売から考えて、すでに川船奉行を通じ手配りをしていることは当然考えられる。

ならば、敵の裏をかいて、本庄↓深谷↓岩槻から日光御成街道を避けて、浦和↓川口↓松戸に抜け水戸街道を行くことにした。床下の柱に背を凭せかけ、二刻余仮眠をとった。

床下を北風が通り抜ける。上州名物の空《から》っ風《かぜ》が襟元に差し込み目覚めた。

近くの寺から刻の鐘が流れてくる。日の影から察して、申刻（午後四時頃）を知らせる鐘であろう。

夕暮れが迫っている。街道から横道に入ったこの付近は、人影もまばらで、街道の入り口の薄汚れた〝そば処〟の暖簾《のれん》を頭で割って中に入る。

夕餉の刻《とき》には早すぎるのか、客はいなかった。急いでかけ蕎麦《そば》をかき込むと、日の落ちた街道を一気に深谷まで六里余り神流川を横に見ながら駆け抜けた。

深谷の鎮守の社で休息をとる。明けて十二月の一日、小雨の煙る中を岩槻に着いたときは辰刻《たつのこく》（午前八時頃）を過ぎていた。

岩槻から御成街道を下り、浦和から見沼の沼沢《しょうたく》地帯をよぎり、草加から柿の木へ抜けた。昼飯も攝らず、その日の夕刻には草加の造り酒屋近くの間道沿いの川に架かる大橋の袂に出た。〝夜鳴そば〟の酒樽を並べた屋台の角に、一之進の姿がみられた。

顔も髪も埃《ほこり》にまみれ、百姓姿というより御薦《おこも》という方が似合う姿形で、忍びの脇差だけは、菰《こも》に包んで手に携えていた。

夜鳴そばの屋台を出て、草加から水戸街道に抜ける。周りに堀割の多い堤に差し掛ったとき、煙るような細雨の中を、土手に沿った下の農道を柿色木綿の筒袖の上衣に野袴、さらに膝頭、足首を紐で忍び結びにした五人の男が物も言わず、いきなり前後から一之進の前に立ちはだかった。

頭巾の中に殺気を含んだ正面の一人が、右手に忍び刀の柄頭を握ると、首筋に斬り下ろしてきたのを、刀の峯で払うと、そのまま突きを相手の咽喉に入れた。

返す刀で、横から襲ってきたのを払ったが、避け切れず、左の肘に熱い衝撃が走った。

咄嗟に、柄に差してある手裏剣を相手に飛ばした。敵は払いきれず、右目を押えるとその場に蹲《うずくま》った。

敵の一人が、あわてて真後ろから上段に打ち込んできた剣を払うと、後ろに飛び下りながら忍び刀を投げた。

一間の間合から空を切った刀は、てきの胸元に突き刺さった。一瞬信じられないという表情を浮かべながら、男は膝から崩れ落ちた。

仲間の三人が倒れたのを藁堆《わらにお》の陰から見ていた残りの二人に、堆の支えに差し込んである六尺余りの竹を抜くと、一之進は正眼に構えた。二人の男は互いに目を交すと、倒れた仲間には目もくれず闇に消えた。

倒れた三人は甲賀者とみた。逃げ去った二人はおそらく作事奉行配下の小普請組の伐忍者であろう。

最初に襲って来た奴が、首筋に斬り下ろしてきた刀筋は侮れないものがあった。

一之進はホッと一息つくと、左の肘から流れる血潮を、下げ緒を解き口に銜《くわ》えると強く上腕に巻き付け止血した。

このまま逃げ去った二人の敵が襲って来たら、右手だけの片手ではどこまで闘えるか自信がなかった。

返り血を浴びた百姓姿のままでは、付近の者に見咎められ、近くの庄屋、組頭に訴えられたら最後である。

一之進は急いで堀割に身を沈めると、返り血を洗い落とし、忍び刀を男の胸元から抜き取ると、再び菰に包んで小脇に抱え、そのまま草加の土手を水戸街道の宿場松戸を目指して駆けた。

江戸川が、松戸宿のはずれで急に川幅を広げ、流れが緩く澱んだ河岸に、渡し舟が一隻舫っている。土手の上には茶店がある。

時刻は寅刻（午前四時頃）に近いが、暗闇の街道に人影は見えない。

茶店の開くまで一刻余り、店の裏口に積んである薪と無花果《いちじく》の枝の下に隠れるように蹲まると目を閉じた。

四半刻も過ぎた頃、厠で用を足した年寄りが、ひょっこり裏木戸から首を出し、一之進の姿をとらえた。

「こっ早《ぱや》い時刻に何の用だね」

気味悪そうに上から下まで眺めていたが、百姓らしいとわかると、少し気を許したようだ。

「夕べ、近くの賭場で遊んでいるうちに、悪い奴等にとっ摑って、この様《ざま》だ」

と無宿者に因縁《いんねん》つけられて這う這う《ほうほう》の態でここまで逃げて来たと言って、親父の顔を見上げた。それに逃げるとき、奴等に匕首で肘を少しばかり痛めつけられた。と肘を上にあげて傷を見せた。

俺らあ金町在の百姓で、決して怪しいもんじゃあねえてばあ、と手を合わせて拝む真似をした。

「百姓が、賭場に顔なんか出すもんじゃあねえ」

親父は、肥舟の臭いがついた泥まみれの野良着姿、律義そうな顔をみて、一之進を信じてくれたようである。

まだ店を開ける時刻でなかったのが幸いした。

一之進は、胴巻の中から古びた巾着を取り出すと、

「全財産だ。この姿じゃあ、表にも出られねえ。恰好の古着と、傷の手当を頼みたい」

遠慮する親父の手に一分銀を握らせた。焼酎と晒《さらし》で傷の手当を済ませ、茶店の開く明け六ツ（午前六時頃）には茶の横縞の古着に角帯、菅笠に草鞋を揃えてくれた。

その上、店の自慢だという茶饅頭まで出してくれた。これを腹に納め、ようやく人心地のついた一之進は、親父が悪い奴等にまた遭うと困るだろうからと、桜を削った心張り棒を杖代わりに持たせてくれた。

この頃、新井白石は徳川六代将軍家宣の直参旗本三千石。侍講として雉橋門外、飯田橋に

屋敷を構えていた。

一之進は、旅馴れないお店者といった野暮ったい風態で、暮れの水戸街道を、朝の弱い日差しを背に受けて、千住の処刑場のそばを通り、亀戸から曳船の川岸へ、稲荷神社の祠近くの旅籠に草鞋を脱いだ。まだ日は高かったが、高崎の裏街道を仮眠をとっただけで駆け、しかも途中、襲撃に遭い、心身ともに疲れ果てていた。

部屋住みの頃、日本橋、吉原など銭の掛かる店を避けて、亀戸天神近くの岡場所でよく遊んだ。浅草橋の船宿から曳船の堀割に船を着けて、剣術仲間と談論風発、若いエネルギーを発散した頃が懐かしく想い出される。

明日は、曳船から猪牙《ちょき》で、大川（隅田川）を日本橋まで下り、若い頃通った神田明神から昌平橋付近の剣の道場（小野派一刀流、直心陰流、中西一刀流など錚々《そうそう》たる剣客の道場が軒を連ねていた）の前を通り、お茶の水から飯田橋の白石邸を訪れ、忍びとして越後四万石領探索の見聞書を白石殿に奏上する予定である。

同門小野派一刀流の友の援けがあったとはいえ、よくぞここまで成し遂げたものと、思わず武者震いがした。

大川から水を引いたこの付近は、堀割が縦横に走り、水門が至る所にある。

釣舟・遊山舟・肥舟・漁舟・猪牙船などの小船が水上を走り回り、船着き場の付近は岡場所らしく遊女と牛太郎の声が絶えない。

将軍のお側近くに仕えるといっても、御小納戸役（将軍が城内の庭を散策するとき、草履を持って伺候するが、警備が主たる役目で、夜の寝所の警護を含む）という小禄の身が、白石の命を受け、荻原勘定奉行に対する弾劾罷免の訴えの一つである越後四万石領騒動の真実を、白日のもとに晒し、四千人余の百姓の無念を晴らすことが出来ると思うと、目頭が熱くなった。

軽輩の身が、御政道に参画出来ると思うと、熱い想いが交叉し、二転、三転と寝返りを打つうちに、旅の疲れかいつの間にかよく眠っていたようである。

子の半刻（午前一時）を過ぎた頃、船溜りで人の気配がした。この辺りは、海も近く漁に出る者や、釣り人も朝は早いが、少し早すぎる気がする。

師走に入り、朝晩の大川を渡って来る冷たい風が、部屋を覆っている。

気のせいか、一之進は寝床から出ると床柱に背を預け、膝を立て、松戸の宿場で、茶店の親父が道中の護身用にとくれた桜の木で作った心張り棒を、太刀のように肩にかけて外の様子をうかがった。

気のせいではないようである。数人の忍び声が殺気を含んでいる。

一之進は、枕元に置いた新しい草鞋を履くと、障子戸を開き、廊下に出る。雨戸の隙間《すきま》から庭の柴垣越しに、稲荷の祠に目を向けた。

深編み笠に尺八の普化僧《ふけそう》と、小引出しの付いた杉の背負箱の羅宇《らう》屋、浪人風の精悍な面構えと異形の三人の男が、大川から立ち昇る靄の中に浮かんでいる。

そっと雨戸を離れる。黒竹に囲まれた庭の隅にある厠の手水鉢のわきを、稲荷の横手に回り、川岸の杭に舫ってある小舟の綱をはずし、胴の間に置いてあった竹竿を手にすると、そっと舟を流れに向けた。

大川は靄って、一寸先も見えない白い壁の世界である。追っ手の来る気配はない。

吾妻橋の袂で舟を捨て、神田川の下流、浅草橋に向かって川端に立ち並ぶ問屋の土蔵の陰に身を沈めて、斜め走りをした。

浅草蔵前の荷揚げ場まで来たとき、蔵の軒下を縫うように、四つの黒い影が迫って来た。

一之進が小舟を出したとき、かすかな堤の枯草をないだ竹竿の音に気付いた敵は、大川の靄を避けて、舟を捨て陸に上がった一之進を付けて来たようである。

闇の中から、突然普化僧が尺八に仕込んだ細身の小太刀を、上段に構えて迫った。右に浪人風、背後に羅宇屋と何れも忍びの手練で、目録以上の剣の使い手と見た。

正眼に構え、互いに間合を計りながら足を進めていたが、突然普化僧が、飛鳥のごとく舞い上がり、一之進の頭上から小太刀を振り下ろした。

一之進は、敵が飛んだ一瞬、体を反転させた。心張り棒が胴を真横に薙《ない》だ。そのとき崩れ落ちる敵の体に、不覚にも右足をとられて片膝をついた。

一瞬羅宇屋の忍び刀が、中段から一之進の左肩を袈裟《けさ》に斬り下げた。

衝撃に心張り棒を手から落とすと、俯《うつぶ》せのまま顔を上げると、角帯に刺し込んだ小柄を顔面に放ち、背後から襲って来た浪人の剣を咄嗟に心張り棒を拾うと、そのまま股間に繰り出した。

急所を突かれ、転げ回る浪人の頭上から棒を打ち据えた、男はそのまま息絶えた。

同時に、一之進も左肩から胸にかけて流れ落ちる血の中で、意識が薄くなっていくのを、直参の意地がこれに耐えた。

気を取り直してよろめきながら立ち上がったが、浪人者の尖先が背後から大腿《ふともも》を切り割いていることに気付いた。

棒を杖に立ち上がろうとしたが、そのまま力尽きて座り込んでしまった。

遠ざかる意識の中で、一之進は稲荷町の方向からの戻り駕籠を必死でつかまえると、怯《ひる》む駕籠かきに、懐中から小判二枚を取り出した。

「雉橋門外飯田橋の幕臣新井白石殿役宅まで頼む」

と、そこまで口にすると意識を失った。

どこか遠くで自分の名を呼ぶ声がする。

「矢坂一之進殿っ、お気を確かに……」

駕籠は白石邸の玄関の式台の下に付けられていた。

使用人の差し出す柄杓《ひしゃく》の水を一口呑むと、そのまま再び目覚めることはなかった。

意識の薄れる中で、一之進は、いま江戸城本丸南にある蓮池御門内の広い池の畔《ほとり》を、六代将軍家宣公のお側で新井白石が、何やら談笑している姿が、浮かんでは消えているうちに映像は消えた。

「矢坂殿は事《こと》切れた模様です」

血糊と泥にまみれた無惨な姿とは打って変わって、その死顔は優しく頬笑んでいた。

白石は式台に矢坂を抱えあげ、腹巻の中の油紙に包まれた見聞書を取り上げると、

「御苦労であった。四万石領の百姓に代わって礼を申す」

目に涙をためながら、御政道のために殉じた若い直参旗本矢坂一之進の死を心から悼んだ。

矢坂の死は白石の三度目の弾劾《だんがい》追訴に力を添え、将軍家宣もこれを認めやがて荻原勘定奉行一派の罷免につながったことは言うまでもない。

そして四万石領の農民騒動の行方は……。

第二話

第十二章　天領の百姓に悪しき者はおらず

信濃川は、甲州、信濃の山々の精霊に抱かれて、夜間瀬川、千曲川など信濃の国から下流に至る大小合わせて八百二十七本の河川を従えて、越後国新潟河口に至る大河である。河口から十里余の上流、霊峰弥彦山の裾野に広がる蒲原四万石領の農民が、天領支配を望んで果たさず。これはその悲しいまでも純朴な百姓の物語である。

物語の主人公三五兵衛はじめ、四千余人の農民が死を賭して訴えた叫びが、幕閣をゆるがし、六代将軍家宣の政治指南役であり、儒学の徒として知られる新井筑前守白石を動かし、藩政への関与と、地方行政の主導権を掌中に納めていた。大庄家制度に対する改革が行われた。やがてこれが徳川幕府、武家社会崩壊への火種になろうとは誰もが想像していなかった。

「白石をして、天領の民（百姓）たることを望むほどの者が、どうして上に背く心があろうか」と嘆かせた十一編までの第一話に続く完結編である。

今日も母なる大河は、喜怒哀楽のすべてを懐《ふところ》の中に包みこみ、悠久の流れを変えることはない。

宝永六年（一七〇九）十月下旬、幕府代官河原清兵衛正真は、黒川本陣に館代官林甚五右衛門正長を招き、村上藩十五万石、藩主跡目相続をめぐって減石（十万石）となった。十万石の藩領から幕領への村分けの作業を指図していた。

村上藩の大庄屋制度の慣行で、四万石領の大庄屋、小庄屋が招集され、年貢割付元帳の実態調査が行われていた。

この日集まった四万石領十組の大庄屋の顔ぶれは次のとおりである。

三条組・宮嶋弥五兵衛、一ノ木戸組・小林九右衛門、燕組・樋口嘉兵衛、茨曽根組・関根三郎右衛門、地蔵堂組・富取竹左衛門、渡辺組・五十嵐六兵衛、寺泊組・五十嵐藤八郎、打越組・小林弥惣左衛門、釣寄組・曽山六右衛門、味方組・笹川左衛門（小庄屋省略）

仮代官所となった本陣（大庄屋湧井源左衛門）では、一人娘の菊江の奏でる十三弦の音が、晩秋の越後を象徴する鉛色の雲間から、かすかに洩れる弱い日差しを交えて、庭を隔てた表書院の渡り廊下越しに流れて来た。

書院の前庭の落葉樹の葉は、黒ずんだ二、三枚を残して庭を埋め、濃い緑色の三波石と軒下に並べられた小菊の懸崖作りの鉢から華やいだ花の香が、あたり一面に漂っている。

大庄屋のいかめしい武者門の前には、仮陣屋を示す真新しい檜の板が盛砂に立てられていた。

大門の左右には、徒士《かち》の見張りが立ち、この日の寄り合いの重要さを物語っていた。巳刻《みのこく》(午前十時頃)に、大門の閂《かんぬき》がはずされると、紋付、羽織袴の男達が次々と駕籠から降り、それに付き添うように二、三十人の小庄屋が後に続いた。

雪椿の植え込みの奥にある玄関の式台には、二人の下男が跪《ひざまず》いて、履物を取り揃えていた。

大庄屋たちは出迎えた下役足立伴助に「上がらせてもらうぞ……」と鷹揚に声を掛けながら、上がり框《かまち》の上にある立屏風の白鷹《はくたか》の鋭い目に見据えられて書院の中に入って行った。

腰高障子を開けると、白書院の床柱を背に陣羽織姿の色浅黒く、強い意志を示すかのように鋭い目付きの男と、鬢《びん》に白いものがまじった温和な顔付きの二人の武士が、床几に腰を下ろしたまま、入って来る者を見据えるように、挨拶を返していた。

間もなく、燕組大庄屋嘉兵衛が代官の前に出て全員席に着いた旨を伝えた。それを待っていたかのように、河原清兵衛は床几から立ち上がった。

隣席の林甚五右衛門を一瞥《いちべつ》すると、

「本日寄り合いを持ったのは、余の儀にあらず。こたび江戸表より、村上藩主本多吉十郎忠孝殿病死による跡目相続につき」、と言葉を切って、「祖父中務《なかつかさ》大輔政長の弟播磨国山崎藩主肥後守忠英殿の長男忠隆殿が相続を許された」と一気に跡目相続の決まったことを伝えると、一同を見渡した。

「ただし、村上藩十五万石の領地高は、五万石に減石、さらに明春を待って、三河国苅谷への転封が内定している」旨を告げた。その上で河原は、「内定の真偽は別として、減石となった十万石の幕領と、藩領五万石の村分けが必要となる。その対象は四万石領内の各組に限定する」と続けた。

そこで、一度声を落とすと、

「代官としては、旧来からの大庄屋制度を尊重し、ただ今より大・小庄屋合議のうえ、村分けの意見を取り纏め、調整の上代官に提出せよ」

と命じた。

「なお、大庄屋十組の提出した申し状を吟味の上、後日、代官より告知状をもって廻状する。

また近年、百姓共の間に、藩領を拒否し、天領支配を訴願する不穏の動きがある。

それら不遜の動きある村々には、其方共《そのほうども》から村分けは上（幕府）の命令たることを知らしめよ、追って百姓共には、高札をもって告知する」

以上の趣旨を一方的に告げ、代官は書院のざわめきをよそに陣屋内の詰め所に引き上げた。

代官と共に詰め所に帰った黒川代官所元締襟川《えりかわ》左五衛門は、同僚の阿部幸右衛門に、燕組太田村三五兵衛ら十組の代表が、前日折からの豪雨をついて、天領組替の嘆願書を持って、代官所に強訴に及んだことを告げた。

幸いと言うか、その日代官他出のため、門前払いとした。

この事につき代官に報告していないことに気付き、幸右衛門にこれを打ち明けた。

これを聞いた幸右衛門は、しばらく考えていたが、

「本日の寄り合いを前にして、大庄屋どもの村分けの案は、すでに代官の手元に納められている節がある。話を上げても一笑に付されるだけじゃ」

と相手にしなかった。その上、

「百姓どももお上の告知状を見れば、訴状は取り下げるに決まっている」

と襟川の杞憂を笑った。

このことが、後に新井筑後守白石の逆鱗に触れ、大騒動への発端になろうとは両人は考えてもいなかった。

当時、越後村上藩で行っていた大庄屋制度は、形式的には藩の認証を得ることになっているが、実際は年貢割付、新田開発認可、川欠普請の人足割をはじめ、小物成り（牢屋敷の補修、川舟通船料など）の代銀の納入に至るまで支配地域の実権を握り、認可も代官所の手代

郵便はがき

恐縮ですが
切手を貼っ
てお出しく
ださい

160-0022

東京都新宿区
新宿1－10－1
(株) 文芸社
ご愛読者カード係行

書　名			
お買上 書店名	都道 府県　　市区 郡　　書店		
ふりがな お名前		明治 大正 昭和　　年生　　歳	
ふりがな ご住所	□□□-□□□□	性別 男・女	
お電話 番　号	(書籍ご注文の際に必要です)	ご職業	

お買い求めの動機
1. 書店店頭で見て　2. 小社の目録を見て　3. 人にすすめられて
4. 新聞広告、雑誌記事、書評を見て(新聞、雑誌名　　　　)

上の質問に1.と答えられた方の直接的な動機
1. タイトル　2. 著者　3. 目次　4. カバーデザイン　5. 帯　6. その他(　　　)

ご購読新聞　　　　新聞　ご購読雑誌

文芸社の本をお買い求めいただき誠にありがとうございます。
この愛読者カードは今後の小社出版の企画およびイベント等の資料として役立たせていただきます。

本書についてのご意見、ご感想をお聞かせください。 ① 内容について
② カバー、タイトルについて
今後、とりあげてほしいテーマを掲げてください。
最近読んでおもしろかった本と、その理由をお聞かせください。
ご自分の研究成果やお考えを出版してみたいというお気持ちはありますか。 ある　　ない　　内容・テーマ（　　　　　　　　）
「ある」場合、小社から出版のご案内を希望されますか。 する　　しない

ご協力ありがとうございました。

〈ブックサービスのご案内〉

小社では、書籍の直接販売を料金着払いの宅急便サービスにて承っております。ご購入希望がございましたら下の欄に書名と冊数をお書きの上ご返送ください。(送料１回210円)

ご注文書名	冊数	ご注文書名	冊数
	冊		冊
	冊		冊

衆で裁許されていた。

それを物語るように、「幕府御家人分限帳」に記載されている、この物語にもしばしば登場する河原代官の禄高は百五十石の蔵米取りで、林甚五右衛門は百石取りの御家人であった。幕府の武士としては上代御代官衆の一人で、禄高にくらべ、その権限は三万石の大名の家老に相当する権力を握っていた。しかし三十人余りの部下でこれを支配することは不可能で、勢いその実権は大庄屋の掌中にあった。

権力の象徴である大庄屋の広大な屋敷は、中世の豪族の館を思わせる門構えで、土塁《どるい》・周濠《しゅうごう》をめぐらし、権勢を誇示していた。

近年、各地に頻発する各種の一揆に備え、治安維持のため新設された黒川、館代官として赴任した両代官は、幕府大目付の意図を察知せず、従前通り、大庄屋制度の上に胡座《あぐら》をかいたまま、百姓達の訴えにも耳を傾けることなく、前例踏襲を極《き》め込んでいた。

大庄屋仲間の村分けの線引きに、小庄屋や三人組で異論を唱える者のあろうはずがない。白書院では、日の落ちる前に、取り纏めに当たった嘉兵衛が、数刻に及ぶ丁々発止の激論の末ようやく折り合いを付けたと、疲れ切った表情で肩を落とし、顔をしかめながら寄り合いの結果を持って来るのを知っていた。

予測していた通り、申刻《さるのこく》（午後四時）を過ぎた頃、鴨居に頭を下げながら三人が出てきた。燕組・樋口嘉兵衛は目をしばたかせ、神経質そうな三条組・宮嶋弥五兵衛、それとは対照的な剣客然とした茨曽根組・関根三郎右衛門、それぞれ特徴のある顔を揃えて協議の終わったことを詰め所に待機していた手代の秋山伴右衛門に告げた。

林と共に、茶を飲んでいた河原は、三人の大庄屋を労《ねぎ》らった。

「難儀な村分けの協議、さぞかし大変なことであった」

三人の顔を見比べながら、蒲原一帯（三条を含む）の領地図に書き込まれた朱書きの線引きを満足そうに見やりながら頷いた。

関東郡代の下で、上総国《かずさのくに》（現千葉県の一部）、下野国《しもつけのくに》（現栃木県）の代官として在任してきた河原代官にとって、大庄屋どもの扱いは手馴れたものがある。

村分けの朱引のほかに、天領を示す黒線に渡辺、寺泊の両組が置かれている。心憎いほど代官の腹の中を読んでの作業である。

佐渡金奉行と、国上の宗門への影響を考慮した大庄屋らしい心遣いである。

河原は白書院に足を運ぶと、村分け作業の結果を固唾《かたず》をのんで見守っていた人々に、「三人の代表から、村分けの説明を聞いた。越後黒川に赴任以来、席を暖める暇《いとま》もなく、巡見した。代表の説明は、大筋で代官の腹算《はらづも》りと一致しており大儀であった」

隣に、にこやかに座っている館代官を振り向き、「そうじゃのう林殿」と合意を求めながら満足そうに十人の大庄屋と、その側に控える小庄屋達に、寄り合い協議の労を犒《ねぎ》らい、文書を受理したことを告げた。

舞台は反転して、十一月二十五日、地蔵堂組杉名の極成寺の本堂は、亥刻《いのこく》（午後十時頃）から夜陰にまぎれて、各組の村々八十五カ村から集まった九十余名の百姓達の熱気で埋め尽くされていた。

須弥壇に背を向けた上座に、一向宗の僧性念を両側から囲むように、燕組太田村三五兵衛、燕村市兵衛、杣木村新五右衛門が座っている。

寄り合いの口火を切って三五兵衛が立ち上がり、

「近年旧四万石領を襲った川欠（洪水）で、地蔵堂、国上、野積などで田畑を失い、病虫害の発生、加えて年貢の過大な割付、川欠、橋普請の人足割など大庄屋制度による弊害等で、百姓は飢餓に見まわれ、村々では冬越しの米と来年の種籾にも事欠き、娘を女衒の手に渡す者も後を絶たない」

と悲惨な現状を訴えた。

続いて仙木の新五右衛門が、これに追い討ちをかけるように、頬を紅潮させ、唾《つば》を飛ばしながら、

「この秋、村上藩、藩主死亡による跡目相続にからんで、幕府は、十五万石から五万石に

減石の措置をとり、結果、幕領十万石が生じた。

ところで皆の衆、燕、三条を中心とする旧四万石領は、かつての天領（六十年前まで）であった。村上藩と三条を含めた蒲原四万石領は、三十余里の遠隔の地にあり、大川三本（信濃川、中ノ口川、阿賀野川）を越しての飛領となる。

よって新藩主の領地は、村上城を中心とした五万石領となり、我々蒲原四万石領のすべてが天領になると信じていた。しかるに……」

と新五右衛門は、中央の僧性念の頷くのを見届けると、さらに声を張り上げた。

「しかるに江戸幕府は、村上城に近い、黒川・館両村の陣屋に、新しく代官二名を関東から下向せしめ、大庄屋、小庄屋共と結託、天領復帰を願う百姓の声を無視して、村分けを画策しているとの情報が、庄屋筋から流れている。こんな理不尽な話があるものか」

その時、突然本堂を埋めた人の輪の中から、

「大庄屋、庄屋の陰謀だあッ」

「百姓の血と汗の田畑を、貸金の代償に取り上げ、水呑百姓に落としてまで絞ろうとする大庄屋共を倒せッ」

大庄屋の横暴を非難する声が会場いっぱいに渦巻いた。

「いかん、このままでは一揆になりかねない。静かに、静かに」

と三五兵衛は、興奮した百姓代表らを傍《かたわ》らの市兵衛老人と共に必死でなだめた。

「各村の飢餓の惨状はよくわかる。しかし、このまま徒党を組んで、大庄屋に押し掛れば、暴徒と変わりなく、大庄屋の思う壺にはまるだけ、皆んなの怒りはわかるが……」

と、さすがに声を詰まらせながら会場の騒ぎを納めた。

本堂の厚い欅《けやき》の戸板越しに、いつの間にか丑刻《うしのこく》(午前二時頃)を過ぎたらしく、氷雨交りの木枯が吹き荒れ、火の気のない板敷の床下から寒気がはい上がって来る。

三五兵衛はようやく落ち着きを取り戻した会場の百姓代表等を諭《さと》すように静かに語りかけた。

「百姓衆も知っておろうが、高田藩主松平越後守光長殿、お家騒動による改易《かいえき》以来、江戸幕府は諸大名に対する牽制《けんせい》策として、遠隔地に飛領を与え、住民と領主との離反を計っている。これは宗門の人々は勿論北前船の西廻り航路の船主達の噂にものぼっているほどである。加えて各藩においても、武家社会への不満から、農民一揆が頻発しているとの情報も流れている」

しかし三五兵衛はここで一同を見渡しながら、

「ここに集まった四万石領の百姓の願いは、年貢の割付、川欠の橋普請人足割を不満として嘆願しているのではない。

六十年前までは天領だった四万石領を、村上藩減石の機会に天領に戻してほしいとお願いしている。

勿論代官所と大庄屋制度による弊害はわかっている。しかしそれを表に出しては、各地の一揆と同じに見られる。それはおいおい廃止の方向で考えてもらうことにしたい。

訴願はあくまでも、燕・三条組を中心とした蒲原・三島両郡にまたがる天領支配を、御定法通り嘆願していく。困難とは思うが、どうか堪えて黒川本陣への訴願を続けて行くことを承知してほしい」

と涙ながらの三五兵衛の話で、ようやくこの日の寄り合いは納まった。

本堂内の静まるのを待って、性念坊が、三五兵衛の発言を支えるように、

「宗門も再度の本陣訴願が門前払いで終わるようなことがあれば、江戸表での強訴・駕籠訴も支援する」

と、約束した。これを聞いた百姓達の間から歓声が上がった。宗門の応援が得られれば百人力だ。それほどに越後では念仏門徒の宗門に対する信頼が厚かった。

本堂の外は、夜明けが近いのか、明け鴉《がらす》が境内の老松に止まっているらしく、姿は見えないがあたりの静けさを破って鳴き声が伝わってくる。

「庄屋筋の噂では……」

市兵衛が三五兵衛に語りかけた。

「代官の呼び出しで、大庄屋制度による村分けの寄り合いが、二十八日黒川本陣で行われるとの噂が流れていた」

手遅れにならぬよう訴願文を作成して、代官に訴願したい旨の緊急提案が採択され、これを実行に移すことになった。

一夜明けた二十七日夕刻、越後では雪降ろしの雷と言われ、稲妻を伴なった豪雨の中を、百姓等は、蓑《みの》に菅笠、草鞋姿で、長雨にズブ濡れになりながら黒川本陣に辿り着いた。

黒塗りの門柱の前に二人の番卒が六尺棒を立てているのに向かって、笠を取り三五兵衛は
「燕組太田村金子次郎兵衛伜、三五兵衛願いの筋あって参上致しました。何とぞ代官様にお取り次ぎを」

と公事方勘定奉行宛の訴文を高く揚げて跪ずいた。

折り悪しく河原代官は林代官と共に、村上藩勘定奉行一行と領内新田検地巡回のため不在、留守を預る阿部、襟川両元締は、三五兵衛らに、

「村分けの訴願のようであるが、村分けは従来通り大庄屋がそれぞれの小庄屋から百姓の訴えを聞き、代官に伝える慣行である」

とした上で、

「四万石領百姓惣代が、訴願の筋につき、代官への目通りを願い出たことは伝える。しかし江戸表への訴状を受理することは出来ない。追って代官へのお目通りについては沙汰致す。左様心得よ」

と申し渡すと、番卒に命じて一行を門前から追い立てた。

再三の訴えも徒労に終わり、三五兵衛等は、無念の涙を流しながら本陣を後にした。

この上は村々の代表に経過を伝え、最後の手段である江戸での強訴に出る以外に策はない。三五兵衛等は、夜通し黒川から夜道を歩き続け、二十八日の昼近くに村に戻った。

三五兵衛等が、本陣で門前払いの仕打ちを受けて、村方に立ち戻ったあと二日経った十一月三十日。

今年は例年になく北風が強く、寒い日が続き、いつもの年なら、刈入れの終わった田や稲架の終わった頼母木《たもぎ》の根元に落ちる稲穂を啄《ついば》みに、羽根の奇麗な山鳥《やまどり》や雉《きじ》が、澄み切ったあたりの静けさを破って、ケーン、ケーンと鋭い鳴き声を放つが、このところそれも聞こえて来ない。

こちら㊗では、師走月に入って、蔵出しの廻米輸送と戻り荷で北前船の運んできた北海物の鮭・昆布・鱈子・数の子・スルメ等の正月用品や、庄屋や町方の商家の女房共が競って購なう京・大坂の古着の掘り出し物、来春の田畑の下肥に使う鰊の干物など猫の手も借りたい忙しさで、それに近頃は、江戸からの注文の増えてきた洋釘の搬入に追い立てられている。

そんな忙しさの中で、佐七は、川船問屋の仲間の寄り合いで、近頃しきりに、燕・三条など川筋の農民が、村上藩が跡目相続にからんで石高が減り、十万石の幕府直轄の天領が生まれた。この機会に徳川創成期の頃の天領に戻して欲しいとの天領復帰の訴願を嘆願し、受け入れられないときは、一揆も辞さないとする流言が飛び交っていることを知っていた。

佐七は、そんな百姓衆の噂を耳にするたびに、ふっと江戸城小納戸役矢坂一之進の若侍らしい姿が目に浮かび、新井筑後守白石のもとに旅立ってから、何の便りもないことに胸騒ぎを覚えていた。

義父の初太郎の言葉を借りると、「便りのないのは元気な証拠らてー」と言うことになる。

昨日も夕餉の膳を囲みながら新妻の登勢とそのことを話し合っていた。

暦が変わって、十二月も押し迫った二十日戌刻《いぬのこく》(午後八時)を過ぎた頃、表の板戸を叩く音がして、佐七が土間に降りると、

「江戸雉橋からの使いの者です……」

と、土地の者ではない江戸者の声がした。

急いで潜り戸の落としを上げると、転がり込むようにして、武家屋敷の中間であろう、半纏に股引、手甲脚半に草鞋ばき、脇差を腰に落とし、長旅仕度の拵えをした若者が、土間に

片膝をついて佐七を見上げた。

佐七の背後に、登勢が心配そうに、夜分に何事かと、手燭《しょく》を土間に突き出していた。

「夜分を顧みず、突然の訪《おと》ない申し訳なく思います」

若党は非礼を詫びると、文箱を両手で捧げ佐七に手渡した。

「私は、江戸雉橋御門外旗本新井勘解由（白石）に仕える。中間の駒吉と申します。主人白石より書状をお預りして、急ぎ江戸より参上仕りました。

書状は、火急の用向きかと存じます。御披見のほどを」

と言葉を足した。

「うむ」、佐七は頷くと、登勢に灯りを近づけるように命じ、文箱から書状を取り出した。

書簡は白石らしい筆蹟で、長谷川佐七貴住殿と認《したた》めてある。

「一筆認め候、江戸城本丸小納戸役矢坂一之進殿におかれては、城内西の丸白書院お庭先にて、城内に潜入した不審の者を捕縛せんと追跡、蓮池御門附近にて、曲者と刀を交えた末これを捕え、武者所に連行の途中、その仲間とみられる者の兇刃に深手を負い、お役目を果たした後絶命仕り候。まことに無念なり……」

一之進の悲報の便りである。

別葉に、一之進に托した越後国四万石領の大庄屋制度の改革の必要と、百姓の悲惨な現状を認めた佐七からの八項目の覚え書きについては、一之進から確かに受領した旨の謝辞が認められていた。

この文言の中には、村上藩領八組の百姓惣代に対する代官、大庄屋共領主に告げず、訴えを放置した件、また領主が百姓のため普請の労を慰って与えた扶持米及び川欠工事の役金を与える措置をとったことに言及、これを庄屋どもが私服して百姓に与えず、領主の民を思う行為を無視した件、いずれも不届千万であり、しかるべき措置をとりたい。

ただし百姓どもが、幕領組み入れなくば、年貢の納蔵を拒むとの噂が江戸勘定方にまで流れている。そのような大罪を犯すことのないよう、旧幕臣として鎮静化に努力願いたい。

最後に尚尚書きで、矢坂家子息成年に達したとき、小納戸方に登用を計る旨が添えられていた。

佐七は、手燭の灯で書状にひと通り目を通すと、思わず目頭を押さえた。

「無念なり一之進殿」

と口にして、したたり落ちる涙を隠さなかった。

子細は判じ難いが、白石の書状のいたるところに、一之進が白石に四万石領の実情を言上する旅の途中、勘定方の忍びの兇刃に倒れたことが文面に滲んでいる。それを記すことの出来ないもどかしさが筆に表れている。

あとがきに、矢坂家遺族へのなみなみならぬ配慮が感じられた。

小納戸方の幕臣の一人の死が、武家社会の体制に与える影響はないとしても、儒学の徒として、政事の公平無私を旨とする新井白石のごとき幕臣がいる限り、徳川の基盤もゆるむことはあるまいと思った。

同時に、その死を無にすることなく、一連の騒動が終息することを祈った。

木枯しが、表の敷居の隙間から流れ、土間で片膝付いて白石からの書簡の読了を待っていた使いの駒吉に、長旅の労をねぎらい白石への口上を伝えた。

辞退する駒吉を座敷に招じ、夕餉を進め、白石の近況などを話題に、共に一夜を過ごした。

翌朝、明け六ツ（午前六時頃）には床を離れた駒吉が、「ゆっくり休息をとらしていただき、長旅の疲れもとれました」そう述べると、佐七は、「越後の土産として、白石殿にお渡し願いたい」と、金銀の象眼で錦鯉をあしらった煙管《キセル》を、駒吉に差し出した。

若い駒吉には、世帯を持ったときにと、これも燕の鍛冶職の作りあげた茶托を土産に持たせた。

「これは高価な品、主人もさぞかし喜ぶことでしょう」

駒吉は何度も礼を述べると、振り分け荷物の中に大事そうにこれを納めた。

この朝は、今にも白い物が落ちて来そうな越後特有の、鉛色をした空模様の大川の土堤沿いに駒吉は、三国峠を目指して江戸へ旅立って行った。

駒吉を大戸の前まで出て見送った佐七は、また新たな悲しみが、頬を濡らし、兇刃に倒れた一之進の無念さを想い、座敷の仏壇の前で、一刻余り、身じろぎもせず、念仏を唱え、合掌、その菩提を弔った。

第十三章　大庄屋の陰謀

宝永七年（一七一〇）、四万石領の百姓達が、新たに生まれた幕領十万石の村分けを知ったのは、年の瀬から降り出したみぞれまじりの氷雨《ひさめ》が、年の明けた元旦には、いったん止んだと思ったら、二日の日から雷《らい》を伴って雪が降り出し三日三晩降り続け、五日の朝になっても降り止まなかった。

村方の多くの百姓家では、軒先の雪掻きと、屋根の雪降ろしに追われて、皆疲れ切っていた。家々では囲炉裏の周りに座って、自在鉤に掛けられた濃餅《のっぺい》汁と大根飯を喉に流し込んでいた。

ドカ雪で、疲れ切った百姓達は、暮れに八組の村方を代表して、三五兵衛等が、黒川陣屋に訴願を行ったが、門前払いにあって、スゴスゴ帰って来たと聞いていた。

その後、村方に代官所から何の音沙汰もなく、訴願に行ったときは、代官は不在だったと言っていた。

「あるいは代官が元締めの報告を聞き、訴願を受けてくれたのでは……」という噂も流れていた。

そう言えば、一人の年寄りが呟いた。

「昔、四万石領の地域は、そうだのうー。ざっと六十年ほど前、この年寄りの親の時代、この辺りは幕府の直轄領で、百姓は徳川家の天領の百姓と自慢していた。その証拠に燕村には、代官所、郷蔵、それに咎人を入れる牢屋敷もあって、宿場は近在の人達で賑わったもんだてー」

老人は自慢げに昔話を続けた。

「昔天領だったところは、村上藩から三十里も離れたうえに、途中に大川（信濃川、中ノ口川、阿賀野川）が三本もあって、支配する領主様も大変と……」老人は唾を呑み込むと、「将軍様も、その辺のことを考えて、天領に戻して下さる相談してんでねーかね」

と言った。

村の中央の立場《たてば》で、誰言うとなく、そんな話が交わされているうちに、そのことが真実の如く流れ、それを誰も疑っていなかった。

また誰かが言った。

「今年の正月あー雪が豪気に降ったが、大雪の年は豊作、俺達の願いがかなって、この大雪も天領の前触れかも知んねーてー」

「ナマンダブ、ナマンダブ」

純朴な農民達は、天領復帰の夢に酔いしれていた。

一夜明けた七日の朝、村の中央にある高札の告示を見て村人は驚いた。

黒々と書かれた布告には、新しく幕領となった十万石領のうち、渡部、寺泊の二組以外の八組は、ところどころ分断され一部は天領となったが、大半は村上領のまま据え置きとなっていた。

〈参考〉
告　示
一、三条組之内籠場、三ッ折
一、地蔵堂組之内横田、小池、柳山、杉名、道金
一、茨曽根組之内門田、高之宮、城吉、小中川、潟浦
一、味方組之内板井、新田
以上は御料所（天領）に組替、他は従前通り村上領とする。

百姓達の願いを全く無視した上、さらに渡部、寺泊の二組を除く村々の一部が切り裂かれて、天領となり、村々の連帯を切り崩し、分裂を狙った大庄屋、庄屋の策謀としか考えられない布告の内容である。

まさに代官、大庄屋による大庄屋制度廃止を願う百姓への挑戦である。

十二月二十八日の代官所召仕による村分けに関する寄り合い席は、この協議だったのか、村人達は松の内の微《ほろ》酔いも一遍に吹っ飛んだ。

夢にまで見た天領への願いは一顧だにされなかったのである。

百姓達は、地団駄踏んで悔しがったが、幕は上がったのである。

村人の知らせで告示の内容を知った三五兵衛は、全身に怒りが込み上げてきた。百姓の訴えに耳を貸すどころか、村人の連帯の結束をも崩そうとする大庄屋の仕打ちに、越後の者ではない冷酷さが感じられた。

「ここまで百姓を踏み付けなくとも……」という無念さが……残った。

しかし、川欠による悲惨な農家の生活《くらし》を思うと、残る八組（村の一部は恣意的に天領に）の天領への嘆願をする以外に道はなく、三五兵衛は市兵衛と図り、急ぎ八十五カ村の代表に使いを走らせ、八日に太田村の自宅で、緊急の寄り合いを開くことを通知した。

深更、三五兵衛宅の座敷に集まった八組の代表で寄り合いは九日の払暁まで続いた。

話題の中心は、二十八日、黒川本陣で行われた大庄屋らの寄り合いで、幕領十万石の村分けが、代官、大庄屋だけで決定するはずがない。きっと江戸表勘定方の裁許があるはず、ならば再考の余地が残されているに違いない。(この百姓達の協議は、幕府の行政組織の権限についての実態を把握していなかった。そこに悲劇の芽生えがあった)

再度八組の全域を天領とする嘆願を、代官に訴えることを決定した。

前回、村役を通さず訴えたのが、代官所下役の杓子定規な門前払いにつながったのではないかという意見も取り入れた。八組の代表はそれぞれの村役の頂点に立つ庄屋を説得し、同行を渋る庄屋を先頭に立て、正月十一日早朝、吹き曝しの野良道を昼食も攝らず、三十里の道を息も絶え絶えに日暮れ前に黒川陣屋に辿り着いた。

村方の百姓の動きについては、庄屋から大庄屋に連絡され、すでに陣屋では百姓達の強訴を待ち構えていたらしい。

陣屋の入口を示す巨木の柱の一方に、黒川代官所の表示がある。庭に通じる道の前に、六尺棒を×印に重ねて拒否の意思表示を番士が示していた。

待機していた三人の番士の中の一人が、一行の姿を見るや、詰め所に異変を知らせに走った。詰め所から袴の股立《ももだ》ちを取った下役の足立伴助が徒士の富永新平を従えて駆け付けた。

「御門前を騒がすとは不届き千万、強いて通るならば、役儀により召し捕る」

と仁王立ちで百姓らを睨みつけた。

寒中の田圃道を駆け付けた三五兵衛は、ようやく息を整えると、顔面を紅潮させ、刀の柄に手を添えた下役の前に出て、片膝をつき頭を下げた。

「旧四万石領八組の庄屋と百姓惣代が、願いの筋あり、御定法に従い庄屋共々参上致しました。何とぞ代官様にお取り次ぎ願います」

と嘆願書を頭上に掲げた。

「去年の暮れに押し掛けた者どもか、訴状は、天領嘆願の儀なれば、すでに大庄屋を通じて告示の通り決定している。なおこの上強訴に及ぶことあらば、上を怖れぬ不届き者として全員捕縛致すよう申しつかっておる。如何が致す」

と詰め寄られた。

全員捕縛が偽りでない証拠に、変事出来と詰め所から飛び出して来る侍達の姿をみて、この上の強訴は不利と考え、何事かと、遠巻きに恐る恐る一行を見守る近在の村人達の不安そうな目に応えて、

「お願いの筋あって参上致した燕組太田村の百姓惣代三五兵衛と申します。願いの筋通らず、ただいま退去致します」

と門前を離れた。

街道に出た一行は、誰が呟くとなく、

「この世に神も仏もないものか……」

と悔しさを胸に秘めて、重い足取りで村々に帰った。

道々三五兵衛は八組の代表に対して訴えた。

「天領組み替えの願いは、幕府に対する赤心からのもの、訴えの真意が代官の耳には届かぬ……この上は、江戸表に上り幕府のお偉方に駕籠訴でお願いするほかに道はない」

その声は夜露に濡れ、蒲原平野を渡る日本海からの北風にもて遊ばれ、弱々しく流れていった。

船問屋、㊗の正月は、船霊《ふなだま》様のお清め、初荷、得意先廻りと酒を汲み交わす暇もないほど忙しい。そんなところにもって来て、今年のような豪雪のときは、家の前や屋根の雪掻き雪下ろし、船の雪払いと、余計な仕事が入るとなおさらである。

女達は勝手で、接待客や船頭衆の面倒とこれも手を休めるときがない。

ホッと一息付いて、松の内も終わろうという七草の日。このところ北前船が新潟に入るようになってから、蝦夷《えぞ》地との交易が盛んになり、それにつれて越後の鍛冶所である燕、三条の農耕に用いる鋤、鍬、鎌などと一緒に、近年江戸の文化が開けるにつれて、西から持ち込まれた鉄で作った釘の需要が増え、燕を中心に三条、与板などの農家の副業として盛んになり、煙管の注文とならんで荷動きが活発で、町屋でも鍛冶や彫金を生業《なりわい》とする家の数が増えている。

七草を迎えて、やっと一息ついたかたちの㊗の座敷では、白石に殉じた矢坂一之進の思い出話に、初太郎を交えた佐七一家の和やかな正月の団欒が、囲炉裏の粗朶《そだ》の爆《はぜ》る音と一緒に続いている。

「もう亥半刻《いのはんこく》（午後十一時頃）らてー。いつんまにこげん時刻になったてー。今夜はこのぐらいで切り上げろんねっかねー」

と登勢が、茶零《こぼ》しに呑み残しの茶殻を始末しかけ、男達二人も腰を上げかけたとき、表の潜り戸を叩く音がした。

「誰らろうーね、こんげに遅うなってー」

戸外は、凍り付いたような地吹雪に覆われて、羽目《はめ》板に吊してある越冬用の大根の葉が、カサコソと乾いた音を立てて揺れている。

第十四章　幼馴染みの二人

音の主は、家人の動きを待っていたように声をかけた。

「お晩ですてー、廿六木堀の市兵衛らてー、初太郎さー居なさるかねー」

風の声に消されそうな老人の声がした。

潜り戸の落としを撥《はね》る音と、登勢の声が、一緒になって、土間から聞こえてきた。

「今開けるてばねー、今夜はバカ寒いんねっかねー、急用らかてー」

土間に入って、上がり框に腰を下ろした市兵衛の、ぼそぼそ話す声が終わらないうちに、

「久し振りらんねっかねー、元気らかてー」

と、初太郎の川風で嗄《か》らしたドラ声が、登勢の頭の上でした。

二人の老人は久闊《きゅうかつ》を叙して座敷に入った。今夜は寒いのでお茶代わりにと、囲炉裏の片隅に作られている銅壺《どうこ》に徳利を入れ、種火を掘り出して榾《ほだ》を並べると、すぐ火が付いて燃え上がった。

初太郎が、屈《かが》み込んで榾火を始末している登勢の側で、佐七を大声で呼んだ。

老いが見えはじめた顔の染《しみ》は、温かさが戻ると顔に赤みがさしてみえなくなる。

市兵衛は佐七が囲炉裏に腰を下ろすと、初太郎の注いだ盃の温かさを確かめるように、両手で包むとポツリポツリと話しはじめた。

「お休みんとこ、押しかけて申し訳ねーて」

と非礼を詫びると言葉を続けた。

「薄々《うすうす》初太郎さの耳にも入っていると思うんだが」

声を潜めて、燕・三条組を中心に蒲原一帯の百姓が、村上藩の世継ぎ跡目相続で十万石の減石を命ぜられ、代わりに幕領十万石が新たに発生した。

その村分けに当たって、燕・三条を中心とする四万石領を天領にして欲しいと、幕府の黒川代官所に再三にわたって訴えたが、門前払いを喰って取り上げてもらえない。

逆に年末・年始にかけ、代官・大庄屋による寄り合いで、一方的に村分けが告示された。

このままでは、川欠による被害や不作で年貢米も納められず、蒲原一帯では女衒に娘を売り、田畑を借金のため手放す百姓も出ている。

「あんまりらてー、これじゃあー、百姓達は生きられねー」

と涙ながらにこれまでの経過を話し、冷たくなった盃を干した。

「そこでお願いがあって来たんだてばねー。俺《お》ら達百姓は、町人衆《まちんしゅう》と違って国（近村）から出たことがねー。太田村の三五兵衛、杣木の新五右衛門と俺が八組八十五カ村の百姓惣代で、江戸表の公事方勘定奉行や寺社奉行に強訴することに決まった。江戸は生き馬ん目抜くと聞いてるし、在郷者《もん》は何も知らねーとこに行けるはずがねー」

登勢の注いでくれた温かい酒を一気に呑み干すと、

「頼み事に来て、ごっそー（御馳走）になって申し訳ねーやら、恥《はず》かしやら」

と老いの目をしばたきながら語ったお願いとは、越後から江戸までの道のり（途中の旅籠）、公事訴訟の百姓宿、強訴する奉行の名称、その他である。

「登勢さんのお婿《むこ》さんは、江戸生まれだと誰かが言ってたてー。それに近頃では船荷を江戸まで運ばっしゃったとも聞いてるがんね。なんとか教えてくんなせーやー」

話に相槌を打っている初太郎の助言もある。それにもまして、四万石領騒動の発端から一之進と共にかかわってきている。

佐七は、これも亡き一之進の引き合わせと思った。

佐七はしばらく目を閉じ、腕を組んでいたが、目の前に座っている市兵衛老人の、死を決意した者のときおり見せる、眼光に秘めた堅い意志を読み取った。

「よくわかりました。できるかぎりのお手伝いをして差し上げたい」

と市兵衛に答えた上で、

「突然のことで、これから道のりや途中の旅籠、公事に関する必要な事柄、百姓宿のことなどについて二、三日中に調べた上で、使いの者を差し向けるから、㊗に来るように」

と老人に伝えた。

初太郎は、佐七の無駄のない話に満足そうに娘婿に頷きながら、

「市兵衛さん、それでいいがのし」

と市兵衛の心から嬉しそうな顔に言い添えた。

佐七は公事については、代官の下役として取り調べに当たった頃のことを思い出して書き留め、公事宿については、久留米藩下屋敷の江戸詰勘定吟味役山村左衛門に依頼することとし、書状を料紙に認めた。江戸までの道中の旅籠は、十二カ所の気の置けない宿の主人への紹介状を書き終えて筆をおいた。

九日、夕餉を済ませてから登勢に市兵衛への連絡をと考えていた。

ところが、「幼馴染の顔でも見て来るか、市兵衛宅への連絡にはわしが行かずばなるまいて」といつもは腰の重い義父が立ち上がっていた。

日が落ち半刻余りした頃、人目を避けるように手拭で盗人被りをした老人が顔を出した。

市兵衛は、初太郎に訪ねてもらって申し訳ないと何度も詫びを繰り返し、その上で畳の上

に置いた矢立から筆を抜き、墨壺でひたすと懐中から料紙を取り出して佐七の顔を見上げた。

一言も聞き洩らさないぞ、という顔である。

佐七は「それでは……」と市兵衛の筆の動きに合わせて静かに語りかけるように、公事について話を進めた。

「公事の細かな手続きについては、紹介する公事宿（百姓宿）の主人に尋ねたらよい」

と前置きしてから少し首を傾けたが、

「こたびの市兵衛さん方お百姓衆の公事は、幕府の政事にかかわる事案で評定公事に当たります。

この公事には寺社奉行四名、南・北町奉行二名、公事方勘定奉行二名、計八名の御裏判を必要とする。正式な公事として訴訟を起こしても受理は無理と考える。

ご老人方もこの辺は色々考えた上で駕籠訴を考えておられるようだが、駕籠訴は天下の御法度、訴える百姓衆は、天領支配となるようお願いするので、一揆にあらずと考えておると思う。

しかし江戸表で、徒党を組んで駕籠訴に及べば、町方役人は、百姓一揆とみなし、お上に弓引く者として捕縛されかねない。

そのお覚悟あっての旅であろうか」

佐七は市兵衛の目に強い視線を置いて、決意をただした。

「今申したように、百姓一揆として捕えられる覚悟なしでは、駕籠訴は取り止めるよう御忠告申し上げる」

佐七の言葉に、市兵衛は考え込むように俯《うつむ》いていたが、
顔をあげ、佐七の目を凝視すると、

「もとより、八十五カ村四千余の百姓の虐げられた今の生活《くらし》を考えれば、われら二十人、三十人の百姓が、獄門、遠島になろうと已むを得ない。その覚悟は出来ている。しかしのー、嬶《かか》ーや子供のことを考えると可哀相《かわいそう》な気もするが……」

あとの言葉は聞きとれないほど小さく、口の中で呟いた。

「そこまでのお覚悟なら話を進めましょー」

佐七は悪くすれば、教唆《きょうさ》の罪に問われかねない危険はあるが、これも成り行きと臍《ほぞ》を固めて先を急いだ。

「駕籠訴を実行に移す計画ならば、まず評定公事にかかわる奉行あるいは老中の登・下城の時刻を狙う。訴える駕籠の主に、あらかじめ用意した訴状を竹や板に切目を入れ、それに挟んで差し出す」

「偉い人の駕籠に訴えるからには、お供の武士《さむらい》に無礼討ちにされないかのし」

と市兵衛が口をはさんだ。

「江戸の侍だからといって、無闇に無礼討ちはしない。

この場合、供先の侍は、無礼者として訴人を二度までは突き飛ばすが、三度目には訴状を受理することが習慣《ならわし》になっている。

勿論訴人は、法を犯した者として腰縄を打って町奉行所に突き出される」

「ちーと待ってくんなせーやー」

突然市兵衛が話を遮った。

「訴状を突き出した人だけが捕《つか》まって、牢に入れられるということかねー」

「うむ、通常は代表を捕えた上、同心なり吟味方与力が、二度と供先を騒がすような不届きなことを致すな、と叱りつけて終わるが、これはあくまでも一般論で、吟味の済むまで獄舎につながれる者もある」

老人は、佐七の説明を聞きながら、登勢の出してくれた茶を手にとった。

「登勢さんも、良い人に入ってもろって、いかったてー」

一息つくようにそう言った。

「これだけのことを、筋道だって話の出来る人はこの辺にはいないてばねー」

と言いながら再び茶碗を置くと筆先を舐《な》めた。

「ご老人、いいですか、先を続けて」

と市兵衛に声を掛ける。

「余計なことを言って申し訳ねーてー」

市兵衛は親に叱られた子供のように笑い顔でうなずいた。

「勿論幕府にも大庄屋と百姓の軋轢《あつれき》、川欠、干魃《かんばつ》で年貢米どころか、その日の米にも困って、娘を女衒の手に渡す水呑百姓の悲惨さを理解出来る方もいる。しかし武家社会全体では、自ら奉公する侍社会を死守することで手いっぱいというのが現状でしょう」

佐七は遠く江戸の地から、越後の地に思いを馳《は》せる……白石の名を出しそうになったが、慌てて唾《つば》を呑み込んだ。

「幕府の中にも、民の声を聞く制度（目安）はある。しかしそれを取り上げてくれるか否かはわからない」としながらも、手短かに目安の制度について話を始めた。

目安というのは、相手を訴える手段で、御番所の目安（訴状）で相手を訴え奉行所が受理して相手方を召し出し、答書を提出させた上、お白州で対決、糺《ただし》（審理）、裁許（判決）に至る。

「しかしのうー、ご老人」

佐七は市兵衛に言った。

「こたびのお手前方百姓の上訴の相手方は代官、目安を差し出しても、両奉行所から御差紙（出頭命令）の来ることは万に一つの可能性もない」

「身内が可愛いから、百姓の訴えに貸す耳はないということかの―」

市兵衛はそう言うと、「お侍さん達の社会でも、どこでもそうらて―」と頷いた。

「次にお尋ねの旅籠だが」

公事訴訟では長逗留となる。したがって、南・北両御番所に近い日本橋馬喰町（一～三丁目）、小伝馬町に百軒余の宿が軒を並べている。

「江戸て―所《とこ》は豪気《ごうぎ》なもんだのし、一ッ所に百軒も……」

しばらく市兵衛は呆《あき》れたという表情を変えなかった。

特に近年百姓にかかわる田畑の公事が多く、このため町人とは区別して百姓宿を設けている。

この公事宿は公事一般の手続きも行い、町奉行所の指示を受けている。

「しかし、どこにでもあるように、奉行所の町巡りの同心・岡引《おかっぴき》の中には共謀して、訴訟人を喰い者にする輩《やから》もいないでもない」

「そんげ者《もん》に掛ったら大変だこて―」

市兵衛はここでも筆先を丹念に動かしていた。

ここで義父の初太郎が、登勢に、「酒に弱い市兵衛のために、荷《かつ》ぎ甘酒売りの親爺から買っておいた甘酒にしようてー」と催促した。

「あらっ、やらて、すっかり忘れてしもーて」

慌てて勝手の素焼きの甕《かめ》から移して持ってきた小鍋の甘酒を、囲炉裏の自在鉤に掛けた。

この座敷で甘酒の匂いのするのは何年振りだろうか、フーッと老人は、登勢が母親の膝に抱かれて、お椀を紅葉のような両手で抱えている姿を追っている自分に気付いた。

「市兵衛さんの好物の付き合いをするかのし」

と佐七に目を移した。

しばらくは、甘酒の甘酸っぱいような匂いに酔ったように、二人の老人の昔話に花が咲いていた。

「では続けましょうか」、佐七に促されるようにして市兵衛は座り直した。

「私が江戸在住の頃通っておりました剣術の道場が日本橋にあります。しかし残念ながら馬喰町界隈には縁がなく、勿論公事宿も知りません。幸い公事に明るい知人に九州久留米藩江戸詰めの侍で山村左衛門殿がおられるので紹介します」

昨夕筆を執った九州久留米藩下屋敷勘定吟味役山村への書状を取り出すと、市兵衛の前に置いた。

老人は、佐七から油紙に包まれた書状を押し頂くと、目尻に溜った涙を目脂《めやに》と一緒に手の甲で拭うと両手を前について、何度も礼を述べた。

「これで百姓衆に顔向けが出来ますてー、有り難いこんだてー」

両手を合わせて佐七に向かって、南無阿弥陀仏と念仏を唱えた。

潜り戸の前でも、繰り返し礼を述べた市兵衛老が、寒々とした土堤道を提灯も持たず、背を丸めながら去って行くのを見届けてから、佐七は座敷に戻った。

老人への労《いたわ》りか、登勢の目が潤《うる》んでいた。その口からぽつりと、

「百姓衆も命がけの米作りらてー。一粒の米も無駄にしたら罰《ばち》が当たるこてねー」

と己に言い聞かせるように呟いた。

第十五章　信濃—甲州街道—江戸

佐七の好意で、江戸への手筈を整えた三五兵衛ら百姓惣代の三人は、十九日、北国街道の裏街道、吉田村の宿場を経て、寺泊—柏崎から牟礼《むれ》に出て、一向宗の寺で駕籠訴の対象とする八奉行のうち、町方を除く六奉行の名を確認した。

(寺社奉行・鳥居伊賀守忠救、三宅備前守康雄、本多弾正少弼《ひっ》忠晴、安藤右京亮重行、公事方勘定奉行・中山出雲守時春、大久保大隅守忠香)

これより信州路を長野—追分を経て中山道和田峠から諏訪に足を伸ばし、甲州街道を内藤新宿に入った。

宿に草鞋を脱いだ三人は、江戸入りを果たし、生まれて初めての長旅にホッとした。

旅立ちの日、市兵衛は久し振りに晴れた雲間から覗《のぞ》く青空をみながら、伜と見送りに出た嫁に、「まだ若けぇ者《もん》に負けらんねーてー」と、笠を手渡す老妻と笑いながら戯れ言を口にしたが、心の中では、雪の中を老人（七十五歳）が江戸まで無事に着けるか不安だった。

これが女房、子供と今生の別れかと思うと、涙が込み上げてきた。

それを絶ち切るように、女房に今朝方目覚めに詠んだ俳諧《はいかい》を佐七に届けるように頼んだ。

幾山河旅路重ねた茣蓙《ござ》の笠

今の市兵衛の心境であろう。

「留守を頼む」

伜の肩に手を置き、戸外に踏み出した。

大通川の袂にある茶店で、太田村の三五兵衛、杣木の新五右衛門と落ち合って、街道を吉田の宿場に向かったのが昨日のように思い出され、思わず枕を濡らした。

三五兵衛は床の中で旅の疲れからうとうとしながら、お弥彦の山裾を通って海沿いの道を寺泊の漁師町に入ったとき、すでに渡辺組と共に天領となった村人の一人が、人目を避けるようにして、三五兵衛を松林に囲まれた庚申堂へ手招きした。

「己れ達あーどういう按配か天領に決まった。庄屋も気を許したんか知らんが、館代官の林甚五右衛門様（七十五歳）が年寄り病で江戸詰めになった」

その林代官が、十九日に黒川を出て今晩の宿は寺泊の「菊屋」らしいという情報を持って来た。

「神はまだ四万石領八十五カ村の百姓を見捨てなかったか……」

三五兵衛は二人と相談のうえ、急遽予定を変更して、菊屋の林代官に強訴を決めた。

「旅先なれば、あるいは訴状を受理するやも知れぬ」

溺れる者は、藁にも縋《すが》る思いで、足を速め未の半刻（午後三時頃）には宿場はずれにある旅籠の前に着いた。

宿の玄関の前に盛砂がしてあり、林代官御宿の高札が立てられていた。

三人は宿の手前の海辺の砂の上で、年長の市兵衛が菊屋の主人を通して、代官への取り次ぎを頼むことにした。

玄関で主人に訪《おとない》を入れたが、どうした手違いか、あるいは宿で気を遣ったのか、玄関に出て来たのは、代官補佐役として同行した手代の山岸忠助で、供廻りの若侍と共に上がり框に顔を出した。

「また其方《そのほう》共か」

と一行三人の顔を見ると、蝿《はえ》でも払うように手を振った。

「すでに村分けの件については、過日代官告示をもって村々に周知した通りである。よりによって、代官殿、命令により江戸表への御用旅の途中を待ち伏せに及ぶとは不届き千万」

と怒鳴りつけた。

「これ以上駕籠先を騒がすことあらば、お上の御威光を阻害する不埒《ふらち》者として捕縛致す。早々に立ち去れ」

と追い立てられた。

三人は負け犬のように、肩をすぼめて立ち去るほかなかった。

いま内藤新宿の旅籠の一室で、そのことを思い出し、もはやすべてを遣り尽くした。この上は最後の手段に訴えるしかない。一行は改めてその日の屈辱を思い浮かべて唇を嚙みしめた。

正月を済ませた越後国四万石領の大庄屋や庄屋は、村人の知らせで、太田村の三五兵衛ら三人の村方惣代が、上訴のため江戸に上ったという情報を耳にしていた。

七草も終わり八組の大庄屋達は連日の酒宴で疲れた躰を、近くの湯治場で癒《いや》す者、神社仏閣に詣でる者など、思い思いにその日を過ごしていた。

百姓達が天領支配を望んで騒いでいるが、代官の告示はお上の命であり、一旦幕府で決めた村分けを覆すなど、天に弓引く暴挙と思っていたし、そのうちすごすごと尻尾《しっぽ》を捲いて帰って来るだろうと思っていた。

嘉兵衛は、薄日の射す庭で、京の寺を模して造らせた枯山水に目をやり、廊下に敷かせた羆《ひぐま》の毛皮に腰を据え、黒川陣屋の下役が正月の廻状を持ってきたとき、手土産に持参した村上の煎茶を楽しんでいた。

「噂によれば、宗門の坊主どもにそそのかされて騒いでいるようだが、それが天に唾する愚挙だとすぐわかることであろう。無駄なことを……」

と吐き捨てるように呟いた。

それにしても近頃、百姓一揆が関東から西に頻発しているが、このたびの上訴の件は、代官も承知のこと、騒ぎ立て届けに及ぶこともなかろう。

一応念のため、使いの者を黒川陣屋と村上藩三条郡奉行に報告を出した。

いずれからも何も言ってこない。梨の礫《つぶて》である。

その村上藩では、新年の祝宴どころではない。跡目相続によりお取り潰《つぶ》しは免れたが、十五万石から五万石に減封され、城内はその対応で手いっぱいの有様である。

百姓風情が、江戸に上り、評定公事として上訴してもお取り上げにはなるまい。

いずれ雪の解けた田起こしの頃には、引き揚げて来るだろうと高を括《くく》っていた。

これがとんだ誤算で、幕府の根底をゆさぶる百姓一揆の火種になろうとは考えもしなかった。

信州廻りで、しかも雪の中を、内藤新宿の旅籠に二月一日に草鞋を脱ぐ。二月二日巳刻

（午前十時）には、芝の金杉橋を渡り、久留米藩下屋敷の門前に到着していた。

高齢の市兵衛をまじえての健脚ぶりは、現代人には想像も出来ない。

大門は開かれており、佐七から山村勘定吟味役への書状を手渡すと、一人が詰め所に連絡したらしく、勘定方の下役がしばらくして門前に小走りに駆けて来た。

「本日山村殿は、上屋敷の御家老の許に伺候致しており、失礼仕った」

丁重な挨拶に三人が恐縮していると、先ほどの侍が言うには、越後国から同門の剣友を介して使者が尋ねて参ったら、これを渡すようにと申しつかっておると手渡された文箱に、江戸小伝馬町百姓宿「升屋」主人宛の文が納められていた。

市兵衛ら三人は書状を押し頂き、㊓の佐七から早飛脚で用向きが伝えられていたことがわかった。

不案内の江戸の地で、佐七の市兵衛に対する心遣いが身にしみて有り難かった。

一行は、三田―溜池―人形町から江戸の中心を通り小伝馬町を目指した。

それにしても流石、話には聞いていたが、絶え間なく流れる人と荷車の群れに目を見張りながら百姓宿「升屋」に草鞋の紐を解いた。


〈参考〉

○公事宿

公事宿は、南北の番所に提出する目安（訴状）の代書をはじめ、番所からの差紙（出頭命令）の送達、宿預りなど、訴訟一般の補佐的な仕事を公認されていた。御番所での対決（口頭弁論）から糺《ただし》（審理）に主人または下代（番頭）が訴人に付き添う（現在の弁護士と考えればよい）。

この制度は、訴訟の迅速化に有益であった。また公事宿は訴人の宿預りを命ぜられることもある。宿には座敷牢が設けられていた。

公事宿は、馬喰町から小伝馬町一帯に百軒余りが軒を連ねていた。

中でも「升屋」は大店で、間口四間、奥行き十三間の土間が奥に通じ、上がり框を上がると廊下で左右に板戸で仕切られ、右側に帳場と訴訟の仕事部屋がある。

下代と下代見習いが番所に提出する目安や糺に必要な書類を作っている。

その奥は家人と勝手場である。右の廊下の途中から二階に十畳ほどの部屋が五つならびその真ん中に板囲い、格子で組んだ座敷牢がある。

その日、帳場で主人は、市兵衛の差し出した、久留米藩山村の書状を一読すると大きく頷いた。

「越後からの長旅、さぞかし難儀なことで……」

旅の労をねぎらうと、二階の表に面した部屋に案内した。

「やれやれ気は急ぐが、今日一日は、ゆっくり足腰伸ばして休もーてー」

三五兵衛が大きく背伸びしながら呟いた。

その日は旅で汚れた下着から脚絆まで新しい物に着替え、それぞれが無事江戸に着いた旨の便りを書き、三人分を取り纏めて、三五兵衛宅に飛脚便で送り届けた。

宿の手続きや、細ごました仕事に追われているうちに日暮れとなった。

三人共、近くの湯屋で旅の垢を流し、髪結床で伸び放題の髭をあたり、髪を整えた。互いに出来上がった顔を見ながら、

「別人の様《よう》らてー」と笑いあった。夕餉を済ませると三五兵衛は、旅の途中で、宗門の僧、知鹿《ちろ》から紹介されて訪ねた信州牟礼《むれ》の寺院での応答を思い出していた。

「お手前方、百姓が、公事で御料所（領地）の変更を願っても、お上がお取り上げになるはずがない。まして三人という少人数では相手にもされまい」

と三人を恫喝《どうかつ》し、百人二百人と大挙して訴えてくれれば、幕府の役人も考えようがと言って、哀れむように三人を眺めた。

「そう出来ればいいんだが、越後の百姓の中には田畑を手放し、娘を売る者も出ている有

様で、大挙しての上府は出来難い。それにそのように大挙して強訴に及べば、一揆とみなされ極刑は必須、家族離散も免れかねない。御教示は有り難いが同調出来ない」

と寺を辞したことを思い出した。

所詮、宗門は、越後の騒動が大きな規模になることを望んでいるが、私らは一向一揆のごとき騒動は望んでいない。

しかし寺院で、駕籠訴に及ぶ相手方奉行の名を教示願ったのは幸いであった。

明日からは各奉行の登城、下城の時刻を調べ、三人で実行に移す計画を作らねばと、何度も眠れぬまま寝返りを打つうちに、宿の表を野菜・魚の棒手振りの売り声で目覚めた。江戸の朝は早い。

今朝は、朝餉のあと、宿の主人から公事のあらましと長逗留になるため宿賃の概算、江戸城を中心とする道筋の説明を受けた。

今朝の主人は、宿の主人の顔で公事扱人の顔ではなかった。

朝餉の膳を女中が下げたのを見計らったように笑顔を振り撒きながら、

「これはこれは、皆様お揃いで」

揉手《もみ》をしながら三人の前に座ると、

「久留米藩山村様とは、藍玉《あいだま》割付をめぐっての訴訟で、百姓衆のお世話を命ぜられております」

と山村との関係を告げた。

公事宿の公事の顔の部分では、町方の自身番（南北両番所の支配を受ける）の役割と宿内に座敷牢をもち自身番的役目も司《つかさど》っている。

なお、今度の三五兵衛等の展開で必要となる公事の費用についてみると、庶民のくらし、、、との対比では、農民にとって、この支出は容易な金額ではないことがわかる。

〈参考〉

（公事に要する費用）

一、目安（訴状他）月に一両三朱、半年で十両、他に代筆料、添人料などで〆て三十両は必要

二、目安糺（審理）御差紙（呼出）評定、評決まで二、三年はかかる。

（くらしの費用）

一、百姓宿一泊二食二百四十八文、他に湯屋、昼食で一日三百文、他に髪結い、飛脚代など雑費で一カ月三両、半年で十八両

当時の住み込みの女中の給金年三両と比較しても百姓にとっては大きな支出といえる。

故郷の越後に比べて雪こそ降らないが、武蔵野の原野と隅田川をはじめ下町を中心とする舟運確保のために、掘り上げた幾筋もの堀川を吹き抜ける空っ風は刺すように厳しい。

公事の窓口である寺社奉行の役宅への駆け込み訴訟（強訴）の毎日が続いていた。

鳥居伊賀守、三宅備前守、本多弾正少弼、安藤右京亮の各奉行役宅の門を叩く日が続き、門番、徒士《かち》の侍に追われ、果ては町方の十手持に脅かされ、自身番に突き出される始末。二月三日、小伝馬町の百姓宿に着いてからもう十日余りが過ぎていった。

二月十四日、この日は江戸では珍しく、朝から雪が舞いはじめた。

日本橋から小伝馬町、馬喰町一帯の公事宿と、宿の泊まり客を相手にして商いをしている一膳飯屋、そば屋、髪結床、湯屋などの丁稚、小僧、田舎から出稼奉公に来ている女中達が、故郷の冬を思い出してか、空を見上げ掌に雪の結晶を受けて歓声をあげているかと思えば、この寒空に継《つ》ぎ接《は》ぎだらけの膝当てに印半纏、草鞋姿で、天秤を肩に魚河岸から駆けて来る棒手振り、下町の朝は売り子の声と、近くの浜町からの朝帰りらしい芸者が雪駄に詰った雪を気にしながら蛇の目の傘を横に置いて、着物の裾を端折《はしょ》り赤い湯文字を風にさらしている、そんな下町風情もこの宿の二階から眺められた。

「これも江戸、あれも江戸」

三五兵衛は、昨日溜池に近い安藤右京亮の門前で、二度、三度と嘆願に押しかける一行に、業《ごう》を煮《にや》した詰所の足軽に六尺棒で叩き出されたことを思い出していた。

この十日余り、なにをしていたのだろうかと、三五兵衛は、明りの見えない闇に苛《いら》だちを覚えていた。

下の廊下で、宿の内儀が女中達と湯島天神の梅がほころびはじめたが、この雪で蕾《つぼみ》を閉じるだろうと話していた。

三五兵衛は、雪に埋もれた越後太田村の我が家の土間で、冬の手間賃稼《かせ》ぎで、草鞋や縄を綯《な》っている女房の皹《あかぎれ》の手と、皺《しわ》の目立つ顔が目に浮かんだ。

三五兵衛は、物思いを断ち切るように、

「頑張らねば、田舎で首を長くして待っている者に申し訳ない」

同じように、下の騒ぎを見下ろしていた市兵衛に声を掛け、新五右衛門と三人で今後の行動について協議した。

寺社方の本多弾正様の門を叩いたとき、門番の一人が、三人を哀れんで言った。

「寺社方では、御料地替えは関係ない。公事方勘定奉行のお役目であろうに」と呟いていたのを思い出した。

この日は寺社方ではなく、公事方の勘定奉行中山出雲守の門を叩いたが取り合ってもらえなかった。

それではと気を取り直して、霙《みぞれ》まじりの氷雨《ひさめ》に変わった菅笠の水滴を振り払い、草鞋の紐を締め直して、大久保大隅守邸で訴願の受理を願った。

門番と争っているのを聞き付け、詰所から若い同心が駆けつけた。

「百姓共の訴願ならば、御定法に従い目安（訴状）を差し出し、御番所の差し紙を持って、公事に及べ……」

駆け込み強訴とは失礼千万、早々に立ち去れと怒鳴られた上、門前の水溜りに追い立てられ、泥道を着物の裾をたくし上げながらの努力も実らず、この日は雨に変わったとは言え寒さは一入《ひとしお》で、全身濡れ鼠になりながら、宿への道を足取り重く帰路についた。市兵衛老がさすがに疲れ切った表情で足を止めながら、

「我らには、神仏の加護も無きものか……」

と天を拝んで嘆き悲しんだ。

疲れた足を引き摺りながら一行は、荷車の轍《わだち》に足をとられ、馬車の跳《は》ね上げる泥水を浴び、茅場町から小伝馬町の宿に向かった。

途中の堀川の堤には、春を告げる蒲公英《たんぽぽ》や土筆《つくし》の芽が、ときならぬ霙まじりの雨の中にも芽吹いていた。

猫柳の穂が小指の先ほどに膨《ふく》らみ、心なしか桜の蕾も目で感じられるほどになっている。

もう春はそこまで来ている。三月に入れば神田川の下流にある吉原土堤の船着き場から、問屋場の旦那衆が、猪牙で下る姿も見られる陽気となる。

その頃には、柳橋を中心に岡場所が開け、足を伸ばして両国橋を渡ったあたりの本所割下水にある旗本、御家人の姿もチラホラ目にするようになると、女中頭のオヨシが自慢気に語っていた。

それに引き替え、世間の賑《にぎ》々しさとは打って代わって、ここ小伝馬町「升屋」に逗留している三五兵衛らは、足を棒にした訴願も実らず、宗門を尋ねての支援も効なく、三人が越後を出るときに持って来た三十両の金子も残り少なくなった。

三五兵衛は、市兵衛と共に好きな煙草を買う金にも事欠く日が続き、升屋の近くにある「梅の湯」の二階で、十日に一度の湯上りの一刻、板敷に並べられた番茶をすすり、豆餅を口にしながら腹這いになって、腕枕で過すのが唯一の楽しみだった。

その楽しみも、一人二十文の金の工面がつかず、大川の水で、手拭を濡らして済ませる有様。宿の支払だけは爪に火を灯して節約し、なんとか支払っていた。

そんなある日、寝床に就いた新五右衛門が、誰に言うともなく、

「これだけ俺達《おらたち》が走り廻っても誰も百姓の難儀などわかってくれない。今更、駄目だったと、どの面《つら》下げて村に戻れるかのし」

と目をしばたたきながら言っていた。そのうち寝返りを打って、二人の方に向き直ると、

「いっそのこと〝お願い書〟を懐に入れて、江戸城の御濠に三人で飛び込んだら、誰かが願書を読んでくれるんでねーかー」

と悲痛な声をあげた。

隣で、黙って聞いていた市兵衛がほつれた髪を手で押さえながら、「南無阿弥陀仏、南無阿弥陀仏」と念仏を唱える声が、薄暗い障子戸に響いていた。

翌朝三人は、宿の近くの神田川が大川（隅田川）に流れ込む柳橋・船溜りの先にある。稲荷神社の拝殿を覆うように枝を張った榧《かや》の根元に腰を下ろしていた。

三五兵衛は、

「これまでは、御定法に背《そむ》かぬようギリギリの駆け込み訴えを試みたが、お取り上げは無理とわかった。

この上は、お咎《とが》めを覚悟の上で、月番老中井上河内守正岑（大和守）様の御登城、下城を待ち伏せ、直接老中に駕籠訴を行う以外にない」

三五兵衛が人目を避けて大川端に二人を連れ出したのは、最後の決断を二人に打ち明けたかったのである。

かねて三人は、駆け込み訴えがかなわぬときはと、寺社方に詳しい浅草蔵前通り近くの一

向宗の寺で、老中の登下城時刻を調べてもらっていた。

第十六章　月番老中井上河内守に駕籠訴

江戸城の登下城は、辰之口大手門で、遠方に上屋敷のある大名は卯の半刻（午前七時）、遅い大名でも辰の半刻（午前九時頃）には、駕籠を下馬先に止める。

お城近くに屋敷のある若年寄、老中は、その後に登城する。

なかには、巳の半刻（午前十一時頃）の太鼓の音を聞いてから登城する老中もある。特別の事情があっての登城である。

したがって、月番老中の駕籠は、辰の半刻〜巳の半刻の間ということになる。

下城の時刻はその日によって異なる。老中井上河内守は、四月十一日は、国元の城代家老が沼地の開発計画を持参し、協議することになっており、巳の半刻（午前十一時頃）には半蔵門から下城の予定であると、寺社方出入の僧からの情報があった。

この日、三五兵衛ら二人は、蔵前の寺で役僧をまじえて計画を練り、上屋敷のある麻布に向かう駕籠を、半蔵門から紀尾井町に入る手前、麴町付近の十字路で待ち伏せ、駕籠訴を実行することに決めた。

黒松の老樹が御門に枝を延ばし、お濠ばたの桜の蕾《つぼみ》の先が薄い桃色をのぞかせ、梅の香の漂うお濠に錦鯉が春の訪れを告げるかのように、群れをなして泳ぎ回っている。子連れの野鴨が、水紋を残しながら春陽を楽しんでいた。

老中井上河内守の駕籠は、先振れの徒士四名、駕籠脇の供侍六人の仮供揃えで、紀州藩上屋敷に駕籠先を向けて御門を出た。

子刻（正午頃）駕籠は少し遅れて、麴町十字路に差しかかったとき、近くの寺鐘の音が余韻を残して響いていた。

三五兵衛ら三人は、道を往く人達の群れに憶《おく》せず町角の袋物屋の軒先から路上に飛び出した。

供侍の制止と、道往く人々の驚きの声の渦を突っ切って、一目散に駕籠脇まで近付いた。

慌《あわ》ててその後を追って来た先振れの侍達に、市兵衛と新五右衛門は取り押えられた。

三五兵衛は、袴の股立ちを取った供侍の阻止するのを振り切り駕籠に近付いた。襟首を摑まれながら、必死で土下座すると、青竹に挟んだ訴状を頭上に奉り、声も破れんばかりに叫んだ。

「願います。願います」

二度ほど叫んだとき、供侍二人に、両脇を抱えられて路上に投げ飛ばされること二度、三度。

「無礼者、老中井上河内守様お駕籠と知っての狼藉か、下れ、下れ」

と追い散らされ、その隙に、駕籠は紀尾井坂を一目散に駆け下りて行った。

春の陽気に、乾き切った道は馬糞《まぐそ》まじりの土埃が立ち、着物も顔も、埃を被って黄色に染まった三人は呆然として、老中の駕籠を見送った。

その後も、老中の登下城をねらって待ち伏せた。評定の間でも、茶坊主どもの噂が拡がり、越後の百姓が御科所（天領）になることを願って、駕籠訴に及んだと評判になり、万が一にも供先を阻止されて、供の侍が百姓を手に掛けるような事態になっては、天下の笑い者の謗《そし》りは免かれない。老中、若年寄は登下城の道順を変え、時刻を変更するなどの手段を講じた。

このため、その後の訴えは果たさなかった。駕籠脇近くまで近寄ったことを、早速飛脚便で八組の百姓代表の許に知らせていた。

故郷では、苗代《なわしろ》、田植と続く春の農繁期を目の前にしていた。三五兵衛ら一行の江戸での悪戦苦闘を知って、八組の代表は協議し、急遽、支援のための百姓を江戸に向かわせることに決定した。

三国峠の山々の雪も消え、新緑が芽ぶき、小鳥の囀りが林間に満ち溢れる桜の花の季節、国境の残雪を踏み越えて、江戸に向け八組の百姓衆は山路を急いだ。

四月十四日の夕刻、駕籠訴に失敗、三五兵衛らは重い足取りで宿に入った。

升屋の上がり框のところに、見覚えのある男が三五兵衛らを出迎えていた。

「八右衛門じゃあーねかー」

突然の喜びに、声にならない奇声を発しながら駆け寄る三人、それぞれ村から応援の百姓達は、土間の中央で肩を抱き合って再会を祝した。

この日、江戸滞在組の待ちあぐねていた経費を持って、太田村八右衛門、勘之丞、小関村八兵衛、燕村八右衛門らの他、兒《ちご》ノ木、打越、鈎寄組から四人計八人が、残雪を踏み越え応援に駆け付けていた。

応援の百姓が加わって、三五兵衛は江戸滞在の三人を道案内役として三組に分かれ、一向宗の寺院、老中井上河内守の中間、足軽など、軽輩の縁故を辿って、河内守の登下城の機会を狙った。

下城の動きも大手門、半蔵門、和田倉門に拡げ見張りを立てることにした。

その努力が実を結び、早咲きの染井吉野の蕾が日毎に大きさを増し、初物好きの江戸ッ子が市ヶ谷堤で今年の一番咲きを見ようと、筵を敷いて、酒の席を設けているとの噂がチラホラ立ち始めた四月十六日、お花見日和に、江戸の人々が浮かれている午下《ひる》り、升屋の知人から、子刻（正午）頃、老中下城の情報があった。

半蔵門を出て、お濠を渡り切った堤の下で、七人は土下座して老中の下城を待ち構えた。

その日、河内守は越後の百姓との根比《こんくら》べに負けたか、それとも風雪をいとわず、駕籠訴を続ける百姓に哀れを催してか、駕籠訴が大罪であることを知って、なお雪深いところから、はるばる江戸に上り、半年余り滞在しての情にほだされたのか、その胸の裡は老中しか知り得ない。

河内守は、百姓衆の土下座する手前で駕籠を停めた。供侍が一人、一行の前に駆け寄った。

「老中はお慈悲をもって、願いを受けると仰せられた。よって訴状は公事方勘定奉行中山出雲守に差し出すことを許す」

予想もしていない事態に、一同は土下座したまま平伏し、涙を流しながら頭を大地につけ、中には合掌して、み仏のお陰と念仏を唱えながら駕籠を見送った者もいた。

去年の秋に江戸に上り、雨風を厭わず、続けた努力が報われた。これで故郷で待つ村人に大手を振って帰れる。道行く人の前もはばからず抱き合い、踊り上がって駕籠訴の成功を喜び合った。

駕籠訴に及び訴状を受理したときは、その者に腰縄を打って御番所に引き渡すのが通例であると聞いていたが、それさえなかった。

この日、殿中の切れ者として知られる河内守が中山出雲守に訴状で受理するよう指示した老中は評定の間で、白石を通じて四万石領騒動について耳にしていた。

「越後の百姓の訴願は、一揆ではない。天領を望む者に悪しき者がおるはずがない」

と言った白石の一言である。どこからか、白石の射るような眼光が、河内守の出方を見ているような気さえした。

一行の四カ月に及ぶ苦労がようやく実を結んだ。江戸に上った甲斐もあったと足取りも軽く宿に帰った。

これで四万石領八組四千余の百姓も大庄屋制度の重圧と飢餓から救われると、手放しで喜んだ。

しかし、老中駕籠訴の大罪という事実に変わりはない。

駕籠訴の翌日（四月十七日）御番所から「升屋」に差紙が届けられた。

十八日、常盤橋御門内評定所に出頭を命ず。

一同、老中河内守の温情に感謝して、宿の近くの湯屋と髪結床で身形《みなり》を整え、初公事に遅れないよう、夜の中に握飯や竹筒の茶を用意し、常盤橋御門内辰の口、外濠沿いの評定所に出頭した。

すがすがしい朝の冷気に打たれながら、評定所の御門前に着いたのは寅の半刻（午前五時）近かった。

御門の外にある葭簀《よしず》張りの腰掛茶屋で、一文で筵《むしろ》を借りて土間に敷いた。各人が宿の用意してくれた梅干し入りの握飯を取り出し、竹筒の水を喉に流し込んだ。飯は口に入れたが、これから起きることが予想出来ない不安に握飯の味もわからず、ただ呑み込んだだけである。

三五兵衛ら一行は神妙な面持ちで、彼らの前に立ちはだかる鉄鋲を打ち込んだ城門の大扉を見ただけで、身が竦《すく》み、緊張の余り全身の震《ふるえ》が止まらず、生唾を呑み込む鈍《にぶ》い音だけが耳に響いていた。

刻《とき》がたち、城の石垣に囲まれた中庭の一隅にある控所にも陽が差しはじめた。

明け六ツ（午前六時頃）突然、静かな外濠一帯の空気を震わせて、刻を知らせる太鼓が鳴った。

太鼓の音と同時に、大門の横木の大閂《かんぬき》がはずされ、数人の番士の手で扉が開かれた。

一行は一瞬眠気も吹っとび、互いに不安そうに顔を見合せた。

待つほどもなく、公事口から、三紋裏羽織《みつもんうらばおり》着流し姿の白州同心が一行を見渡した。

「越後国川中島の百姓一同出《で》ませー」

と声がかかった。

（川中島は永禄十二年〈一五六九〉、上杉の重臣本荘家が、神保一族、その妻子二千五百人を蒲原、三島に移し、現在の燕を中心に農作集団として信濃川の中州に定住させた所であり、またその名を燕島と称した）

三五兵衛他十名は、怖る怖る公事口から公事溜《だま》りに入った。

呼び出しを受けてから半刻余り、白州同心の指示でお白州に引き回された。

白州の荒莚の上に正座して顔を上げると、両翼に町方与力が床几に腰を下し、廊下に評定所留役、廊下を挟んで一段高い御座所に寺社奉行四名、公事方勘定奉行二名、南北町奉行二名、大目付が綺羅星の如く並んでいる。

余りにも物々しい、雛壇《ひなだん》の紋付羽織、裃《かみしも》に威儀を正した各奉行の姿に、物に動じない三五兵衛さえ、顔を上げることも出来ず、ただひれ伏していた。

吟味方与力が床几から立ち上がり、「面《おもて》を上げえー」と一同を促し、取り調べが始まった。

「其方《そのほう》ら、越後国川中島に居住《すまい》の百姓共、身分のほども弁《わき》まえず、下城途中の老中井上河内守様のお駕籠を阻止し、上訴に及ぶとは、上を怖れぬ不届き者……」

と叱りつけた上で、「其方ら百姓が、六十年前までは天領の百姓であったことは承知しておる。

しかしながら、こたび村上藩十五万石は跡目相続に伴い十万石の減石となった。よって、減石の十万石については幕領となった。この幕領は、旧三条藩四万石領の一部しか含まれず、余は村上領となった。

これは幕府ならびに、村上藩領主の裁定によるもので百姓には全く関係ないことである。もしこの決定に不満あらば、田畑を召し上げ、藩内の百姓に与える。

其方共、八組の百姓共は、即刻越後の在所に立ち去れッ……」

と声を荒げて諭した。

吟味方与力の余りにも厳しい吟味に、月番奉行の三宅備前守が声を掛けた。

「待てッ、百姓共に申し開きの儀あらば、訴文だけでは奉行も判断致しかねる。よってこれを補足疎明《そめい》致すことを、この場にて許す」

二、三日前、城内評定の間にて、筑後守白石が、「越後国川中島の百姓共が、天領を望んで、駕籠訴に訴えるとの噂がある」と同席の中山出雲守に、奥歯に物のはさまったような、百姓騒動の話をしているのを耳にした。何かがある。三宅奉行は、寺社方の鳥井伊賀守、両町奉行に合意を求めた。老中に対する御定法違反の大罪に対し、異例とも言える疎明の場が設けられた。

このことは老中から中山出雲守に対し、訴状の内容を厳しく糺《ただ》すよう指示を与えていた。

寺社方の月番三宅奉行が提案しなければ、中山奉行が発言する予定であった。

これは、六代将軍家宣の侍講としての役割よりも政事指南役として、白石の儒教からくる文治主義によるもので、一方の旗頭林大学頭の論評に対する強い意思表示と受け取ってよい。

余談になるが、儒学の弟子の一人だった土肥元成が、すでにこの頃布衣《ほい》に任ぜられ、筑後守となっていた白石を評して、「蒼顔鉄の如く鬢《びんしろがね》銀の如し紫石百稜電人を射る」と言っている。

眼光炯々《けいけい》、ちょっと俗人離れした深山の仙人を想像するような顔であったと思われる。

中山出雲守は、その詩の一節を阻嚼《そしゃく》、瞼《まぶた》に焼きついたその面を思い浮かべて、思わず身震いしたほどである。

「お許しがあった。申し述べたきことあらば、包まず申し立てよ」

吟味与力の言葉に、三五兵衛は一同を代表して訴状の真意を申し立てた。

「越後国四万石領では、藩で村々に対する自治制度として大庄屋制を設けている。この制度施行以来……」

と三五兵衛は、喉を詰まらせながら、

「大庄屋・小庄屋による非道な年貢割付、川欠による領主からのお下げ渡し金の着服等々の不正が後を絶たず、百姓家では父母は寒さと餓《う》えに倒れ、田地、田畑は無情な庄屋の貸金取り立てで取り上げられる始末で、川欠の年は米も穫れず、娘を女衒の手に渡す百姓が後を絶たない。

その日暮らしの、水呑百姓らを悲惨な状態から解放するためには、ぜひとも領地替えにつき御英断を賜り度い」

と涙ながらに訴えた。

続いて与力から、越訴の具体的な陳述を求められたのに対し、大庄屋と代官との癒《ゆ》着について次のように疎明した。

一、四万石領と、村上藩とは三十里も離れている上に、信濃川、中之口川、阿賀野川の三本の大河をはじめとして、細流《ほそながれ》も数多く不便である。

二、毎年秋十月から雪解けの三月までは、洪水で田畑を流され、豪雪により家のつぶされることもある。

三、御定法では田畑を手放すことを禁じられているが、借金の質物として、庄屋に取り上げられる者も多い。

このような悲惨な生活《くらし》から、飢餓《うえ》のため娘を苦界に売る者も後を絶たない。

このような百姓の苦しみを尻目に、川欠では藩領はもとより天領の普請まで、人足割の徴収が行われている。

四、その上、大庄屋・代官が共謀して、私曲を欲しいままにしている。
　こたびの領地替えも両者の談合によるもので、百姓の意見は全く取り上げられていない。

　これは、公儀の御威光による村分けとは考えられない。再度の御詮議を賜りたい。

三五兵衛は自らの悲惨な状態の説明に感極まって、ときおり疎明を涙で中断しながら百姓の難儀を訴えた。

お番所の差紙（呼出状）、糺《ただし》（吟味）が行われた後、一行は宿泊先の小伝馬町升屋の主人、升屋三右衛門に対して、町奉行所から三五兵衛等十一人の、宿預りの指示があったことを知らされた。

（宿預りは、公事宿が町奉行の支配下にあり、出入者〈民事〉、吟味物〈刑事〉双方の詮議決定を待つ間、宿預けまたは逃亡の恐れある者については、公事宿に設置されている座敷牢での留置が命令された。自身番と同様の拘留権を与えられていた）

幕府の中枢にある老中駕籠訴に成功した旨の知らせは、十七日、越後、燕組太田村三五兵衛の留守宅に駕籠訴成功の飛脚便で届き、家族は勿論、村中が喜びに湧き返った。

この知らせは、八組の村々の百姓代表から村人達にも伝えられた。

春の苗代と田起こしに汗を流していた村人の多くは、

「これで六十年前の天領に戻してもらえる。三五兵衛さん達は、どんげん苦労しなさったろーかねー」

と涙を流し、年寄りも子供も仕事の疲れも忘れて、肩を抱き合って喜んだ。

飛脚が江戸から届けてくれた三五兵衛の手紙には、筆の跡も黒々と、

「御老中、井上河内守様は、駕籠訴による訴えをお聞き届けになった。その上公事方勘定奉行中山出雲守に訴状を差出し指示を受けよとの仰せがあった」

三五兵衛さんたちは大したもんだ。老中の御言葉があれば、黒川代官所の告示も、今一度見直しになることは必定。これで天領は決まったも同然と百姓達は歓声をあげた。

村上藩の村々の行政措置としての大庄屋制度が、四万石領の農民にとって、如何に苛酷なものであったかがわかる。

第十七章　幻の天領復帰

村の年寄りの中には、こたびの江戸表での駕籠訴の中心となって活躍した三五兵衛を阿弥陀様、市兵衛と新五右衛門を菩薩の再来であると崇め、念仏を唱える人が多かった。

故郷《くに》の村里では、十一人の村方惣代の帰るのを一日、二日と指折り数えて待っていた。

一方、江戸では、奉行所の糺《ただし》が終わって、十一人は宿預けとなった。

することもなく無聊《ぶりょう》の日を送っていた一行は、宿の主人から、

「村上藩、本多吉十郎殿病死による跡目相続を許された新領主の禄高は、十五万石から五万石に減石、十万石は幕領組替となった。続いて五月二十三日新藩主は所替えとなった。新たな領主には噂の通り、松平右京大夫様が入封された」

との情報が伝えられた。

この時代、新藩主となった松平右京大夫は、祖父松平伊豆守信綱の徳川家に対する功績が認められ、武蔵国川越（現埼玉県）を永久領地として領知を認められていた。

したがって、新領主は飛領として武蔵国があり、越後における所領は村上城の周囲となる。よって、農民は十万石領に四万石領のすべてが天領に組み入れられると信じていた。

これも、三五兵衛一行の働きによるものと手放しで喜んだ。

「升屋」にいる一行も、駕籠訴による訴文を評定所で理解してくれたものとして、裁決を心待ちにしていた。

宿預けの身では宿の外に出ることも出来ず、越後の村々では春の野良仕事で忙しかろう。目的を果たした安堵感から、思いは故郷の弥彦のお山と、雪解け水が田植え間近の田圃に溢れそうに張りつめた風景が目に浮かび、望郷の思いが誰の顔にも出ていた。

村上藩新領主が決まったという知らせを受けたその日(五月二十三日)の夕刻、公事方勘定奉行中山出雲守側用人の使が、「升屋」の主人に、出雲守の出頭命令を伝えた。

「急ぎ、越後国川中島の百姓惣代三五兵衛ら十一名は、付添人百姓宿升屋主人同道の上役宅に出頭せよ」

宵の口とは申せ、「夜分に、それも役宅に出頭せよとは前例のないこと」と思いながら升屋の主人も当惑気味に一行に伝えた。急ぎ仕度を整え神田橋御門外の出雲守役宅に司候した。

御門前に、家紋の入った高張り提灯を掲げて側用人が待っていた。

側用人は升屋の主人とは顔見知りらしく、一言二言言い交わし、先頭に立って、邸内の庭先に案内した。

通常の公事方裁決の申し渡しは、奉行所白州で行われることになっている。

介添役の升屋の主人と共に、一同庭先にひれ伏し畏《かしこ》まっていた。

しばらくして部屋着に着換えたらしく、広縁にくつろいだ恰好で現れた出雲守は、一同を見渡した。

「略儀を以て申し渡す。こたび村上藩主転封により、高崎より松平右京大夫殿が、新藩主として入封される。領主も代わり、この上お前達が訴願することもあるまい」

と申し渡し、なお、と一呼吸置いて、

「老中駕籠訴の件については、お構いなしとする。早々国元に立ち帰り、百姓としての仕事《つとめ》に励め。訴願の天領、藩領の件については、奉行の所管にあらず。判断致しかねる」

そう申し渡すと「御苦労であった」と一言添え、広縁から立ち去った。

顔《おもて》も上げず畏まっていた三五兵衛ら十一名は、奉行直々の申し渡しを神妙な面持で承っていた。

庭先に一行を案内して来た側用人の「如何いたした」と言う声に、はじめて我に返った三五兵衛らは、夫々勝手に出雲守の申し渡しを解釈していた。

「藩主も代わり、訴えについては、わかったと仰せられた。これは告知の変更を意味している。駕籠訴については、老中の慈悲によりお咎めもなく、不問とするので、国に帰って農事に励めとのお言葉を頂いた。有り難いことである」

三五兵衛は出雲守の申し渡しを自分なりに解釈、一同の顔を見て確認するように言った。

庭先の三五兵衛他の十名も同じ思いでいたらしく大きく頷いた。

その日を境にして、江戸での用も済み、三五兵衛は応援の各組百姓八人を翌二十四日、一足先に国元に帰した。

そのあと、三五兵衛ら三人は、御世話になった一向宗の寺や、不馴れな江戸で百姓宿を紹介してくれた久留米藩江戸下屋敷の山村吟味役への挨拶に手間取り、倉賀野までは船便を使ったが、越後の土を踏んだのは五月の末日であった。

十日町から長岡舟運を利用した。下り船の舟べりに手を置いて眺める土堤の斜面は緑一色で、大川に射した陽の光が反射して、肌を刺す。

八王寺の渡し場から土堤の上に登った三人は、大川の水を田の畦《あぜ》いっぱいに湛えた稲田の青畳を目を細めながら見渡した。

「わしらは矢張り百姓じゃのー」

と満足そうに呟いた。一行三人を、村人は老いも若きも土堤の上に、道幅狭しと出迎えていた。

太田・燕・杣木・小池などなど、近在の村人に、遠くから駆け付けた八組の村人を加え、百人を超す歓迎の人々の群れに、三五兵衛ら三人は、三五兵衛、市兵衛らゆかりの八王寺の安了寺に立ち寄り帰還のお祈りを捧げた。

このあと、三人は小池村の掘割に沿って、杣木・燕・太田とそれぞれの妻子の待つ自宅へ、出迎えの人々の輪の中で肩を組みながら歩を速めた。

落陽がお弥彦の山の頂を黄金に染め、三人は大勢の村人に囲まれ、村の境界に近付くにつれて、その数を増していった。

万歳を叫ぶ者、肩を抱く者、あたかも戦国の武将の勝利帰還もかくばやと、村々は喜びに湧き返っていた。

村々の寺の広場には、秋の盆踊りにしか使われない幟《のぼり》が立てられ、櫓《やぐら》も組まれて祝いの太鼓が響き、広場の莚の上に酒肴が用意された。人々は天領復帰の美酒《うま》に酔い、その成功の立役者を囲んで歓声をあげた。

四万石領八組の村人が、駕籠訴の話題と天領復帰、大庄屋制度の改廃に湧き返っている頃……。

舞台は代わって、ここ江戸城老中控の間。井上河内守が下城の途中越後の百姓達の駕籠訴を受け、役宅に至るまで供侍との押し合いが続き、門内にようやく入って難を免れたが、後日駕籠を止めての裁きは見事なものだった。御側衆控の間で、茶坊主の話題が城中に流れ、旗本三千石新井筑後守の耳にも達していた。

今は亡き城中小納戸役矢坂一之進の越後四万石領騒動の探索見聞書によって、その背後に、荻原勘定奉行配下の者共、村上藩勘定方、大庄屋制度を悪用した大庄屋、小庄屋との癒着による御政道の歪みについて、鉄槌を下す機を窺っていた白石は、黒川代官河原清兵衛に対し大目付添印の上、大庄屋制度による歪み、私曲につき、手元の見聞書による事実に照らし調査を命じていた。

七月十一日には大目付横田備中守、目付鈴木飛驒守同堀田源右衛門を召喚し事実を糺《ただ》した。

「越後国四万石領（里人故事による俗称蒲原、三島両郡にまたがる村上領）にあって、天領を望む百姓共の騒動に関し、大庄屋共の申し条を糺したが、偽り多く、根元にある大庄屋制度が御政道を歪めているのではないか」

これに対し、横田、鈴木両目付役は白石にこう答えている。

「この度の訴えで、大庄屋共の私曲が明るみに出たとしても、直ちにこれを咎めれば、幕府が藩の政事《まつりごと》に介入し、百姓の言い分を理あるとして認めたこととなり……」

と両目付は、大庄屋制度の非を認めることは、幕藩体制を否定することになる。自らの保身も考え、徳川幕府の体制維持のためには小の虫（百姓）は抹殺するもやむなしとした。

「白石殿の、理をもって百姓の行為を是とするならば、現在各藩で燎原の火の如く燃え盛っている百姓一揆を煽《あお》ることとなる。よって村上藩に命じ、幕府の方針通り厳罰に処すべきである」

と裁断した。

これに反論して白石は、

「お手前方は、目付として、代官、大庄屋、小庄屋からなる村上藩大庄屋制度の報告を鵜《う》呑みにしている」

と厳しく糺し、大目付、目付の侍社会存続の保身論を追及した。

「越後国四万石領においては、代官・大庄屋・小庄屋は藩勘定方の権力者と結託して、百姓達の主張には全く耳を傾けない。民の不平不満に耳を傾けない政事は、政事ではない」

と権力集団を批判した上で……、

「天領の百姓を望むほどの者が、なに故に上《かみ》（幕府・藩）に背く心があろう」

と両者を諫《いさ》めた。

「よいか、御両所、もし百姓の行動に非があろうと、その心情にはこの筑後守が責を負う。取り調べに当たっては、大庄屋・藩の中でも実態を把握し、温情ある者を選んで調べに当たられたい」

白石はこの協議で、大庄屋制度の改廃と、従来の百姓一揆とは同一の判断をとらぬよう強く要請した。

江戸城評定の間で、四万石領百姓騒動に対する取り扱いが協議されているとき、越後村上藩では……。

藩主本多忠隆殿は、宝永七年（一七一〇）春、三河国苅谷（現愛知県苅谷市）に転封となった。八月十五日城引き渡しの一環として、村上藩減石に伴なう村分けの周知を計るために、藩郡奉行芦屋金左衛門は大庄屋を集め、四万石領内八組は告知の通り村上藩領であることを伝えた。

なお、近く新城主松平右京大夫様よりお触《ふれ》があるとし、以上の内容について、大庄屋、庄屋に廻状が届けられた。

このお触れ書に対して、江戸より帰郷し天領復帰なれりと、歓喜の酔が醒めやらぬ八組の村人達は、冷水を浴《あび》せられたように一瞬信じられない出来事に沈黙し、異常事態に気付くと、それぞれ村の高札場に集まった。

「大庄屋共の陰謀だあー」と、口々に叫び不安そうに村内の辻々に集まった。

この廻状の噂は、その日のうちに八組の村々に知れ渡った。

太田村では、三五兵衛宅の庭先に集まった村人の前で、三五兵衛が概略次のように答えていた。

「江戸から立ち戻り、百姓衆に伝えた通り、四万石領八組の村方惣代十一人は江戸城半蔵門下馬止先の路上において、四月十六日、駕籠訴に及び老中井上河内守より訴状お取り上げのお許しがあった。

駕籠訴の糺し・公事方吟味のあと、五月二十三日、中山出雲守様直々に役宅庭先にて、四万石領村分けについては、改めて割替を行うとの御沙汰があった。

その上故郷に帰り、農事に励めとの有り難いお言葉を賜った」

以上の要旨を文面にして差し出し、その場は郡奉行との争いは納まった。

八月に入って、村々の稲も穂先に残っていた青さが黄金色に色付き、お盆前の最後の草取りが終わる頃まで、長雨も台風の荒れ狂う日もなく、豊作は判で押したように間違いない。

百姓達の顔に安堵の笑みがこぼれ、久し振りに夕餉の膳を囲んで、屈託のない笑い声が家々から洩れ、村人の顔に明るさが戻った。

村上藩郡奉行の事件以降、藩から何の音沙汰もなかった。

村々では、郡奉行も転封で忙殺され、代官所も一挙に幕領が十万石増えたため検見に忙しく、領内の総検見にまで手が回らないのであろうと話し合っていた。（例年は八月中旬に年

貢割付の検見が行われていた）

四万石領八組の村々を除く領地では、例年通り大庄屋に仮陣屋を設け検見が始まっていた。三五兵衛は、市兵衛、新五右衛門を自宅に招き、村々では検見の役人の姿が見えず、不安が広がっていることについて協議したが、これという答の出ないまま数日が過ぎた。三五兵衛は再度二人を招き、

「天領となった十万石領については、代官所の役人だけでは手が回らない。このため総検見には、江戸表の勘定奉行配下の役人が直接下向するのではないかと誰かが言っていた」

三五兵衛はしばらく考えていたが、

「関東から役人が下向するとなれば、三国峠を越え、三俣《みつまた》宿の本陣に泊るのが慣わしと聞いている」

心配して待つより、代表を選んで、国境《くにざかい》まで迎えの者を派遣することにした。

峠まで人を出したが、検地役人の通った形跡はない。

出迎えに出た人達が帰路小千谷に差しかかったとき、江戸から役人と手代らしい一行が泊まったとの情報があった。

「ソレッ」と本陣を訪ねたところ村上城引き取りのため、高崎からの松平家の侍達とわかり、手掛りもなく村に引き返した。

その翌日（八月二十三日）、新藩主松平家の勘定方付深井幾右衛門から、改めて四万石領の中、八組が村上領になった旨の告知があった。

同時に村上藩三条陣屋から、八組の村々の検見の通知があった。

ところが各村々では検見役人に対する出迎えもなく、勿論、通常慣行となっている接待、村役による作高の報告もなかった。

異常な事態を重視した勘定方組頭深井幾右衛門は、いったん帰城の上、この騒動の中心人物である（大庄屋からの通報を受けていた）太田村三五兵衛ら三名に対して、燕組大庄屋嘉兵衛宅を仮陣屋に定め、出頭するよう召喚状を発した。


〈参考〉
○召喚状
農民達大勢が、太田・杣木・燕の三村に集まっているが、どのような理由か尋ねたいので、右三名の者と、五人組を召し連れ、燕組大庄屋嘉兵衛宅に明五日参られたい。

集会の理に付き、証拠があれば、幾重にも尋ねたい。

深井幾右衛門他二名
九月四日

燕組大庄屋、地蔵堂組大庄屋
右三ケ村、小庄屋組頭
右三人の者五人組

召喚状は、三五兵衛、市兵衛、新五右衛門の三人連署で、領内の高札に告示された。四万石領七十五カ村の農民騒動はこの日（九月四日）の召喚状により一気に頂点に達し、村々は収穫の秋を前にして混乱に陥った。

召喚状は、江戸表評定所における経緯と、幕閣における新井筑後守の四万石領百姓に対する思いと大庄屋制度に伴なう弊害もあって、新領主としては穏便に事態の解決を図ろうと、勘定奉行から組頭に指示が廻されていた。

文面は、幕府に対する遠慮もあって、その頃の召喚状としては丁重に書かれているが、文言の奥に、百姓風情が新領主に対する無礼は許さぬとの武家社会の意志が滲んでいる。

九月五日、燕組大庄屋嘉兵衛宅に設けられた仮陣屋の白州の中央に、三五兵衛等三人を座らせた。両翼に小庄屋・組頭・五人組がこれを取り囲むようにして座った。

一段高い廊下の板の間に大庄屋・背後の畳の席に深井幾右衛門、藩目付役、吟味方与力が出座していた。

幾右衛門は白州の三人に向かって、吟味方与力の審問を手で制すると、穏やかな表情で、

「旧四万石領八組の百姓惣代とは其方らか……」

と表情に似ず、鋭い目で三人をとらえた。

「藩の領内巡回に当たり、八組の百姓共は、大庄屋、小庄屋ほかの村役の指示に従わず、検地の案内を拒否したと聞いている。なぜか」

三人を見据えた。

「このような行為は、新領主に対し含むところあっての所業か、しかと返答致せ」

と声を荒げ、年嵩の新五右衛門を指差し、

「もしも、我が殿に対する遺恨あっての所業ならば、直ちに三名を一揆の罪状にて捕縛入牢の上吟味致す。いかがじゃ」

顔面を紅潮させ有無を言わさぬ強い糺《ただし》である。

市兵衛は、顔を上げると老いの目に涙を溜めながら、幾右衛門を見上げた。

「ご領主に対する遺恨など恐れ多いことで、そのようなことは一切御座いません」

と否定した上で、大庄屋制度による弊害でどれほど百姓が苦しんでいるかを訴えた。
一、川欠普請割掛金疑惑
一、天領、藩領の年貢米一俵の石高の相違

一、各年毎に来る洪水による田畑流失による農民の貧困と、飢饉のため娘を女衒に渡す親の苦しみ

一、惨状を陣屋に訴願しても、聞く耳持たぬと追い払われる

以上のような経緯を述べ、この悲惨な状態から抜け出すため、老中に駕籠訴に及び、老中御指示により中山奉行が訴状を受理された。初公事のあと中山奉行役宅にて、非公式に、四万石領の村分けについては、新藩主の元で領知替えを執り行う旨の申し渡しがあった。

「なお、私共百姓惣代は、前後の経緯から六十年前の天領に村分けされるものと理解し、国元に立ち帰った」

と駕籠訴の経緯を縷々《るる》説明に及んだ。

深井幾右衛門は、

「訴えの経緯については相わかった」さきほどまでの険《けわ》しい表情を和《やわ》らげた。

「前領主城明け渡しに、そのような事情があるとは承っていない。

しかしながら、幕府の黒川代官所より四万石領の村分けについては告示の通りで、お上の決定に変更はない旨申し渡しがあった」

と申し添えた。

さらに幾右衛門は、江戸表における中山出雲守様のお言葉は、駕籠訴に対する御法度違反

の罪について、百姓共に対する温情から農民一揆としての厳罰を不問に付す。との御存念で、天領、藩領については権限外の事項で不明である。

このように、老中の御声がかりもあり、条理を尽くして説明した。なおこれは松平家、江戸詰の者が出雲守から直接承っている。

以上のことを繰り返し述べ、翻意《ほんい》するよう三五兵衛ら三人を諭《さと》したが納得せず。

続いて説明に立った三五兵衛は、

「深井組頭の仰せの通りとすれば、訴願の儀は却下されたことになる。この場合は、通常願書は返却される。それが返されないのは、事実を歪めんとする大庄屋等の策謀ではないか」

との主張を繰り返した。

深井幾右衛門にしてみれば、前藩主本多家から城明け渡しの口上の中に、村分けに関する百姓の訴願の話はなかった。江戸上屋敷から老中駕籠訴の経緯を伝えてきただけである。しかも今回の騒動の原因は大庄屋と百姓間の問題である。三五兵衛等代表を招き、藩の威光を示せば、百姓は簡単に引き下ると考えていた。

強面《こわもて》で叱り付ければ、解決するはずと考えていた。しかし、この喚問で、三人を説得出来なかった。

逆に、巡回拒否の姿勢をとったときから、天領の百姓が、今更、村上藩の年貢改めの検見を受ける理由はないと、これを拒否した。

この日、燕村大庄屋嘉兵衛宅の仮陣屋で、取り調べを受けている三人の代表を守ろうと、仮陣屋の周囲を二百人余りの百姓が、十重《とえ》二十重《はたえ》に取り囲み、隠し持っていた脇差・槍・鎌・鋤《すき》・鍬《くわ》を振りかざすなど、陣屋は危険な状態に陥った。

容易ならざる事態に、三条陣屋から同行の吟味方与力は、供侍と協議の上、白州で述べた大筋に付、文書に認《したた》め、藩に提出することで事態を収拾し、這《ほ》う這うの態で三条陣屋に立ち戻った。

三五兵衛等三人は仮陣屋から解放されると、翌日、八組の代表を集め、次の陳述控えを幾右衛門に提出した。

(陳述書控)

一、村上藩領割替の中山出雲守の申し渡しは、天領にするための措置である。

一、幕領支配を願い奉る駕籠訴の願いは、老中の御指図で、中山出雲守にお届けした。その願いの返却なきは、お上が容認されたものと考える。

一、大庄屋、黒川代官の評議で、年貢割付はこれまで通り、大庄屋が作成しており、天下の悪弊である。

一、老中井上河内守様への直訴は、三五兵衛・市兵衛・新五右衛門・勘之丞・八兵衛・八郎右衛門・八右衛門以上七名である。
一、天領への割替の御沙汰が下っているのに、何故村上藩の廻状が差し向けられたのかお尋ねする。

村上藩の役人は陳述書を受け取り、帰城した。(百姓の中には、三五兵衛らの陳述を疑う者もあった)

藩と百姓惣代との諍《いさか》いが起きている頃、風評で、一ノ木戸組の大庄屋が江戸表に上り、公事方奉行ら関係者に賄賂《わいろ》を贈り、従来通りの藩領となるよう動き回っているとの話が、三島郡から蒲原一帯に流れていた。

三五兵衛ら八組代表は協議を重ねた結果、このままではせっかく天領の御沙汰を賜ったのに、大庄屋、村役等が謀議の上、この決定を覆えされては一大事である。黒川陣屋では埒《らち》があかない。この上は再度江戸表の要路に、四万石領の実情を訴え、陰で糸引く大庄屋共の謀り事を阻止しようと、村中が沸き立った。

第十八章　小伝馬町の大牢入り

秋も深まり、稲の刈入れ前のホッと一息入れたくなるこの季節、百姓達はたわわに実った稲穂を愛《いと》おしむように眺め、刈り取りの終わった稲を天日で干すため、頼母木《たもぎ》に横竹を渡す、稲架《はざ》場作りの作業に余念がない。

その作業の終わった九月の上旬を出発の日と定め、江戸小伝馬町の公事宿「升屋」に、飛脚便で、宿の予約と、今回は多勢（百五十名余）になるので、隣接の宿への分宿も含め手配していた。宿の主人からの合意の便りが届いた。三五兵衛は肩の荷を下ろしたように傍《かたわ》らの市兵衛を振り返り、升屋の主人の書状を渡した。

前回は、途中で所持金が底を突き苦労したことを思い出し、四万石領の村々で百六十両余を集めた。

同時に小人数では相手にされないかもしれない。そんな危惧から一村二名を割り当て、揺れ動く村々の結束を固めた。

出発の前日（九月九日）、太田村・燕村二カ所の寺の広場に集まった各村の代表は百五十名にのぼった。

一行は五班に別れ、途中の宿もそれぞれ分宿として、沿道の人々を驚かすこともなく、粛々《しゅく》として江戸に向かった。

先頭の集団を率《ひき》いた市兵衛は三国峠の立場茶屋で茶を飲みながら、こんな発句を詠んでいる。

南無《なむ》や南無《なむ》　あと幾度の　三国越え

市兵衛は、心のどこかで、この旅が最後の旅になるのではないか、あるいは、江戸の地で果てるやも知れぬと、死を決意していた。

九月二十二日、江戸に到着した一行は、「升屋」に直行した。

飛脚便で、百五十名とは聞いていたが、大挙して、これほどの百姓が来るとは考えていなかった。

主人は「升屋」の他、小伝馬町、馬喰町界隈《かいわい》の百姓宿を走り回り、小半日掛けてようやく、二軒の宿を手配した。

升屋を含め三軒である。このことは宿から直ちに南の番所に通報された。

越後から百五十余人の百姓が升屋を中心に分宿しているとの噂は、小伝馬、馬喰町一帯に流れた。

近年、東北から九州にかけて、全国の農村で起きている農民一揆と重ね合せ、付近の公事宿は不隠な空気に包まれた。

「百姓一揆だ。竹槍・鋤・鎌を持った農民が江戸まで押しかけて来た」

黒い噂が飛び交った。

翌九月二十三日、三五兵衛を先頭に、百姓衆百四十余名は数寄屋橋から溜池に近い中山出雲守役宅に、前触れもなく大挙して押しかけた。

秋とはいえ、朝晩は武蔵野を吹き抜ける風は冷たい。菅笠に蓑、脚絆姿の異形の一団、百四十余名の集団強訴に驚いた公事方勘定奉行中山出雲守邸は、大門の扉を固く閉じ、町方に異変を通報した。その上で、奉行は用人を潜り戸から差し向け、八組の代表としてかねて顔見知りの三五兵衛ほか九名を庭先に入れたうえ、改めて、こたびの強訴の行動について厳しく糺《ただ》した。

「越後川中島の百姓三五兵衛」

庭に面した大広間の渡り廊下に、仁王立ちとなった出雲守は三五兵衛を睨《にら》みつけると、

「こたびは大挙して徒党を組み、出雲守の屋敷に強訴に及ぶとは、上を怖れぬ不届き者奴、

何故の強訴か、口上によっては全員この場で捕縛の上入牢申し付ける」

先の申し渡しのときとは打って変わって、武門の名誉を汚されたと、全身を震わせながら庭先にひれ伏した十人を叱責した。

三五兵衛は、出雲守の興奮が納まるのを待って怖る怖る顔を上げた。

「前回、お屋敷御庭先にて、ご奉行から、我ら越後国四万石領百姓一同の領知替えの件につき、寛大な御裁きを頂き、百姓一同仰せを有り難く拝受して国元に帰国致しました。しかるに、その後お上から領知替えに関する御沙汰なく案じていましたところ、村上藩勘定方より、旧四万石領の内、八組八十五カ村については、黒川代官所告示の通り村上藩領なる旨一方的な廻状が大庄屋に届けられました」

以上の措置について、込み上げる涙を拳《こぶし》で拭いながら訴えた。

その上、言葉を詰らせながら、

「村上藩では年貢割付の巡回役人を、領内検見のため差し向けられた。これは一体如何なる仕儀で御座りましょうや。出雲守様の申し渡しに相違するのではと思い門前をお借り致した次第……」

出来得れば、奉行の御存念を下知賜りたい旨申し述べた。

聞き終わった出雲守は、登城前の一刻を阻止された不快さも手伝って、

「戯《たわ》け者ッ」

大喝すると、

「奉行は、そのようなことを申したのではない……。

天領を望む其方《そのほう》らが、はるばる越後国から江戸に参った健気《けなげ》な気持ちに打たれ、御定法に背き老中に駕籠訴に及んだ罪は免除すると申したはず。

お上《かみ》（幕府）でいったん決めた領知分けを変更することは全く有り得ない。

貴様ら百姓が自らの存念で領知替えあるものと勝手に決め、温情をもって取り計らった奉行の措置に背き、徒党を組んでの騒動はもっての他である」

奉行は一気に三五兵衛らにその不心得を申し渡すと、一行を取り囲んでいた町奉行所与力率いる捕方に対して、大挙して江戸の治安を乱し、庶民を恐怖に陥れたとして、庭先に伏している越後国川中島の百姓代表五名（太田村三五兵衛、杣木村新五右衛門、燕村市兵衛、同弥三右衛門、田島村与助）を即刻捕縛の上、伝馬町大牢入獄を命じた。

出雲守邸の大門の外で座り込み、邸内に入った三五兵衛ら十名の身を案じていた百四十名余の百姓達に対し、町奉行所同心は、逮捕を免がれた太田村与頭伝左衛門を通して、百姓達を説得の上、早々国元に帰るよう命じた。

門前に待機していた百姓達は、何が何やらわからぬうちに町方役人に追い立てられ、呆然として声も出ない有様であった。

これ以上反抗しては逮捕者を出すばかりと判断した伝左衛門は、町方役人の指示に従い小伝馬町の百姓宿に一同連れ立って戻った。


舞台は反転して、ここ江戸城内、蓮池御門に近い老中控の間である。

九月二十六日、月番老中井上河内守を上座にして、新井筑後守、公事方勘定奉行中山出雲守、大目付横田備中守、目付鈴木飛騨守が協議を行っていた。

去る四月十六日、老中駕籠訴を行った越後国の百姓共、中山出雲守の公事扱いとし、訴えを糺し、越後黒川代官所告知の通りの領知分けとするよう申し渡した。なお御定法違反は、その志哀《あわ》れとして不問に付した。

以上これまでの経緯を述べた中山出雲守は、その朝の百姓達百数十人の強訴に、怒りがこみ上げ、拳を振り上げ膝を叩くと、

「しかるに各々方、百姓共、二十三日、身共の登城時刻をねらい、異形の百数十名が門前に屯《たむろ》し、強訴に及んだ。理由は、さきの出雲守の申し渡しは、天領とする旨の申し渡しであったとするもので、大挙して、徒党を組み、奉行の申し渡しを偽りと申し立てるなど、誠に不届き千万。その上、江戸中枢の治安を乱した罪軽からず、首謀者三五兵衛ほか四名を、そ

の場にて捕縛の上、伝馬町仮牢に受牢申し付けた」

と、その旨報告に及んだ。

老中と共に耳を傾けていた白石は、

「かねて、越後国百姓騒動に関連して、荻原勘定奉行配下の動きただならず、先年藩主本多殿の治世、大庄屋、小庄屋共の年貢割付、川欠人夫割付などにつき、藩勘定方と謀議をこらし、百姓共の言い分には耳を貸さず、百姓共との間に不穏な動きがあった。

また巷間伝えられる、百姓共を巻き込んだ一向門徒決起の噂には、江戸で糸引く者の煽動があったと聞く。

本件については、御政道に誤りなきよう、江戸より極秘裡に、心効きたる者を下向せしめ探索の結果、次のような事柄が判明した」

と、手元より見聞書の要点を記した文書取り出すと老中の前に拡げた。
一、勘定奉行、大庄屋共結託の上、諸事用金として、過分な金子を百姓に割付のこと（百姓困窮のため、大庄屋立替分については過大な利息を徴収している）。
一、前藩主が、百姓のため、普請の扶持米を与え、役金の一部を返還するよう命じたが、これを返還せず、欺取した。
一、去年の暴風雨で百姓共食する物なく、貧困のため娘を売る行為に出る者もいたが、大庄屋らは、悲惨な百姓の訴えに耳を貸すことがなかった。

以上の如く、藩の定めた大庄屋制度の弊害は、枚挙にいとまなく、身内の百姓の訴えには対面すら致さず、その分限を越えた行為は許されざるものがある。

白石は、大筋について述べたうえ、

「天領支配を願う百姓共に、幕府《かみ》に逆らう者などあろうか……」

と儒学者らしく、さらに激しい論法で、

「百姓共は御定法を破ったが、その罪は大庄屋制度の歪みによるものである」

よってこたびの強訴についても、穏便な取り扱いをするよう出雲守に命じた。最後に言葉を続けて、

「民の父母たる者、温柔哀憐の心を持つべき成り」

と条理を説いた。

しかし、大目付横田備中守はじめ、守旧派、侍社会擁護派は、幕府の現体制維持を計るには、徳川家の始祖、神君家康公の「百姓は生かさず、殺さず……」の施政こそ肝要と主張した。老中は、「新井勘解由（新井筑後守）殿の、農民蔑視の制度を改め、民の声に耳を傾け、御政道の誤りなきを称える言やよし、百姓だけの非を責めても問題の解決には至らず」

と助言。老中の裁決で、事件は再吟味することとなった。

だが、幕府中枢の論議も、武断派の主張が強く、武家社会護持派が大勢を占める出先の機関には必ずしもその趣旨が徹底することはなかった。

〈参考〉

○当時の百姓のくらし

宝永七年の燕組九カ村、六四四軒の内訳を見ると、町家一一二軒、百姓家二九六軒、水呑家二三六軒で特に水呑百姓の数が、百姓家の数に等しいことに注目したい。

これ等の水呑百姓は、幕府の田畑質入、売却禁止をよそに、冷害・洪水による飢饉から身を守るため、大庄屋の高利の金と知りつつ借り入れ、大庄屋は返済不能の百姓からこれを質地として取り上げ、田畑を失った百姓は、水呑百姓として、自らの田畑の小作人として庄屋に仕え、大庄屋の財は、年々巨大化していった。

この春以来、上訴に明け上訴に暮れた越後四万石領にあっては、代官・大庄屋の説得に百姓は応じず、秋の年貢割付のための検見立ち会いも行われなかった。

一部の村では幕領確定までは、秋の年貢上納拒否の動きも見られた。明けて宝永八年（正徳元年）を迎え、藩・大庄屋の百姓に対する弾圧はますます厳しさを加えてきた。

そんな中、中山出雲守役宅強訴の罪で、その場で捕えられ伝馬町の仮牢に、三五兵衛ら五名が主謀者として投獄。その便りが、江戸表「升屋」に残っている百姓達の代表与頭《くみがしら》伝左衛門から三五兵衛の留守宅に届けられた。

村々が、幕府の仕打ちに興奮の渦に巻き込まれている最中、これに追い打ちをかけるように第二の凶報が舞い込んだ。

その日、村人達は総出で、江戸に上《のぼ》ったそれぞれの代表宅で稲架《はざ》稲の取り入れ作業に入っていた。

十月十八日、大牢に投獄された三五兵衛ら五名の無事を祈りながら、升屋ほか二軒の百姓宿で上訴の中心を失った百姓等が朝餉の膳につき、神田、二ノ橋側にある隆源寺の明ケ六ツの時鐘が鳴り響くのを待っていた。その朝三ツ紋裏羽織着流しの、南町奉行所町廻り同心率いる捕方十数名が、朝焼けの陽に十手をかざしながら升屋を急襲した。

「越後川中島の百姓作右衛門ほか八名中山奉行宅乱入の罪により召し捕る。神妙に致せ」

と乗り込んで来た。

朝餉の終わらぬ板の間で、燕村組頭作左衛門、太田村与頭伝左衛門、同清右衛門、井戸巻村九郎兵衛、杣木村武兵衛、打越村四郎兵衛、長所村小右衛門、亀貝村藤八、茨曽根村弥次右衛門ら九名は、抵抗することなく捕縛のうえ入牢。このことは早飛脚で、太田村三五兵衛宅に知らされた。

第十九章　大庄屋再吟味で召喚

幕府の厳しい追及は、止まるところを知らず。月の変わった十一月六日には、三五兵衛の父太郎左衛門、その倅・見沢《けんたく》、太田村与頭源右衛門、同佐平等四人が相次いで町奉行所に引き立てられた。

これで十六名が入牢という厳しい措置がとられた。町奉行所の取り調べは、苛酷を極めた。このような幕府の強硬手段に憤慨した四万石領の百姓らは、江戸に上った者、五十人が罰せられれば百人が出訴し、百人が捕えられれば、四千余の百姓全員がその後に続くと、村々で集会して、険悪な空気が流れた。

騒ぎの中で哀れを誘ったのは、三五兵衛の父とその子見沢の逮捕、入牢である。江戸に上った三五兵衛ら百姓惣代の入牢の知らせが越後に届いたその日、国境の峠道を越え、老いの身を孫見沢に扶けられながら、江戸小伝馬町の百姓宿「升屋」に到着。上がり框で草鞋を脱ごうとしているとき、休む暇もなく、無情な町方の役人に捕縛され、腰縄を打た

れた祖父と孫の互いに気遣う様に涙した姿に、出迎えの百姓達は一様に、

「この世に神も仏も無いものか……」

と、嘆き、悲しみ、これを目にした近くの江戸ッ子の涙を誘った。

「年寄りや子に何の罪があるってんだー、惨《むご》いことをしやがって」

捕方の情容赦ない仕打ちに罵声が飛んだ。

祖父と子は、直ちに仮牢に押し込められた。

この逮捕に抗議した百姓らに町方同心は、

「無断で江戸に上り、奉行所への届けも差し出さず、御定法を犯した罪により捕えた」

との申し渡しに、百姓達はその理不尽な権力を笠に着た取り扱いに、抗議し抵抗したが、父と孫はその様をみて、一言の抗弁もなく引き立てられた。

町奉行所の峻烈な逮捕入牢の背景には、かねて越後に潜入、村上藩の影となって動き、悪しき大庄屋制度擁護を唱える勘定奉行配下小普請組の忍びの手で、年貢納蔵拒否、門徒の一向一揆の再現、倒幕運動の兆ありとの真しやかな噂が流されていた。

各地の農民一揆に手を焼いていた幕府は、出先の町奉行所に対して不穏な動きを示す者は、直ちに捕え、取り調べるよう指示していた。

あろうことか、それを意識した忍びの者から勘定奉行に届けられた「見聞書」の中には、

「百姓ども、信仰の心厚く、一向宗の僧を旗頭に宗門を巻き込み、越後四万石領にては、戦国の一向一揆を思わせる動きが各地に見られ……」の一行が、幕府の大目付を動かし、江戸の治安の責任者である町奉行の警戒心を駆り立てた。

再度にわたり、百姓宿を急襲した町方同心による捕物騒ぎは、小伝馬町、馬喰町一帯に軒を並べる公事宿のみならず、江戸幕府の膝元、日本橋から浅草、溜池から赤坂、四ッ谷にかけても騒ぎの輪が拡がった。

当時、浅草の瓦版に、

「越後四万石領にて、村上藩の暴政に立ち上がった百姓らは、一向宗の僧侶を大将にかつぎ、さながら戦国の越前一揆を思わせる騒動に……江戸に上った一方の首魁、三五兵衛なる者ほか百余名、中山出雲守殿の役宅を襲う始末。これを許さじと南町奉行所町廻り同心率いる捕方は、一味の小伝馬町の百姓宿を急襲、首謀者等一網打尽にて召し捕ったり……」

と囃したてた。

駕籠訴に出た三五兵衛らのほかにも、多くの百姓達が大牢に投獄された。これを救わんと四日町村介七、田嶋与右衛門ら十七名が、中山出雲守に百姓らの解き放ちを願い嘆願書を提出している。その難儀の様が手にとるように認《したた》められている。

〈参考〉

○嘆願書

一、四万石領の百姓が、幕領編入を訴えたが、御朱印状（領知目録）の発行された後で、認められないとの仰せは、全くその通りだと思う。

一、組々の大庄屋は奢《おごり》をきわめ、百姓の難儀を顧みず、諸経費を過分に割り掛けてきたり、迷惑この上もない。

一、今の庄屋殿は、残らず役職を召し上げて辞めさせ、二万石のうちで、新たな者を任命してもらいたい。

一、水除け普請などこれまで四万石領で行ってきたが、今度は二万石のうちで行わねばならず、二倍の負担となって迷惑であるから、支配は違っても、四万石全体で行うようにして欲しい。

一、九月二十三日入牢の五人、十月十八日入牢の九人、十一月六日入牢の四人〆て十八人を許し出牢させて欲しい。

一、二度江戸に上った百姓達は、国元に帰っても、領主から詮議を受けることのないよう計らってもらいたい。

さき（前年九月二十六日）に行った江戸城での評議で、老中・大目付に、越後国の百姓騒動につき、白石は、荻原勘定奉行配下の悪行を示すために、百姓に対する代官、大庄屋どもの横暴を羅列した八項目の叱責《しっせき》状を提出した。

その上、具体的な年貢米の取り扱いについて、

「現地における探索によれば（見聞書）、大庄屋の才量により天領では、四斗二升を一俵として取り立て、藩では一俵四斗九升、この開き、実に一俵に付き七升が大庄屋の手数料として取り立てられている」

と述べ、このような目に余る行為が、そのまま百姓の悲惨な生活《たつき》につながっている。

さらに白石は、言葉を続けて、

「藩では、村々の年貢米の割付から、川欠普請の人足割まで一切を大庄屋が仕切り、このため洪水では大庄屋からの借金の返済から百姓が、御定法に反するとわかりながらも田畑を質草に取られ、水呑百姓増加の要因となっている。言い換えれば、幕府の政策が、大庄屋によって破られている。それにもまして、各々方の耳に達しているという一向一揆の噂は、根も葉もない忍びの撒き散らした謀《はかりごと》と判明した。

よって、老中のお声掛りもあり、再吟味に当たり、証人の人選については、大目付において慎重な処理をするよう注意を与えた」

この日の再吟味につき、大目付から、越後国黒川代官所、代官河原清兵衛に対し、越後四万石領騒動につき、再吟味を行うので、次の者を八月十一日までに、江戸に上らせるよう命じた。

四万石領のうち、天領への領地分けを告知された二組を除く八組の大庄屋及び組下の小庄屋各二名合計二十四名。

宮島弥五兵衛、小林九右衛門、樋口嘉兵衛、関根三郎右衛門、富取武佐衛門、小林弥惣左衛門、曽山富右衛門、笹川七左衛門。

大目付からの喚問はこの八人の大庄屋を震撼させた。

七月六日巳の半刻（午前十一時頃）、隣村の宿場（吉田）新田町《しんでんまち》の料亭吉野屋で、昨年の秋から初冬にかけて、江戸表における老中駕籠訴に端を発し、こたび中山出雲守役宅に強訴、百姓達代表逮捕、受牢の騒動につき、幕府目付鈴木飛騨守家中の与力が、黒川陣屋に出向、藩・代官・大庄屋の非行につき厳しい査問を行った。

その査問の震源は、六代将軍家宣の側近として政事に参与している旗本三千石新井白石の進言による。大庄屋制度改革、廃止を含めた百姓惣代の訴えを取り上げた査問であることは明らかで、藩の川欠普請、年貢割付の一連の不正が表面に浮かび上がった。

一連の大庄屋の私曲を知った大目付から、大庄屋八組の喚問状が近く代官に示達される。

一昨日江戸から、直接村上藩勘定奉行を通じて密書が届いた。燕組大庄屋樋口嘉兵衛は寝耳に水の変事に驚き、直ちに使の者を馬で三条組宮嶋弥五兵衛、茨曽根組関根三郎右衛門の許に走らせた。

幕府評定所の決定による大目付再吟味に備えての根廻しを行い、明け方近くに帰宅した。床に着き、うとうとしかけていた嘉兵衛は妻に起こされた。

「只今、黒川代官所御下役平塚庄八様、火急の用にて、早馬にてご来訪致されました」

との知らせである。

嘉兵衛は妻に、表座敷に案内し、早朝の早馬、茶漬など用意して差し出すよう言い付けた。眠いのを表情に残しながら、嘉兵衛は巨軀を床の上に起こすと、急ぎ身仕度を整えて、表座敷に司候した。

「このような早朝に、御下役直々の早馬での御成りとは、何事が出来《しゅったい》致しましたか」

嘉兵衛は、床柱を背に、野袴、傍らに置いた陣笠を頭に駆けて来たであろう上席手代平塚庄八の労をねぎらった。

「うむ、ご内儀より湯漬を頂き、やっと人心地がついた。実は昨深更、江戸表より大目付の差紙が早飛脚で届いた」

代官が開封致したところ、かねて吟味中の四万石領、百姓騒動につき、糺したき儀之有りと八組の大庄屋、小庄屋に対する再吟味の召喚状じゃ、急ぎ応諾書を大目付に提出するので、貴殿より各組の大庄屋に下知されたい。

以上口上を述べると、日時が迫っており余裕はならぬ。

「それは一大事、老中駕籠訴の件については吟味の終了したものと考えており申した」

「それに……」

下役は眉をひそめながら嘉兵衛に声を落として囁いた。

「噂によれば、江戸城評定の間において、大目付が召し出され、老中出座の中で、新井筑後守より越後騒動につき不審の点あり、再吟味致すよう老中に献言、召喚と成った次第で、代官の苦衷《くちゅう》もわかるであろう。

こたびの召喚では、百姓に対する数々の仕打ちにつき問われることになろう」

下役は、召喚に対する八組の大庄屋、小庄屋の応諾状を二、三日中に取り纏めるよう申し渡すと帰って行った。

嘉兵衛は樋口家の小頭を呼ぶと、夕刻までかかって書き上げた七組の大庄屋宛の書状を至急それぞれの大庄屋に届けるように命じた。

書状の中には、年貢、川欠普請のことなど、これまでの私曲の数々についての辻褄合せの文言が盛られていた。

越後と違って、江戸では雪こそ降らないが、武蔵野と大川（隅田川）を渡る風は、小伝馬町牢舎の石畳の上を吹き抜け、凍てつくように冷たい。

牢内は、藍《あい》の褪《さ》めた、薄い獄衣の布を通して来る風の寒さと、床板の下から冷たさが滲むように駆け上って来る。

国に残した家族や、村人に思いを馳せながら十八名の百姓達は、牢内で宝永八年の正月を迎えた。


〈参考〉
○伝馬町大牢
伝馬町大牢に入獄した囚人は、生きて牢を出る者無しと言われて怖れられていた。

牢内は、牢名主の支配する無法地帯で、牢名主の意に従わない者、入牢仕度金を持たない者は、牢名主が生殺与奪の権を握っていた。

牢内は不潔で、湿気が立ちこめ、饐《す》えた匂いが、渡り土間に漂い、梅雨時にはほとんどの囚人が皮膚病に罹《かか》っていた。

牢は中央の渡り土間の左右に、板敷床と板壁で造られており、大牢（有宿者）、大牢二

（無宿者）、百姓牢、女牢、牢揚げ屋（旗本・坊主ほか）に分かれ、牢内は概略同じ作りで、便器と水桶が置かれている。

牢はそれぞれの名主が支配し、役付の囚人を除いては六、七人で畳一枚分のスペースしかなく、重なり合って寝るしかなかった。

牢内は名主の気に入らぬ者、金を持たない者に加えて、牢奉行所役人の意志で、名主による私刑《りんち》が公然と行われていた。

恐怖の私刑には、茶樽、きめ板、詰蓋、汁留、糞詰などがあった。例えば、便器の蓋で、囚人の股を裂いたり、四斗樽に押し込めて、上から糞尿を流し込んだり、水桶にいっぱい水を入れ、囚人を俯《うつぶ》せにして桶を上から落としたり、娑婆では考えられないような、獄舎の中の道具を使っての残酷な仕打ちが行われていた。

「天領を望む百姓に牙はない」

と大目付を説いた白石の思いも、伝馬町牢内には届かなかった。

三五兵衛は、最初《はな》から百姓一揆の代表として、大牢に投げ込まれていた。

伝馬町大牢投獄の知らせに、はるばる越後から駆けつけた三五兵衛の父太郎左衛門と、伜の見沢《けんたく》も捕えられ、最初は百姓宿の座敷牢だった。

（座敷牢＝公事宿の座敷牢は土蔵造りで、六畳の格子戸と高窓には六寸四分の鉄格子がは

められていた)

それも三日後には伝馬町の百姓牢に移された。

年老いた父太郎左衛門は、薄い単衣の囚人衣一枚で、牢内の厳しい寒気に耐えられず三月余りで病死、孫見沢も春を待たずに祖父の後を追って牢死した。

だがこの死は、入獄以来、牢内の仕置きに耐えてきた三五兵衛に対する大目付、勘定奉行らの「百姓一揆として極刑に処すべき」とする暗黙の意志が牢奉行から、牢内の処刑人に伝わっており、私刑か否かは定かではない。

一方、三五兵衛らと共に、逮捕入牢を命ぜられた三条組田嶋村与助は、奉行所の領知分けについての説得に応じ、十一月末には免罪となっている。

しかし、三五兵衛、新五右衛門、市兵衛の三人は、奉行らの、父と子の死の知らせにも動ぜず、頑強に代官所の告知を無効として、天領への村分けを主張していた。

この三人を語るものとして、田嶋村与助ほかによる三五兵衛ら三人の釈放嘆願書の書き出しに、「四万石領の百姓の訴えが告知された後であり、認められないとする仰《おお》せはもっともである。(領知分けの幕府の決定は認める)」と言っている。

しかしこの嘆願書も奉行所では一顧だにされなかった。

第二十章　天領への夢虚しく

宝永八年春、江戸を襲った異常寒波に、罪なく獄舎に繋がれた三五兵衛は、父と伜見沢《けんたく》の死を心の中で念仏を唱えながらもその無念さは隠しようもなかった。

皮膚病に冒され、頭髪も髭も伸び放題で、生気を失った三五兵衛は、そこだけが別な生き物のような鋭い目を伏せ、暮れの吹雪に見舞われた夜、寒さに耐え切れずに、病死の知らせを受けた父の死、梅の花の咲くのを待たずにこの世を去った息子見沢のことを思い浮かべていた。

広々とした越後の田圃の真ん中に、春の強い日差しに、真っ黒に焼けた顔、野良着姿の若者が思い出され、何度も目を閉じ、胸中で手を合わせ南無阿弥陀仏の経文を唱え死を悼んだ。

祖父と伜が、三五兵衛が獄舎に繋がれたと知り、はるばる越後から言葉の一つも掛けてやりたくて、一緒に江戸に上ったその日に理由もなく逮捕され、獄舎で仏のみ元に帰った二人。悔し涙が乾き切った頬に一筋、二筋と流れた。

今日も、三五兵衛を苛《さいな》むために訪れるであろう牢同心の、般若の面を思わせる冷酷な顔が浮んでは消えた。

石畳の上を、草履の秘めやかな音と、牢番が腰にした牢格子の鍵の束のふれる音が、地獄の使者の錫杖のように耳に響いてきた。

牢から連れ出されて、何度この拷問蔵《ごうもんぐら》に移されて、責め苦に耐えてきたか、蒼白くむくんだ、幽鬼《ゆうき》を思わせる面貌《めんぼう》がそれを物語っている。

(拷問蔵の中は漆喰《しっくい》の土間で厚い板壁に囲まれている。土間には荒莚が敷かれ、板壁には受牢者を威圧するように、責め道具の鉄の輪が二本吊され、石抱き用の三角形の算木と、厚さ三寸、重さ十二貫の石が積まれている)

三五兵衛は責められるたびに、口の中で呟いていた。

「昨年老中に駕籠訴に及んだ時から、お上の一揆に加える磔《はりつけ》、獄門は覚悟の上、この躰如何に責め苛まれようとも、四万石領八十五カ村の百姓を救うため、領知分けの願いを取り下げることは出来ない」

板敷きの牢格子の中に移され、傷ついた心と躰を休める場所もない、固い板の上に膝を抱え涙で獄衣を濡らす日々であった。

八月十三日、新井筑後守の要請による再吟味が南町奉行所で行われた。高座に、大目付横田備中守、目付鈴木飛騨守、同堀田源左衛門、公事方勘定奉行、南北町奉行が居並び、白州の床几に吟味方与力が控えて尋問が開始された。

審理尋問は、白石の指摘した村上藩の大庄屋制度の不当さについて、目付堀田源左衛門がこれを追及した。

「大庄屋及び庄屋ともども、百姓ども難儀（具体的な事柄列挙）に当たり、陳情を行うこと再三に及ぶも、親たる大庄屋が、面談すら許さない態度は許せない」

大庄屋、庄屋の思い上った行為を叱責した。また川欠普請の扶持米割り戻し金横領、年貢割付の不公平を追及、辰の半刻（午前九時頃）から申刻（午後四時頃）まで断続的に尋問が続けられた。

大庄屋、庄屋ら二十余名は、目付の読み上げる罪状をすべてこれを認めた。

「お上の寛大なお裁きを、ただひたすらお願い申し上げます」

と、反論なく、恭順の意を表した。

この辺は老獪《ろうかい》というか、侍社会の懐柔《かいじゅう》策を心得た大庄屋らしい手練である。

大目付横田備中守は、大庄屋制度の改廃を含めた農村支配体制にメスを入れる必要を痛感していたが、余りにも際立《きわだ》った庄屋の恭順と、四万石領の百姓の嘆願を受け入れた場合、幕府による藩政への介入となり、武家社会体制の根幹を揺《ゆる》がしかねない大問題を秘めている。同時に徳川幕府の始祖家康以来の、農政への規範（百姓は生かさず、殺さず）を否定することを怖れた。

そのため大目付は、白石の儒学者としての論理は理解するが、幕閣の中には、根深い百姓一揆に対する拒絶反応がある。一揆は、上《かみ》に対する反逆である。全員磔、獄門、追放に処すべきとの声もあるが、嘆願の趣旨を考えこれを適用しない。しかしながら越訴の首謀者の厳罰は已むを得ないと考えた。

またそれぞれの奉行は武家社会護持を明言し、保身のためには、大庄屋制度の改廃に手を付けることに反論した。

このように、武家社会の存続を願う侍集団の自己保身と大庄屋制度により、地方の権力を大庄屋に委ねることで、自らを汚すことなく、行政と財政（年貢）の円滑運営が出来ると考えた。

そのため白石の投じた大庄屋制度の改廃は小手先の扱いに終わった。〝大山鳴動してねずみ一匹〟の結果となった。自ら改革に手を拱《こまね》いた侍社会は、このあと近代化の波の中で、徳川三百年の武家政治崩壊への道を歩むことになるとは、誰もが考えていなかった。

余談は置くとして、再吟味の結果、十月十二日、幕府評定所において、月番老中秋元但馬守、大目付、目付、寺社、勘定（公事方）、町奉行出座の上、大庄屋及び入牢中の三五兵衛等百姓代表の処分申し渡しが行われた。

〈参考〉

○申し渡し全文

「覚　村上領八組　惣百姓」

一、村上領八十五カ村百姓共去年正月以来御科之事、越訴有之、同年五月領主所替有之処、御代官引渡しおも不承、年貢一切に未済の事共、其科《とが》重畳たるによりて、悉く死罪に行はるべしといえども、如此訴訟之事。公儀御取上無之御大法を存せず越訴の科をもわきまえなき者共、悉く死罪行はるべき事、不便不至に被思召、別而尋仰せらるる旨有之に付き、皆々其あやまりを後悔し、私領の事、御請申候上は、其罪科は御とがめに及ばず、領主へ引渡すべき由仰出候。然る上は去年以来未済の年貢等、法のごとくに早速に収納し、自今以後領主の下知違背すべからざる事。

一、大庄屋共の事に付て、百姓共歎き申すこと如此訴訟をも公儀御取上げ無之、御大法にて候、然れども別而、御慈悲を以て、大庄屋共へ申渡すべき条々被仰出候、其上公儀に於ても、百姓重科のこと御放免の上は大庄屋等所有あるまじき事に候へ共、猶又いささかも遺恨無之様に被仰出候事。

一、三五兵衛、新五右衛門、市兵衛事も今度召出され、別して尋ね仰せらるる次第有之候処に、越訴の張本人として去年以来罪悪ひとつとして重科をのがるべからず、然るに今度、百姓共歎き申すに付て、彼三人死罪を宥められ、出牢被仰付候。然れども、其のまゝに置かれがたき者共に付て、罪の軽重に従ひ、流罪に行われ候事、右条々惣百姓共、奉承知自今以後、領主の下知に任せ、違犯のことあるべからず、領主へも去年のあやまちをとがめず、萬事正法を以て、政務の沙汰あるべき由、被仰出者也

正徳元年十月十二日

(以下の申し渡し之覚は村上領八組の小庄屋十六人に対しても同月付で前文覚とほぼ同じように申し渡し、特に大庄屋とよく相談し、次の大庄屋共への仰出された条々よく承知して違犯あるべからずと固く指示している)

「申し渡し之覚」

村上領八組の大庄屋　八人

(燕組は加〈嘉〉兵衛、佐右門、九左衛門)

一、村上領八組の惣百姓、去年以来越訴の事に付き、今度別而、尋仰せらるる旨有之候処、領主年貢之外大庄屋共方より、諸事用金として、過分の金子、百姓共に割付、其上又過分の利息を差加へ候次第、相聞候に付て、大庄屋共にも相尋ね候に、皆々答申趣と他所に其例無之共にて候、自今以後、大庄屋共相談の上、たとひ其処によりて多少の品は有之とも、其入用を感じ、利足の事一同にかろく相はかるべき事。

一、先領主の時、百姓共のため、或いは普請の扶持米とらせ、或いは役金の内返しとらせ候処に、大庄屋百姓共には、相渡すに及ばず候事聞き候、たとへ其組の百姓共、こころざし有之、助力の事を請い子細候共仕り方も可有之処、領主の恩をおしさまたげ、私の利用となし候事、尤以不当の事に候、自今以後此はたらきよくよく其つゝしみあるべき事。

一、先風損に付て百姓共訴訟のこと有之候時、大庄屋共領主にも通せず候事相聞候。惣して庄屋等の役は、常々何事によらず領主の下知相守り、其下の百姓共のためをも相はかるべき事にて候。

然れば世の常と相はかり、水旱風雨の大損毛に至りては、百姓共のなげき申処を以て、領主の役人に相通じ、其沙汰に任ずべき事に候処に、一切に百姓の訴訟を取次ぎ申さざる事不当の事に候、自今以後これらの子細諸事に付て、其取計あるべき事。

一、大庄屋共、常々百姓共に対面に及ばず、小庄屋共の取次ぎを以て事を取行ひ候由相聞候、公儀御代官といへども、大方は百姓共を召し出し、其沙汰あることに候、庄屋等の身組の百姓にも対面に及ばず、諸事小庄屋に打任せ候事、甚だ以て分限にすぎたる事共に候。常々かくの如き体によりて、大庄屋百姓共の間もよろしからず、今度の事に至りても大庄屋の下知も守らず、終には越訴のことも出来候か、自今以後大庄屋分限過たる事、一切に相改むべき事。

正徳元年（一七一一）十月十二日の申し渡しの大綱は、大庄屋、小庄屋の私曲の非は、これを諭したに止まり、そのお咎めはなく「申し渡しの覚」で、分限を越えた行為につき、これを戒めたに止まっている。

三五兵衛ら三人の百姓代表以外の受牢者は、村上藩領となったことを納得した上で釈放された。

この覚による裏話として、城中の茶坊主どもの囁きを纏めると、

首謀者である三名については、他の百姓一揆に関する幕府の厳罰方針に添った死罪を主張する奉行の意見が多かった。

しかし、大目付以下がこれを躊躇《ためら》ったのは新井筑後守白石の手元に、代官、藩（勘定奉

行)、大庄屋の謀議を認《したた》めた「見聞書」があるため、死罪の裁決が、政事の均しきを唱える白石の口から、六代将軍家宣の耳に達することを怖れたためという。

その年の秋、越後四万石領八十五カ村、四三一六名の百姓は、諸悪の根源である大庄屋制度を利用して、私曲をほしいままにし、百姓の惨状に耳を貸そうとしない武家社会に連なる権力に対しての「裁」の結果が「覚」で、「諭し」と一言の「戒」に止まり、越訴に破れた。三五兵衛ら三人の刑(流罪)の執行を間近にして、越訴騒動は、いま悲劇のうちに幕を降そうとしている。

お弥彦の山頂にかかる晩秋の陽は、三五兵衛らの命の証のように、巨大な焔《ほのお》の球と化して山嶺に沈まんとしている。弥陀の平等大悲の残光が百姓達の頭上に、家々の屋根に、穂をたれた実りの一粒、一粒に慈愛の光を投げかけていた。

江戸では、十月末のこの日、天もこれを哀れんでか、朝からそぼ降る小雨の中、小伝馬町、牢屋敷の白州に敷かれた荒莚の上に、膝を揃え、見る影もなく痩《や》せ衰え、牢内の拷問蔵での責め苦に耐えてきた男達が引き出された。

蒼白く幽鬼を思わせる相貌《そうぼう》に目だけは鋭く光を放ち、三段高い高座から、申し渡し状を掲げて読みあげる中山出雲守に注《そそ》がれていた。

「越後国、川中島太田村三五兵衛、同じく燕村市兵衛、杣木村新五右衛門右三名の者御大

法に背き、越訴の科により、佐渡ケ島への流罪を申し渡す」

中山出雲守の甲高い声が、白州の背後に枝を伸ばす老松の梢を震わせて響き渡った。

十一月二日、小伝馬町牢屋敷の「忌み門」を秘かに出た唐丸駕籠《とうまるかご》は、百姓一揆の謀反人として、流罪の申し渡しを受けた三五兵衛らの護送駕籠で、三国峠を越えて、村上藩三条陣屋に向かった。

四万石領八十五カ村の百姓の難儀を救うため、過ぐる年の秋、たわわに実った稲田を眺め、天領復帰の夢を描いて、八組二十数名の百姓惣代として、陣頭に立ち、越後の山河の錦秋の美しさを愛でる余裕もなく、足を速めて江戸表に向かった日が思い出される。

駕籠護送のため、村上藩牢屋敷から出張った同心を筆頭とする牢役人と駕籠舁《かき》人足等に護られた囚人駕籠は、越後国に入り、三条陣屋で、村上藩郡代の囚人改めを受けた。

唐丸駕籠は一刻のあと、八王寺から出雲崎に向け、何事もなく進んだ。

江戸の牢屋敷では、身も心も凍るような、吟味方同心と牢名主の悲惨な責め苦に、精も根も尽き果て、生ける屍《しかばね》の如く囚人駕籠に身を委ねていた囚人は、時折り放心したように、街道の風景に虚ろな眼差を向けていた。

刈り入れの終わった寒々とした田圃で落ち穂を啄《ついば》む雀の姿に、牢獄で死んだ倅見沢《けんたく》のことを思い出してか、乾れ果てた眼に涙が宿っていた。

徳川幕府の武家政治体制護持のため、打ち続く、苛酷な圧政に抗して、各地で起きる百姓一揆に手を焼いた幕府は、各奉行・代官・各藩の武力を用いて、これを鎮圧するため一罰百戒の厳しい処分を行った。

これに抗するように、各地の百姓一揆は燎原の火の如く燃えさかり、堰《せき》を切った水は、武力を以て阻止することの虚しさを侍社会に示した。

駕籠の中の囚人は、荒縄で後手に縛られたまま、街道沿いの寒々とした田圃や、稲架《はざ》の終わった田頼木《たもぎ》の立ち並ぶ畦道を愛しむように眺めていた。

どこかで半鐘が鳴っている。

継《つ》ぎ接《は》ぎの当たった野良着を、腰縄で結んだ百姓達が、護送の役人の目を怖れるように、五人、十人と群れ、小声で囁きながら駕籠を見送っていた。

「可哀そうらてー。この寒空に、薄い獄衣一枚で、あんまりの仕打ちらてー」

自分らのために囚人駕籠で送られる三五兵衛の駕籠を見送るどの顔も暗く、怨念を込めた幾十の眼が護送の役人にそそがれていた。

百姓の男も女も、どの顔にも、侍社会への憤《いきどお》りが滲《にじ》んでいる。

つい一年前、江戸から八王寺の渡し場に長岡廻りの川船で着いた三五兵衛等を、天領復帰の願がかなったと、肩を叩きあって祝った明るい村人の顔がここにはなかった。

越後の百姓特有の、人を疑うことを知らない、大川の流れで産湯を使った純朴な百姓の姿は見られなかった。

囚人の村人を見る目は、柔和な仏を想わせる眼差しで、無言で出迎えの人々に応えていた。

「夢を果たすことは出来なかった。だが、藩も大庄屋、小庄屋も、これまでのように百姓を虫螻《むしけら》のように扱うことはなくなるだろう」

やがて侍社会の消える日が、音を立てて足元に迫っている。

「それまでの我慢らてー」と、目が語っているようである。

駕籠は、寺泊から防潮用の松並木の多い海沿いの街道を、北陸道の裏街道を出雲崎港に向かっていた。

晩秋から早春にかけて、日本海は、一日として海の穏やかな日はない。

街道の堤に植えられた松が、山に向かって大きく傾《かし》いでいるのを見ても、風の強さがわかる。

前年の暴風《あらし》で壊れた突堤の石積みが行われていた。

山から轆轤《ろくろ》で運んで来た御影石の巨岩を海辺まで引いて行く、半裸の農夫や漁夫の背中から汗が湯気を立てて流れ、「エンヤコラーエンヤコラー」の掛声と男の臭《にお》いがあたりいっぱいに漂っている。

駕籠の囚人は、働く人達の汗を懐かしむように見ていたが、日没に近くなると獄衣一枚下の肌が寒風に洗われ、凍り付くような冷気が骨の髄まで刺し込み、眠気の襲って来るのを歯を喰いしばってこらえていた。

夢現《うつつ》の中に、前年江戸に上る途中、館代官林甚五右衛門の宿泊先の旅籠に訴願を行い、代官所元締め大野伴助他の供侍に阻止されたことをぼんやり思い出していた。

そう言えば、江戸小伝馬町の牢屋敷を出るとき二丁だった駕籠が、前にも後ろにもいない。三国峠の難所を越え、六日町の陣屋で泊まったとき、体調を崩していた新五右衛門には、唐丸駕籠の寒気が耐えられなかったのであろう。

最後まで、藩領支配を拒み続けた市兵衛はすでに牢内で七十五年の生涯を終えていた。

弔う人も無い、街道筋の荒寺で、無縁仏の墓地に投げ込まれたであろう新五右衛門が憐れだった。

しかし、三五兵衛は虚ろな表情で、暮色が迫り街道にまで聞こえる日本海の荒ら海の哮《たけ》り狂う白い波頭の中に五右衛門の面影を思い出していた。

新五右衛門が、出雲崎から流人船で佐渡に送られ、金山《かなやま》の坑内で、水汲み人足として使われ、鞭《むち》打たれ短かい生涯を金泥《かなどろ》のなかで死ぬよりは、囚われの身ではあるが、故郷の山河を目に映し、父母の眠る越後の地で、住生したことは幸いだったのかも知れない。

両腕を後手に縛られて、合掌は出来ないが父と子、盟友《めいゆう》新五右衛門、市兵衛のために、心の中で念仏を唱え、「もうすぐお前達のところに行くから、待っていておくれ」と口の中で呟いていた。

駕籠は陣屋に近づいたのか、駕籠側の侍達の足取りが速くなった。

囚人にとって、陣屋の仮牢の中で、捕縄を解かれることが護送中の何よりの極楽、戒めを解く番卒に思わず手を合せた。

牢の中で、冷たくなった一椀の大根飯と一切れの香の物、欠け茶椀の水を押し頂くように喉に流し込んだ。

獄舎の北側は海で、明り取りの鉄格子の窓から、浪に打ち上げられた残肴《ざんさい》を狙って、夜鴉《からす》が余韻を引く鳴き声を残して飛び交《か》っている。

明日も乗船前に、朝餉に一椀の飯と白湯《さゆ》が与えられる。

これが最後の食となるだろう。眠れぬ牢内の寒さを払いのけるように、呟くような念仏を唱える声が何時までも続いていた。

その朝、辰刻（午前八時頃）を知らせる寺鐘が浪の音に交って流れてきた。

今朝は、昨夜の狂ったような潮騒にくらべ、海は凪《ない》でいるようだ。晩秋の弱い日差しが、陣屋の白洲に置かれた唐丸駕籠の竹の網目から三五兵衛の躰を斑《まだら》に包んでいる。

「南無阿弥陀仏、南無阿弥陀仏……」

駕籠の中の囚人の口から念仏の声が洩れてくる。

その顔には、昨日までの険しい表情はなく、悟り切った仏の柔和な眼差しがあった。

凪でいるとは言っても、船泊りに舫《もや》っている伝馬は、沖合からの浪に揺れている。

突堤の外海は波が荒いのか、白い波頭が立っている。

囚人を乗せた駕籠は、伝馬の中央の板囲いの中に置かれた。

流人船は、江戸品川から関東郡代支配の上総、上野から集められた囚人二十余人を乗せて新潟に寄港、品川の船手先奉行から佐渡金山奉行への囚人引き渡しを済ませ、ここ出雲崎港から村上藩の流人を乗せるため立ち寄った。

突堤の先に流人を運ぶ安宅船の高い帆柱と櫓が見える。

伝馬を、安宅船の船腹に横付けし、船から投げ下ろされた網を被せ駕籠ごと甲板に引き揚げた。

船の櫓下には、佐渡金奉行配下の牢同心が手馴れた手配で、帆柱の陰にある木枠の檻《おり》を指差した。

船は流人船の中でも、大島・三宅・八丈など伊豆七島の島送りと違って、一度船に乗せられたら、生きて帰るのは万に一つと怖れられている佐渡ケ島である。

船は何も知らないが、この世の地獄への渡し役である。

品川から送られ船艙に押し込められているのは、無宿者や渡世人で重科のある者、親、子殺し、放火の科人である。

越後からの流人は珍らしく、船艙に入れる余裕がなかったのであろう。

人足頭や水夫達は、同心に怒鳴られながら出航の準備に忙しく走り回っている。

佐渡金山奉行配下の同心は、いずれも海の牢名主の呼び名にふさわしく、潮に洗われた顔はみるからに凶悪さを思わせる。

暗い海の底からはい上がった地獄の使いである。

心なしか、この船全体が異様な雰囲気に包まれている。

三五兵衛は駕籠から後手に縛られたまま甲板に放り出された。

同心の手の者に追い立てられ、帆柱下の五尺四方の檻《おり》の中に投げ込まれた。

朝の潮風に凍りついたように、手足は痺《しび》れて感覚がない。

三五兵衛は、風を避けるように帆柱の陰に身を蹲《かが》めた。

同心の一人が、檻の中を覗き込んで、「こ奴足枷《あしかせ》をはめていないぞ」と組下の一人に怒鳴った。

出雲崎から寺泊にかけての海は、三百尋と深い。「海に逃げても生きられねーがねー」とこの船の水夫が組下に言った。

船は碇《いかり》を揚げると、二枚帆いっぱいに風を受けて船出した。

出雲崎から柏崎付近までの沖合は黒潮の流れが速く、逃げようとして飛び込んでも、生きのびた者は無いという。

船の上では一仕事終わって、手持の竹筒の酒を呑んだらしく、顔を赫くした同心の一人が刀の柄に左手を置きながら、檻下の囚人の檻の中を覗きながら、薄笑いを浮かべて言った。

「ひとっ走りで佐渡だ。しばらく我慢致せ、島に渡れば酒も飯もある。金坑の中は寒さ知らずの天国ぞ」

と唾を飛ばしながら、腰を上げて通り過ぎようとした。

この機会を逸したら……三五兵衛は檻の出入口の格子戸を摑むと、風に流されそうになる蚊細い声を精一杯張り上げた。

「お役人様、お役人様後生《ごしょう》らて、朝から小便を我慢していたろも、我慢が出来んよーになったてばねー」

ここで垂れ流しては船頭衆の御迷惑、申し訳ないがと酔払い同心に訴えた。

「ウム」と同心はあたりを見回したが、誰もいないのに気付くと、

「この寒さでは我慢も出来まい。御用船を汚しては申し訳ないとは殊勝な奴、船底に廁は

あるが、艫《とも》の船頭共の使う板囲いの中で致せ、下は地獄ぞ、用心致せ」

同心は酔も手伝って、気軽に格子戸の鍵を開けた。

檻《おり》から出された三五兵衛は、同心の許可を得て、通りかかった水夫に、後手の腰縄を、腰縄だけにしてもらうと、縄尻を持った水夫と共に艫の厠に向かって、よろけながら歩いて行った。

船が舵《かじ》を大きく左に切ったとき、三五兵衛のどこにそんな力が残っていたのか、水夫がよろめいて縄を手から放した一瞬、三五兵衛は男を突き倒すと、舷側によじ登り、白い波頭目がけて身を投じた。

あわてて舷側から下を覗いた水夫の目に映ったのは、波浪にもて遊ばれ、獄衣の薄青色の端が、妖しく浪間にひらめいたと思う間に消えていったことである。

そのとき、鉛色の雲間から一条の光が海を照らし、弥陀《みだ》の投げた金の糸が、三五兵衛の躰を包んで天空に引き揚げた。船頭達は怖れ戦《おのの》き、陽に向かって合掌したと語り継がれている。

＊

三人の百姓惣代のうち、杣木村の新五右衛門が、伝馬町の牢から流人としてどこに送られたのか誰も知らない。（この物語では、囚人駕籠で護送中の死とした）

三五兵衛ら三人の百姓惣代は、新井白石の儒学の徒としての努力も空しく、天領を望む百姓達の悲願は果たせなかった。

しかし三人の訴えは、騒動から三年後の正徳三年（一七一三）四月、幕府は、諸国の代官に対して、長文の触れ書を発布、農政と民政への心構えを諭し、地方代官支配地において、その専横を戒め、特に顕著な大庄屋制度については、厳しくこれを戒めている。

このことは三五兵衛らの行動が、四万石領騒動以降の武家社会と大庄屋制度に対する鉄槌となり、全国の農民一揆と共に、明治維新への改革の一石となったことは言うまでもない。

なお、流罪の裁決を受けた三五兵衛ら三名の家は闕所《けっしょ》となった。このうち三五兵衛の家財、田畑は没収競売に付された。

競売は、黒川代官河原清兵衛、手代襟川太五右衛門、同矢吹吟右衛門立ち合いのうえ、正徳六年丙甲（一七一六）二月二十六日に行われた。

競売価格　百三十三両一分、銀十匁八分五厘は幕府に納入された。

牢死した市兵衛、闇に葬られた新五右衛門の両家も闕所競売となったが、詳細は不明である。

なお、公儀納入の競売価格からも、三五兵衛等三名は小庄屋格の百姓で、村々農民の信頼も厚く、当時の権力の中枢であった幕府代官、村上藩、江戸では老中、各奉行という侍社会、地域社会の行政官である大庄屋、庄屋を相手に、正義を貫いたことは、越後農民史の中で義人として、長く語り継がれるであろう。

（了）

あとがき

この物語は、元禄・宝永・正徳の徳川幕藩支配下における越後国四万石領にあった百姓達の、健気にも哀しい生き様とそれを扶けた人達の話である。

徳川四代将軍家綱の絢爛たる元禄文化の浪費と放漫財政、五代綱吉の生類憐みの令と恐怖政治、側用人柳沢吉保、勘定奉行荻原重秀らの政商との癒着、汚職。度重なる侍社会の財政無視の放漫経営から、財政難と社会混乱（年貢、藍玉、川欠、通船などの一揆）を背景に、六代将軍として、徳川家を継承した家宣は、儒学の徒、新井勘解由（白石）を学問の師、政治顧問として招き、その識見と行動により政権の安定を図った。

晩年の白石の著書『折たく柴の記』はそのことを忠実に書き残している。

その中の一つに、「越後国村上領百姓騒動」がある。

幕府代官、藩重役との癒着、藩大庄屋制度による構造的な搾取と冷酷な政策執行の標的とされた村上領の百姓、貧しく春に蒔く種籾もなく、毎年襲う大川の川欠の被害から、女衒に娘を売る悲惨なくらし、これとは対照的に、実質的な支配者である大庄屋の優雅なくらし、その裏には、徳川家の対百姓政策の基本である「百姓は生かさず殺さず」の遺訓が生きている。

峻厳な戒律の中で、百姓達は、自らのくらしを守るために、ひたすら念仏を唱え、四万石領八十五カ村四三一六名の百姓惣代として越後四万石領の農民のために三五兵衛らが、権力の象徴である幕府老中への御定法を犯しての駕籠訴、代官・奉行・大目付への強訴。

しかし、その願いは果たされず、悲劇の舞台が待っていた。

だがそれを扶け、護ろうとした人達の勇気ある行動は、日本一の「こしひかり」の里、米どころ越後国四万石領の人々に長く語り継がれ、これからも風化することはないであろう。

なお、この物語を執筆するにあたり、同郷の友人長谷川久一氏（燕市在住）、元国鉄・新潟鉄道管理局の先輩滝沢栄雪氏（新潟市在住）をはじめ多くの方々に御支援を賜りましたことを、ここに厚く御礼申し上げます。

著者

〔主要参考文献〕

『越後佐渡農民騒動』新潟県内務部　昭和五年
『大川のほとり―燕史考』神保新一　燕市教育委員会　昭和四十二年
『飛燕』燕市　昭和五十九年
『燕郷土史考（第十集）』燕市教育委員会、同郷土史研究会　昭和六十年

著者プロフィール

長谷川 孟（はせがわ はじめ）

大正15年9月　新潟県燕市生まれ。
日本国有鉄道本社勤務、鉄建公団新潟新幹線建設局次長、鉄建公団本社課長、鉄建公団東京支社次長を歴任。退職後、小野田セメント㈱、小野田ケミコ㈱の顧問を経て現在に至る。

異説 おりたく柴の記　越後四万石領百姓騒動

2002年9月15日　初版第1刷発行

著　者　長谷川 孟
発行者　瓜谷 綱延
発行所　株式会社 文芸社
〒160-0022　東京都新宿区新宿1-10-1
電話　03-5369-3060（編集）
03-5369-2299（販売）
振替　00190-8-728265

印刷所　株式会社 エーヴィスシステムズ

ISBN4-8355-4371-8 C0093